LA GRANDE ÉCLAIRE

DOMAINE FRANÇAIS
Editrice : Marie Desmeures

DU MÊME AUTEUR

LES SABLIERS DU TEMPS, Actes Sud, 2006.

ISBN 978-2-7427-7425-8

VIRGINIE LANGLOIS

LA GRANDE ÉCLAIRE

roman

ACTES SUD

à nos deux filles,
Caroline et Mathilde

1

— Bonsoir !

— Bonsoir ?!

Une légère intonation de surprise a teinté la voix de la jeune femme. Absorbée par le spectacle du couchant, elle n'a pas entendu les pas qui s'approchaient d'elle. Grillons de silice, les grains de sable ont pourtant chanté sous les pieds de Sachs.

Sans froisser la douceur du moment, il s'est assis à côté d'elle, face à la mer qui rougeoie.

— Je…

Non. Tout bien réfléchi, il se tait, préférant se garder d'une banalité.

Finalement, c'est elle qui parle.

— Vous aimez ce moment, vous aussi ?

La voix claire a roulé jusqu'à l'eau, sans heurt, ni accroc. La jeune femme s'est exprimée en fixant les vaguelettes transparentes qui roulent des cailloux polis.

Elle sourit.

L'horizon va bientôt avaler l'astre acidulé.

Sachs est fasciné.

Troublé.

Il passait devant la petite plage, c'était l'heure de son tour de VTT, elle était assise, seule, face à la mer. Une silhouette douce, immobile et une cascade de cheveux roux à rendre jaloux les feux du soleil qui se diluent dans l'horizon.

Les lèvres à peine entrouvertes, elle semble boire des mains, des yeux, des cheveux, les rayons tièdes, comme si elle se laissait enivrer par l'épaisseur de l'instant.

Alors Sachs ferme les yeux, pour mieux ressentir lui aussi l'haleine du couchant.

La mer borde ses enfants.

La douceur de l'air qui monte de la mer enveloppe la peau avec délicatesse, une subtile délicatesse…

Plus subtile encore que la caresse des doigts qui effleurent des lèvres…

Plus subtile encore…

Aussi délicate qu'un fragile battement de paupières et l'humide tremblement du globe oculaire…

— Avez-vous déjà pris le temps de ressentir cela ?

Sachs rouvre les yeux.

— Oui… Peut-être que non en fait… A vrai dire, je ne sais pas…

Silence.

Il ferme ses yeux à nouveau pour recueillir plus finement ses sensations.

La saveur d'un fruit jamais osé et dont le goût inédit a pourtant quelque chose de familier.

— Non, pour répondre à votre question, non. Je n'ai jamais pris le temps de goûter à ce point un moment. Ce que je ressens, là, c'est la densité de l'instant. Oui, plus loin que le présent, je ressens son épaisseur.

Il entrouvre ses paupières.

— A l'horizon, j'ai l'impression que les couleurs lui donnent corps. Vous ne trouvez pas ?

— Les couleurs ?…

La jeune femme a hésité un instant, elle sourit.

— Moi, ce qui m'ouvre la porte d'une telle conscience, c'est plutôt la saveur, répond-elle. La saveur de l'air… Il me semble que, juste au moment où le soleil se couche, la brise du soir sur la mer rend le goût de l'iode plus pénétrant. Je me demande même si les grillons n'attendent pas cette bouffée de sel pour débuter leur concert, comme le signal chimique d'un chef d'orchestre latent. Cette densité dont vous parlez, je l'entends. Au moment où le soleil se couche, le silence devient plus dense et l'instant plus intense. Vous n'avez jamais remarqué ? On peut entendre alors plus nettement la percussion des petites vagues.

Sachs n'a pas levé les yeux vers la jeune femme de crainte d'interrompre par un mouvement le flot de ses mots, la douceur de sa voix. Demain, les transparences à ses pieds, l'horizon bouillant du couchant, et le feu sur sa peau, il les peindra. Demain, tout à l'heure… Lui qui n'a jamais voulu céder aux clichés faciles.

L'horizon s'éteint. Elle frissonne.

Tandis qu'elle s'apprête à rassembler ses affaires, il ose enfin.

— Je n'ai pas vraiment les mots pour décrire les choses et… j'espère que vous me croirez, même si les apparences sont trompeuses, encore moins d'audace pour aborder les gens… Je… Je suis peintre, avance-t-il comme une excuse à sa gêne. Moi c'est plutôt les couleurs… les pinceaux… C'était si beau ce soir… Mon atelier est au coin de l'église, à Sanary, sur la place. Demain à 18 heures il y a un vernissage. Voulez-vous venir ?

— Oui, je viendrai, ponctue-t-elle d'un rire embarrassé sans lever son visage vers lui.

Sachs avait espéré être un jour ainsi cueilli par le trouble, ravi par l'aura d'une présence.

Mais quelque chose lui échappe.

Il se sent emprunté, il prend congé rapidement.

Elle attend quelques instants puis se lève. Sur son maillot encore mouillé, passe sa fine robe de lin beige. Elle glisse ses doigts sur l'étoffe pour en vérifier le boutonnage, puis d'une main saisit son sac, et de l'autre, avant de s'en aller, déplie sa fine canne blanche.

2

Sachs adapte le rythme de sa respiration à celui de ses efforts. Les muscles de ses cuisses commencent à brûler et l'air du soir, doux sur sa peau et dans sa bouche jusqu'à maintenant, s'échauffe, s'épaissit à chaque respiration. Son VTT saute entre les rocailles, tintement métallique, l'acier se plaint.

Pour rentrer chez lui, il a choisi le chemin le plus court. C'est également le plus escarpé. Des sentiers irréguliers qui longent la côte de la pointe du Brusc jusqu'aux longues plages de sable de la baie de Sanary. Idéal pour éviter, sur les axes principaux, les flux de touristes que draine chaque soir d'été le marché nocturne dans les vieilles ruelles. Idéal, oui, mais par endroits dangereux. Certains jours de tempête, le mistral arrache des roches à la falaise et parfois même des vies.

Reprendre son souffle.

Sachs stoppe un instant à la hauteur du vieux fort du cap Nègre. Un ancien fortin carré récemment restauré, en avancée sur la mer. Quand la nuit sera noire, les projecteurs l'illumineront. Il semblera dériver au-dessus de l'eau comme un vaisseau fantôme. Les chemins qui y conduisent ne sont pas éclairés et, en l'absence de lune, on ne discerne pas la masse des rochers sur laquelle il prend pied et qui l'attache à la côte. Dans la nuit, même pour ceux qui connaissent ces lieux, il se dresse au regard comme une énigme.

Sachs aime cet endroit.

Guère surprenant pour un peintre.

L'avancée du cap offre un panorama de carte postale. L'île des Embiez, proche à toucher la presqu'île du Gaou, ferme la baie de Sanary au sud. A l'est, faisant face à l'horizon, se dressent les roches blanches de l'île du Frioul, en face de Marseille, surveillées au nord par le majestueux massif de la Sainte-Baume. Les jours de mistral, et ils sont nombreux, le vent excite l'air et cristallise les lumières. Les voiles des véliplanchistes filant comme des curseurs d'imprimante laser brodent la houle de pointes de couleurs.

Oui, Sachs aime cet endroit.

Il l'aime par les yeux, il l'aime par la peau.

Les à-coups de son vélo soulèvent une poussière fine, ocre, qui sent le sel, le soleil et la roche. Elle se lie à sa sueur. La terre le peint.

Juste retour des choses.

Il force sur ses pédales, emballe son cœur pour s'enivrer de vitesse, de chocs, d'oxygène et d'odeurs. Il devient la toile, se sature d'essences. Puis une fois les tensions rompues, évacuées, il reprend son chemin les muscles décrassés et l'esprit disponible.

Mais ce soir, il veut que rien ne sorte. Ne rien extraire. Conserver sur sa peau, dans ses veines, cette infinie douceur. Ce soir, il n'ouvrira pas son atelier à la foule des badauds grossiers.

Non.

Il veut fermer ses volets.

Mettre entre parenthèses le temps qui va passer.

3

18 heures, vernissage.
Il l'attend.
Viendra-t-elle ?
Oui, je viendrai.

Crachotements d'un micro bronchiteux.

Les visages se tournent dans la direction des officiels fidèles à leur costume-cravate malgré la canicule. M. le maire, l'adjoint à la culture, son collègue au tourisme et la petite cour d'élégantes plus très fraîches – sens propre, sens figuré –, le maquillage transpire lui aussi.

On joue des coudes çà et là, certains pour être bien placés à l'ouverture du buffet, d'autres sur la photo. "Souriez, merci."

Oui, je viendrai.
A-t-elle dit oui pour qu'il cesse de l'importuner ?
Le maire a démarré.
— Bienvenue à tous, et laissez-moi remercier…
Oui, je viendrai.
A-t-elle dit oui parce qu'elle est polie ?
— … je vous le redis et sans flatterie, nous sommes vraiment très honorés qu'un artiste de la trempe de Sachs Given…
Oui, je viendrai.

Elle pourrait avoir oublié.

— … nous espérons que, malgré son succès, Sachs saura résister encore à l'attrait de la capitale…

Oui, je viendrai.

Ou alors ne plus se souvenir de l'adresse.

— … si vos amis ratent cette exposition, cet été, parce qu'ils ne sont pas venus dans notre belle commune, ce qui est déjà une grossière erreur, vous n'aurez qu'à leur donner rendez-vous, à San Francisco, à la Popey's Gallery en septembre.

— *Oui, je viendrai.*

Il l'attend.

Les minutes égrènent des secondes en chapelets élastiques qui s'étirent sans jamais se briser.

Le temps est lent.

— … je vous le répète nous sommes vraiment très fiers de Sachs Given, un enfant du pays…

Le maire est lourd.

— … monsieur Sachs Given, merci encore. C'est un honneur de vous avoir. Je vous laisse la parole.

— Hum…

Sachs s'éclaircit la gorge. Remerciements d'usage. Il n'aime guère mais s'en acquitte, pilote automatique, sa bouche récite, son regard est ailleurs, ou dans un autre temps.

Il fixe l'entrée.

Il l'attend.

Sachs n'a pas fini de parler lorsqu'elle apparaît dans l'encadrement de la porte. Elle a relevé ses cheveux dans un chignon indiscipliné piquant ses tourbillons roux de deux fines barrettes chinoises en écaille verte assorties à sa robe. Le soleil derrière elle, impudique, joue avec les transparences des volants légers de sa jupe, soulignant toute la finesse de sa silhouette. Elle est peu fardée et son teint de lait tacheté d'or lui donne une fragilité de poupée de porcelaine, une poupée rousse. Lorsqu'elle a passé le seuil, elle n'avait pas sa canne blanche. Elle semblait regarder derrière lui, droit sur sa plus belle toile. Cela aurait pu être par coquetterie, les lunettes sombres aussi.

Non.

Elle ne cherchait pas à retarder son regard. Elle était au-delà.

Une amie lui tenait le bras.

C'est là qu'il a compris.

Laïus terminé, applaudissements nourris, mouvements vers le buffet.

Guidée, elle s'avance vers lui.

Il rougit.

4

— Vous êtes venue. Je vous en remercie.

En s'adressant à elle, Sachs amorce un geste pour lui serrer la main dans un salut machinal. Sans hésitation aucune et avec une synchronicité qui le surprend, le renvoyant immédiatement à sa maladresse, elle fait de même, mais au lieu de tendre ses doigts elle pose sa paume sur la main de Sachs.

La jeune femme qui l'accompagne s'est éloignée.

Sachs est démuni. D'ordinaire il touche les gens par ce qu'il les amène à voir. S'il était enfant, il pourrait trépigner, exiger qu'on répare en tapant du pied. L'adulte qu'il est pourrait s'effrayer, ériger un rempart pour se protéger.

Il ne sait plus.

Il est gêné.

Elle sourit.

— Avez-vous le temps de me raconter vos toiles ?

Raconter !? Sachs est aussi peu à l'aise avec les mots qu'avec les gens. C'est en grande partie pour cela qu'il peint.

— Oui, répond-il finalement sans avoir l'impression de lui mentir. Après tout sa question porte sur le temps qu'il pourrait lui accorder pas sur sa capacité ou non à se livrer. Oui, toute la soirée, pouvez-vous ?

— Je suis attendue à 23 h 30, mais jusque-là ce sera avec plaisir, lui répond-elle dans un sourire.

— Bien. Cela nous donne quelques heures, mais je vais devoir en sacrifier au moins une en hypocrisies médiatiques. Promotion oblige. Cela vous gêne-t-il de rester avec moi malgré tout ?

Avant qu'elle ne réponde, il a recouvert de sa main libre cette main si douce posée sur la sienne.

— Sans aucun problème pour moi. Mais peut-être que ma présence ici, avec ma particularité, peut vous gêner ?

— Non. Sincèrement non. Mais je n'ai pas l'expérience. Comment dois-je faire pour que vous restiez à mes côtés ?

— Conservez simplement ma main sur la vôtre pour me guider, et lorsque vous aurez besoin des deux vôtres, il suffit de la dégager. N'ayez aucune crainte, je me tiendrai à vos côtés, sage comme une image.

Le poids de sa main s'est fait plus lourd sur celle de Sachs.

— Merci.

Sachs hésite un instant. Contrairement à ce qu'il a affirmé, le handicap d'Alessandra le déroute, il ne sait plus quelle direction prendre, par où commencer…

— Je… je ne connais même pas votre nom.

Il n'avait pas voulu lui demander hier soir à la plage.

Pas voulu, pas osé, pas pensé. Il ne sait pas exactement.

Tout bien réfléchi, il ne l'avait tout simplement pas souhaité.

Un échange d'état civil sur le sable aurait abîmé la magie du moment et un "Josette Dupont, comptable" aurait autorisé beaucoup moins de latitude au fantasme.

— Je m'appelle Alessandra, Alessandra Nicolaïev, murmure-t-elle à son oreille.

Sa poupée rousse est une poupée russe.

Taïga et vodka, puissance et déclin, l'haleine brûlante des chevaux, le vent glacé des steppes, force et misère, sang sur la neige de la place Rouge, le feu de ses cheveux et sa peau de lait... Alessandra Nicolaïev...

Paul Turbaud, l'agent de Sachs, s'est frayé un chemin jusqu'à eux. L'attaché de presse des galeries californiennes voudrait faire ses photos.

— Paul, laisse-moi te présenter Alessandra, Alessandra Nicolaïev. Alessandra. Paul, mon agent.

— Enchanté mademoiselle.

— Je suis ravie.

Alessandra a tendu sa main en premier. Paul la lui serre sans remarquer sa cécité.

— Votre vernissage semble avoir du succès.

Alessandra a fait mine de baisser les yeux en s'adressant à Paul. Le jeu d'une fausse timidité lui permet de tester son interlocuteur. Manipulation subtile, celui qui parle bas force l'autre à se pencher pour écouter et l'ascendant de la relation se met en place.

Paul n'a toujours rien remarqué. Il interroge discrètement Sachs du regard pour s'assurer de la ligne de conduite à tenir. Registre d'agent flatteur ou intérêt sincère ? Rencontre d'un soir ou relation à venir ? Certes la demoiselle est belle mais la réponse n'est pas évidente. Il ignore comment interpréter le trouble qu'il lit dans les yeux de son protégé.

— Voulez-vous nous accompagner, Alessandra ? Nous devons poser devant les toiles de Sachs. Pour les dépliants que prépare l'attaché de presse.

Blabla sur la vie de l'artiste, avec photos de ses tableaux en situation, c'est-à-dire en vernissage, avec des admirateurs en pleine extase !

Sachs a lâché la main de la jeune femme et Paul, tout en parlant, lui a pris le bras, il l'emmène avec lui vers le petit groupe de journalistes.

— Voyez-vous Alessandra, poursuit-il, ce n'est pas la mode, sur les *flyers*, de faire figurer la toile, seule, comme ça, toute nue, seulement encadrée. Il faut qu'elle soit sur son mur, avec des personnes autour, le verre à la main si possible, ça fait plus *frenchy*.

Sachs a rattrapé Alessandra et Paul. Sans interrompre son agent, il chuchote rapidement à l'oreille d'Alessandra que deux pas devant elle se trouve une marche.

— Donc, donnons leur du *frenchy*. A l'étranger, c'est déjà une garantie de talent, continue Paul. Surtout qu'avec son nom Sachs ne nous aide pas. Ici on prononce “jivan”, mais là-bas, à cause du prénom, ils disent tous “guivene” à l'anglaise, “Zak Guivene”. C'est un détail, mais c'est mon rôle, voyez-vous, de penser à ce genre de détail.

— En effet, je vois, oui, je vois, s'amuse Alessandra en passant sans encombre la marche.

— Vous voulez bien, Alessandra, poser à côté de Sachs pour les photos ? Bien que je me demande si c'est réellement une bonne idée. Vous risquez de faire de l'ombre aux tableaux !

Alessandra minaude en baissant son visage. Paul, qui lui fait face maintenant, bloque son geste en passant son doigt sous le menton de la jeune femme.

— Ah non, ne fuyez pas le compliment. Vous le méritez.

Elle sourit. Manipulation réussie. Paul est ferré.

5

— *Cheese.* Souriez. *Thanks !*

Flash.

— Remonte un peu ton verre, mademoiselle. Sachs ? Peux-tu regarder vers la fenêtre ? *Yes ! OK ! Thanks. Don't move,* je refais une autre.

Clic. Pause. Déclic. Flashes.

— *Perfect !* Merci, *thanks,* merci beaucoup.

Dan Garett, l'attaché de presse californien, a photographié Sachs et Alessandra devant chacune des toiles. Tantôt le verre à la main, avec ou sans Paul, tantôt dos à l'objectif mimant la découverte d'une œuvre. Il a cherché les angles où on voit le mieux les pierres apparentes des murs sur lesquels sont accrochés les tableaux ainsi que le jeu des vieilles poutres au plafond. Il attend que l'atelier désemplisse pour pouvoir tirer un cliché avec perspective sur les vieilles terres cuites posées en diagonale sur le sol. Un Américain à la recherche de l'effet provençal authentique.

Paul garde le sourire mais commence à s'impatienter, il aimerait bien maintenant que Mr Garett cesse son cinéma. Il doit s'occuper de certains invités que Sachs délaisse pour la compagnie d'Alessandra. En vérité, Paul se sent même un peu froissé. Sachs ne lui a jamais parlé de cette belle rousse. D'ordinaire il ne lui cache pas ses rencontres et la complicité qu'il observe entre eux deux lui donne à penser qu'ils se connaissent déjà depuis quelque temps. Il n'a pratiquement pas lâché la jeune femme de la soirée, lui tenant la main simplement, comme on la donne à une personne aimée, l'attirant contre lui quelquefois, d'une simple inflexion du poignet, pour éviter que quelqu'un ne la bouscule. Paul a été surpris par leur proximité physique. Habituellement Sachs n'est pas démonstratif en public.

Quelque chose de particulier se joue entre cette jeune femme et son peintre, mais il n'en soupçonne pas la nature. Lui aussi, à sa façon, est touché par la grâce d'Alessandra, sa grâce et son intelligence. Il y a quelques minutes à peine, les seules peut-être où Sachs s'est éloigné d'elle un moment, elle l'a littéralement bluffé devant une de ses toiles.

— J'aime particulièrement ce tableau. Oui, incontestablement, il est mon préféré. Et vous, Alessandra ? Quelle est votre toile préférée ? lui avait-il demandé.

— Je pourrai vous répondre, Paul, lorsque Sachs me les aura véritablement racontées. Comment vous dire ? On ne perçoit pas les choses de la même manière quand elles ont pris du sens. Peut-être que, pour moi, ma préférée deviendra celle où Sachs aura le plus puisé en lui-même pour se livrer. Ou encore celle où il offre un chemin encore inédit de son esprit. Qui sait ? Elle aura alors le pouvoir d'ouvrir le mien à d'autres réalités, et, là, le mot “art” aura pris tout son sens. Mais vous, Paul ? Pourquoi ce tableau-là est-il votre favori ?

— J'ai déjà un faible pour ses œuvres abstraites en général. Je crois que celui-ci me touche au-delà des autres parce que c'est le plus dépouillé.

— Il vous plaît vraiment ? Est-ce qu'il vous touche profondément, ou est-ce seulement le résultat de la comparaison avec les autres tableaux exposés ? avait insisté la jeune femme.

— Il m'émeut véritablement. Dans l'atelier ce matin, il attirait mon regard sans cesse. Là, bien sûr, c'est difficile avec toute cette cohue et cette agitation, mais il m'apaise lorsque je le regarde. Il m'apaise et me remplit tout à la fois.

— Comment avez-vous réagi lorsque vous l'avez vu pour la première fois ?

— Comment ? Paul hésita quelques secondes. Oui ! Un soupir ! J'ai poussé un soupir de soulagement. Oui ! Comme pour dire : Voilà, enfin, c'est ça !

— Cette peinture n'a rien à cacher, n'est-ce pas ? Elle offre sa vérité clairement, simplement.

— Oui, Alessandra, c'est ça.

— Mais ce tableau n'est pas parfait, non ? Je me trompe ? Il y a quelque chose qui vous paraît… hors marge ? N'est-ce pas ?

— Oui, oui légèrement en effet, je trouve que dans sa perspective il y a comme quelque chose de décalé…

— Et pourtant pour vous, il évoque une profonde harmonie, je me trompe ?

— Vous avez raison, avait confirmé Paul, troublé, touché qu'elle puisse ressentir et mettre en mots ce vague qui l'avait pris et qu'il n'était pas parvenu lui-même à définir.

Alessandra faisait face au tableau lorsqu'elle parlait. Elle ne s'est pas tournée vers Paul pour s'adresser à lui. Pas une seule fois. Et il a apprécié. Il se serait senti gêné qu'elle puisse lire son trouble.

6

Brise du soir sur le port de Sanary. Le souffle de la mer tente de rafraîchir le front brûlant des maisons. Tout au long de la journée, le soleil a cogné fort et malgré la nuit tombée les ruelles de la vieille ville exhalent encore son haleine. Comme chaque soir à cette période de l'année, les parkings sur le port affichent complets, les files de voitures s'allongent à l'entrée de la baie.

Les heures sont passées sans qu'Alessandra ne pense à les compter.

L'atelier de Sachs ne désemplit pas, moins bondé certes qu'à l'ouverture du vernissage, certains invités poursuivent leur soirée aux terrasses des restaurants mais les touristes des ruelles les ont remplacés.

Alessandra discute avec Dan Garett, en anglais, avec un grand plaisir. Pas tant pour le personnage – elle ne l'apprécie que moyennement – que pour la langue. En ce qui concerne l'homme, elle le sent avide et envieux. Les galeries en Californie ne sont pas à lui, il représente le propriétaire. Quoi qu'il en dise, il ne vit pas son travail avec une véritable passion, il est trop en proie à la frustration.

La jeune femme qui accompagnait Alessandra à son arrivée s'est frayée un chemin jusqu'à eux.

— Alessandra, je suis là, chuchote-t-elle à son oreille.

La main d'Alessandra sur celle de Sachs s'est faite immédiatement plus légère – Sachs en jurerait –, prête à s'envoler.

— Patricia ! se réjouit Alessandra, approche-toi que je puisse te présenter.

Alessandra s'est écartée légèrement, invitant son amie à avancer.

— Sachs, je vous présente Patricia Ferrer, ma plus fidèle amie.

Sachs sourit à cette belle femme, plus petite qu'Alessandra, mais apparemment plus âgée que sa protégée, la quarantaine environ, d'un allant particulièrement dynamique. Tailleur violine de prix, talons et maquillage assortis. Sans faute le maquillage, précis. Destiné à durcir les traits même si elle voudrait faire croire qu'il n'est là que pour rehausser les pommettes – difficile de duper un peintre –, des yeux d'un bleu transparent que des lunettes à monture carrée rendent transperçants. Brune, une coupe de cheveux courte, méchée en éclaté, pour se prévaloir malgré tout d'un certain grain de folie, mais l'ensemble reste bien discipliné, solidement laqué. A n'en pas douter, la poignée de main qu'elle va rendre à Sachs sera plutôt franche, la paume de la main plutôt sèche et il n'y aura pas d'alliance à l'annulaire.

— Je suis ravie de faire votre connaissance, mademoiselle Ferrer.

— Enchantée, monsieur Given.

Présentations d'usage, politesses et bavardages. Alessandra doit partir. Sachs prend conscience de l'heure.

— J'espère que tout ça n'a pas été trop ennuyeux.

— Ennuyeux ? Oh ! Non ! Pas du tout, vraiment. Cela fait plusieurs mois en fait que je ne me suis pas retrouvée en *terra incognita*. Ces derniers temps, mon travail m'a beaucoup accaparée et je n'ai guère eu le loisir de sortir de mes routines. Cette soirée, dans un lieu nouveau, en l'absence de repères, avec des personnes inconnues à qui je ne manifeste pas ma singularité était une aventure complète. En comparaison, un tour de grand 8 est bien fade, je vous l'assure ! J'ai adoré. Vraiment. Je ne regrette pas une seule des minutes passées à vos côtés. Mais maintenant, je dois y aller, Sachs.

— Vraiment, vous ne voulez pas rester ?

— En fait ce soir, je ne peux pas, c'est… c'est d'ordre professionnel, hésite-t-elle.

Il lâche sa main à regret. Patricia prend le relais de son bras.

— Mais j'y pense, vous pouvez nous rejoindre un peu plus tard si vous le désirez, ajoute Alessandra.

— Bien sûr, s'empresse-t-il de répondre.

— Vous nous trouverez au casino, celui de Saint-Cyr, à la roulette.

7

— Votre pièce d'identité, monsieur.

Sachs extirpe son passeport de la poche intérieure de sa veste de lin. Formalités d'usage. Le guichetier du casino consulte l'écran de son ordinateur. Le jeune peintre n'a plus mis les pieds dans un établissement de jeu depuis bien trois ou quatre ans. Malgré tout, il est encore enregistré dans le fichier.

Sachs n'a jamais été très attiré par les jeux d'argent et il n'apprécie pas l'ambiance de la salle des machines à sous. Trop sonore, trop irritante, promiscuité dérangeante avec des aisselles que le chaud-froid de l'excitation-frustration rend particulièrement âcres.

Paul l'y a bien traîné quelques soirs, surtout ceux où il avait un peu trop bu, à l'époque de son divorce, mais Sachs n'a jamais accroché. Il suivait son ami, compatissant. L'agent souffrait profondément d'être séparé de son fils. Sa femme en avait obtenu la garde.

Au casino, patiemment, Sachs attendait que Paul ait pris sa dose de bruit, qu'il ait repéré sur suffisamment de visages ce petit tic nerveux qui trahit le sourire qu'on affiche tête haute alors que le rêve vient d'être brisé. Au milieu des déçus qui avaient pourtant cru en leur chance, Paul se sentait moins seul. Il s'acharnait sur les bandits manchots pour contraindre le destin : il méritait plus.

Après plusieurs gobelets de pièces, l'excitation retombait un peu, mais généralement pas suffisamment pour que Paul puisse trouver le sommeil en rentrant, alors, Sachs l'entraînait vers la salle de la roulette. Dans une ambiance plus douce, les heures de la nuit continuaient à passer pour tromper l'insomnie.

Paul faisait la navette entre le bar et la roulette. Sachs s'en tenait au black-jack. Pas réellement à cause du jeu, mais plutôt par goût pour les cartes, pour le graphisme des cartes. Ce sont les cartes, quand il était enfant, qui avaient révélé aux parents de Sachs les talents de leur fils pour le dessin. Il avait dans les cinq six ans. Au cours d'un week-end pluvieux, évincé du cercle des adultes qui jouaient entre eux, il avait annoncé fièrement, du haut de ses trois pommes, les mains sur les hanches – un sacré petit bonhomme : *Eh bien moi je vais le dessiner tout seul, mon jeu de cartes !* Et il s'était exécuté avec une détermination qui avait interpellé sa mère. Pendant toute une semaine, l'enfant avait découpé avec soin des rectangles de carton, puis les avait peints. Il en avait recommencé certains plusieurs fois cherchant véritablement à donner une unité à l'ensemble. Il avait réalisé tout un jeu de figures avec des caractéristiques originales. A partir de ce jour, sa mère avait veillé à ce qu'il ait toujours à disposition du matériel, crayons, pastels, peinture. Ce qu'elle avait décelé se confirmait, il ne s'agissait pas d'une passade. Sachs dessinait, peignait de plus en plus, par jeu, par plaisir et aussi pour exprimer les émotions dont il n'avait pas les mots.

Le père de Sachs a cherché un cours de dessin, un atelier ludique pour les gamins. Sa passion s'est confirmée.

— Parfait monsieur Given. Vous pouvez y aller. Je vous souhaite une excellente soirée. Ton obséquieux du guichetier.

La lourde porte capitonnée s'est refermée derrière Sachs, l'isolant des cliquetis infernaux de la salle des machines à sous.

Contrastes. Il soupire de soulagement. Une salle vaste, haute de plafond et pourtant intime, les rideaux lourds feutrent les perspectives. Un éclairage doux et indirect, un air conditionné parfaitement diffusé. Peu de monde. Une cinquantaine de personnes tout au plus. Deux tables à la roulette sont ouvertes, trois au black-jack.

Sachs repère Alessandra.

Elle est assise à la table du fond, Patricia à ses côtés. Elles sont de dos. Patricia ne semble pas encore avoir remarqué la présence de Sachs.

Sachs commande un verre au bar et les observe. Il compare les ambres du whisky qu'il fait tournoyer dans son verre aux nuances des boucles d'Alessandra, dans la même attitude, exactement, que celle qu'il adopte lorsqu'il cherche le parfait mélange de tons sur sa palette avant de l'envisager sur sa toile. Il peint dans son désir le délicat moment où il ôtera les fines barrettes d'écaille de son chignon pour voir couler ses boucles rousses sur ses épaules douces. Il attarde son regard sur la nuque de la jeune femme, sur le mouvement presque imperceptible de ses épaules à chaque inspiration et la palpitation du sang dans ses veines. Il s'imprègne de ces détails, comme si elle posait pour lui, avec l'attention de l'artiste prédateur prêt à croquer son modèle.

Alessandra et Patricia se penchent pour murmurer à l'oreille l'une de l'autre puis se redressent dans un ballet régulier. Patricia à chaque annonce du croupier, Alessandra une trentaine de secondes après. Puis Alessandra s'immobilise, les épaules relâchées. Seules ses lèvres continuent de bouger dans un murmure de réflexion qui ne semble adressé qu'à elle, comme si elle s'absorbait dans un mystérieux mantra. Elle respire d'une façon régulière, contrôlée, maîtrisée. Autour d'elle, les joueurs suspendent leur souffle au moment où la bille tinte et ricoche entre les cases promises jusqu'à ce que le numéro sorte. Les pouls s'accélèrent, les faciès se figent. Inutile d'être près de la table pour savoir qui a gagné ou perdu. A l'annonce du numéro, les épaules malchanceuses se voûtent immédiatement, certaines plus que d'autres. Il y a ceux qui se découragent vite, ceux qui, dans la vie en général, s'effondrent dès que quelque chose va mal. D'autres ricochent sur une pointe de colère. Le ressort de la revanche. Le coup suivant sera le bon. Les joueurs qui ont remporté un gain au contraire se redressent, bombent le torse puis, subitement détendus, se laissent aller en arrière, se vautrant dans un soupir d'aise sur le dossier de leur chaise. A l'inverse, les pros, les accros, manifestent peu leurs émotions mais leur tension est malgré tout perceptible.

Alessandra, elle, semble complètement relaxée, présente, oui, mais relaxée. Et pourtant Patricia ramasse des jetons quasiment à toutes les mises. Sachs, intrigué, se rapproche de la table. En observant leur manège, il comprend que c'est en fait Alessandra qui donne des instructions à Patricia.

Celle-ci les exécute sans hésiter. Des mises modestes, trois quatre jetons à la fois, toujours un numéro plein, deux ou trois à cheval et éventuellement un sur quatre cases. Elles récupèrent au moins toujours la mise.

Sachs fait un petit signe amical à Patricia qui vient de s'apercevoir de sa présence.

— Sachs Given est là, chuchote-t-elle à l'oreille de son amie.

Un sourire illumine le visage d'Alessandra.

— Que fait-il ?

— Il est allé changer des jetons, il nous rejoint.

— Bien ! Quand il rentre à la table, tu mises plein sur le 2, le 4 et le 8. Si le 2 sort, au tour suivant tu joueras le 8 plein.

Une femme se dresse, Sachs prend son siège. Il s'assoit en face d'Alessandra.

— Les jeux sont faits. Rien ne va plus… 2 noir pair et manque.

Soupirs de déception autour de la table, hormis deux ou trois frileux qui se sont contentés de jouer la couleur, seules Patricia et Alessandra remportent un gain.

— Parfait, Alessandra, donc le 8 plein ? s'enquiert Patricia.

— Oui. Place la mise.

Le croupier lance la bille. Fébrilité des regards. Les iris des joueurs font des aller-retour rapides du tapis au tourniquet. Ils mémorisent les cases multiples sur lesquelles ils ont tenté des paris.

— Les jeux sont faits. Rien ne va plus… 8 noir pair et manque.

Les joueurs à la table remarquent les deux numéros pleins remportés par les deux femmes. Les connaisseurs ne miseront qu'après elles, espérant bénéficier de leur élan chanceux comme une formule 1 en grand prix profite de l'aspiration du concurrent qui la précède.

— Que joue Sachs ? demande Alessandra.

— Il attend.

— Fais-lui signe pour l'inviter à miser, et je te dirai.

Patricia fait un geste de la main en direction de Sachs, un après vous silencieux. Sachs lui répond par un sourire et place six de ses jetons sur le 8 à nouveau.

— Il a joué le 8, d'un geste, sans hésitation, commente Patricia à l'intention d'Alessandra.

— Incroyable !... Rejoue le 8 encore. Vas-y, le 8 plein.

Patricia ne comprend pas tout de l'enthousiasme de son amie, mais elle s'exécute et pousse sur la case du 8 le tiers de ses jetons. Les joueurs qui étaient aux aguets lui emboîtent le pas. D'autres hésitent, le doublement d'un numéro est quelque chose de rare, mais il se produit souvent par série.

Le croupier lance la roulette, la tension monte. Certains spectateurs de la table voisine se rapprochent.

— Rien ne va plus !

Sachs ne s'intéresse pas à la bille qui ricoche.

Il regarde Alessandra qui sourit dans sa direction. Il se demande si elle le perçoit, si elle sent l'insistance de son regard.

— 8. Noir. Pair et manque.

Exclamations.

Même Patricia est stupéfaite. Certes, elle est habituée à la méthode d'Alessandra mais il est rare qu'elle soit aussi précise.

— 1 rouge, 11 noir, 13 noir, 2 noir, 8 noir, 8 noir, récapitule Patricia.

Alessandra réfléchit une poignée de secondes comme l'a observé Sachs tout à l'heure, puis se penche vers Patricia pour lui donner ses nouvelles instructions.

— Je serais tentée de tout miser sur le 21, Patricia, tout ! Mais je dois assurer, n'est-ce pas ? Pour Yannick. Il le faut. Combien avons-nous ?

— A la louche, presque la somme convenue plus la mise de départ bien évidemment, lui répond Patricia.

— OK. Répartis à parts égales l'équivalent d'un quart des gains sur le 21, le 22, le 2 et le 1 en plein. Après on arrête, je crois que je ne vais pas arriver à gérer mes émotions.

— Aucun problème, Alessandra, relax, tout va bien.

Sachs qui ne quitte pas des yeux Alessandra perçoit une soudaine crispation sur son visage.

— J'ai peur de tout perdre, chuchote-t-elle à l'oreille de Patricia.

— Rassure-toi, ma douce. Ce n'est pas possible. J'ai déjà mis la mise de départ de côté et je ne joue que le quart des gains que l'on a faits.

— Je ne parle pas du jeu, Patricia.

Focalisé sur le visage d'Alessandra, Sachs n'a pas misé.

— Les jeux sont faits.

Il voudrait qu'Alessandra sache qu'il est en train de lui sourire, il voudrait voir s'effacer de son si doux visage ce masque d'inquiétude qui est venu crisper ses traits. Il ressent le besoin de s'approcher d'elle, de la toucher.

— Rien ne va plus.

Sachs s'est levé de son siège sans attendre l'annonce du numéro. Il fait le tour de la table pour la rejoindre. Patricia, concentrée sur la roulette, ne le mentionne pas à Alessandra.

— 21 rouge impair et passe.

La main de Sachs s'est posée sur l'épaule d'Alessandra au moment même de l'annonce du croupier. Le visage de la jeune aveugle s'est immédiatement illuminé. Des exclamations d'étonnement s'élèvent autour de la table. Les regards sont braqués sur Patricia qui ramène vers elle une véritable montagne de jetons.

8

— Puis-je vous offrir un verre, mesdames les heureuses gagnantes ? propose Sachs impressionné.

Focalisé sur Alessandra, il ne s'était pas rendu compte de l'ampleur de leurs gains. A chaque jeton plein, elles remportent trente-six fois leur mise et sur le dernier coup Patricia a parié une somme importante. Le croupier lui a mis un plateau à disposition pour qu'elle puisse transporter ses jetons. A vue de nez, plus de quinze mille euros.

— Avec plaisir, Sachs. Je vais changer notre petite fortune et je vous rejoins, répond Patricia.

Alessandra a posé sa main sur celle de Sachs. Ils se dirigent jusqu'au bar. Un couple s'empresse de prendre les sièges de Patricia et d'Alessandra, superstition du joueur : les places portent chance.

— Vous m'intriguez, Alessandra. Je ne m'imaginais pas qu'une personne avec votre handicap puisse se retrouver dans la salle d'un casino et…

— Avec ma particularité, ou ma singularité, je préfère, interrompt la jeune femme.

— Pardon, je…

— Ne vous excusez pas. Mais la nuance est importante. C'est justement parce que je n'envisage pas ma cécité comme un handicap que vous pouvez me rencontrer dans un tel endroit.

Ils s'installent sur les tabourets hauts du bar. Sachs commande trois cocktails.

— Vous savez, hier soir, sur la plage, je n'avais pas compris.

— Je m'en étais rendu compte sinon je ne pense pas que vous auriez osé m'inviter à venir voir vos toiles pour le vernissage, répond Alessandra en riant.

— Au moment où vous êtes entrées, vous donniez le bras à Patricia, alors j'ai réalisé. Puis, quelques fois au cours de la soirée, je me suis mis à douter.

A douter ? Ou à espérer ? Espérer qu'il se soit trompé, qu'elle voie normalement... La pensée lui traverse l'esprit mais il ne tient pas à l'exprimer. Il poursuit.

— Votre aisance est surprenante. Même Paul qui est resté très souvent avec nous n'a rien remarqué. Je ne lui ai rien dit. Il m'a confié avoir été touché par ce que vous aviez vu des toiles !

Alessandra sourit.

— Ce qu'il y a sur la toile, c'est de la peinture. Ce que ressent une personne en la contemplant, c'est une émotion. Je ne vous apprends rien n'est-ce pas ? Il suffit d'écouter et, si on désire s'ouvrir un peu plus, chercher à entendre. Oh, et puis nous, les aveugles, nous avons plein de trucs ! Mais surtout un sens de l'attention très développé. Par nécessité. Nous n'avons guère le choix. Si nous voulons évoluer dans votre réalité, nous nous devons d'être particulièrement attentifs.

Le garçon a fait glisser devant eux de grands verres sirupeux. Fragrance sucrée de fleurs blanches. Alessandra ôte un litchi de sa brochette de fruits et le porte à ses lèvres.

— Tenez ! Je suis sûre que j'ai enregistré des détails sur Paul que vous n'avez même pas remarqués !

Fort probable, pense Sachs, d'autant que ce soir il n'a eu d'yeux que pour elle.

Elle poursuit.

— Il était vêtu d'un costume en lin, couleur claire, tee-shirt en Lycra soyeux, foncé. Dans les tons de bordeaux, il me semble, et comme c'est un homme raffiné, je suppose qu'il arborait une pochette assortie.

— Oui, c'est exact. Vous m'impressionnez. Mais le tee-shirt ?

— Le Lycra, c'est facile, je n'ai pas eu besoin de le toucher. Les odeurs ! Soit l'odeur même du tissu permet de le reconnaître, soit, et c'est le plus fréquent, la dégradation de celle des transpirations. Pardon pour le détail !

Sachs resserre insensiblement les bras le long de son torse, gêné à l'idée qu'elle puisse être aussi sensible aux odeurs corporelles.

— Mais la couleur du tee-shirt ? Comment faites-vous ?

— Une question de vibration, une impression de chaleur. Il suffit d'étalonner ses sens, comme lorsqu'on fait couler un bain. Vos sensations vous permettent d'évaluer la température. Pour discerner la longueur d'onde d'une couleur, c'est du même ordre, en un peu plus subtil, mais c'est surtout une question d'entraînement. Une de mes vieilles amies, aveugle, tout comme moi, tricote du jacquard. Elle sent la couleur des brins de laine entre ses doigts.

— C'est troublant. Vous nous mettez à nu plus sûrement que si vous y voyiez, remarque Sachs.

Et il n'imagine pas à quel point.

Alessandra pourrait évoquer les chaussures de Paul. Elle a remarqué la vivacité de sa démarche, un semblant de déhanché retenu, le bout de son pied qui effleure à peine le sol. Chaussures de sport, style baskets, semelle fine, une touche de décontraction *US*, lui qui revendique le *frenchy* pour son protégé. Il est dans le coup, Paul. Il doit l'être, pour son job, et surtout pour lui-même. Pour ne pas sombrer. Car il dissimule, Paul, probablement une homosexualité qu'il ne s'autorise pas à vivre ou à afficher. Si Paul n'avait pas parlé quand il a serré la main d'Alessandra, Alessandra aurait cru que c'était une femme, Paule… Et la discussion quant à son tableau favori n'a fait que renforcer son intuition, *quelque chose de décalé, hors marge…* Elle tait son ressenti à Sachs.

— Vous savez, confie-t-elle, je ne m'attarde pas sur les personnes avec lesquelles il n'y aura pas de suite, je ne veux pas m'encombrer l'esprit. Je ne rentre pas dans leurs détails, mais elles me laissent malgré tout une empreinte globale. Comme Dan Garett, par exemple.

— Oui, notre fameux Américain en goguette ! soupire Sachs.

— Je n'ai pas enregistré ses vêtements, je n'ai pas ouvert mes narines non plus à son odeur. Je n'avais pas envie d'en connaître plus. Mais je pense qu'il y a une disharmonie dans sa silhouette, non ?

— J'avoue que moi non plus je ne lui ai pas porté beaucoup d'attention, répond Sachs laissant entendre à son intonation qu'il n'apprécie que moyennement le personnage.

— Eh bien, monsieur le peintre, si vous aviez à le croquer, peut-être vous rendriez-vous compte que ses bras donnent l'impression d'être un peu courts.

— Oui, en effet, maintenant que vous me le faites remarquer… En effet… Il a des petits bras par rapport à son buste et il les tient légèrement écartés à la manière d'un bodybuilder trop gonflé. Mais à peine. Ce n'est sans doute pas une réalité physique mais plus une impression. C'est stupéfiant ! Comment avez-vous perçu ce détail ?

— L'extérieur est très révélateur de l'intérieur. Cet homme est un envieux. L'envieux a le sentiment d'avoir les bras trop courts car les fruits lui semblent toujours hors de portée ! dit-elle en croquant avec gourmandise dans le dernier litchi de sa brochette exotique.

Sachs rit. Les dessinateurs du marché nocturne de Sanary qui bradent leur talent en faisant des caricatures n'auraient pas été plus pertinents !

Quelle représentation peut-elle bien avoir de lui ?

— Vous savez, Sachs, dit-elle soudain plus grave, je pense que nous avons un point commun. La cécité contraint à percevoir les choses au niveau de leur essence même puisque nous n'avons pas accès à leur image, ou à leur forme. Je crois que vous êtes capable de comprendre ce que je ressens parce que vous peignez des toiles abstraites. Par l'abstraction, l'artiste n'exprime-t-il pas l'essence même de ce qu'il ressent au-delà de ce qu'il voit ?

Où il avait vu une impasse, elle l'aveugle et lui le peintre, elle dessine des ponts.

— Vous m'impressionnez, Alessandra, murmure-t-il. Vraiment, vous m'impressionnez, et je ne dis pas ça, croyez-moi, dans l'intention d'une drague facile, ment-il quelque peu. D'ailleurs, vous en avez impressionné beaucoup ce soir, ne serait-ce qu'autour de la table. Vous avez toujours autant de chance ?

— Ce soir, c'est particulier, mais d'une façon générale la banque fait toujours de mauvaises affaires avec moi.

— Je vous ai observée lorsque vous jouiez. Votre attitude était différente des autres joueurs, votre respiration si régulière.

— Je devais me concentrer pour voir les nombres, “voir” entre guillemets, précise-t-elle. Pour sentir leur sens. Si on s’arrête à leur forme, on peut prendre leur succession pour du hasard, mais moi, je les appréhende au-delà et je perçois des liens entre eux que les yeux ne voient pas. Mais je ne veux pas vous en dire plus. Il est bien imprudent de dévoiler ses secrets à une personne que l’on connaît à peine.

Elle se met à rire.

— Non, ne vous renfrognez pas, continue-t-elle en posant sa main sur la sienne, je vous taquine. En fait, ce n’est plus l’heure des discours métaphysiques sur la réalité mathématique. Je ne suis plus vraiment en état ! Beaucoup d’émotions pour cette journée.

Elle abandonne sa main à la caresse de celle de Sachs.

— Le cocktail n’arrange rien. L’alcool m’enivre très rapidement, lui confie-t-elle.

Une soudaine agitation dans le fond de la salle leur fait relever la tête.

Dans l’espace du comptoir des changes, en renfoncement – discrétion oblige –, Patricia est aux prises avec deux hommes.

Sachs se lève immédiatement invitant Alessandra à l’attendre. Il n’a pas le temps de traverser la salle, que Patricia, visiblement malmenée, est entraînée derrière une porte.

— Hep ! ameute Sachs. Que se passe-t-il ?

Le guichetier qui s’était effacé pour laisser passer Patricia encadrée des deux costauds a repris sa place, imperturbable.

— Tout va bien, monsieur. Désirez-vous changer vos gains ?

— Stop ! On arrête immédiatement l’hypocrisie courtoise ! Que se passe-t-il avec cette femme ?

Où l'emmenez-vous ? insiste Sachs en haussant le ton.

Les joueurs de la salle lèvent le nez de leur table. L'homme au guichet décroche son téléphone. Sachs jette un regard en direction du bar et se fige. Alessandra a disparu.

9

Les doigts de Sachs tambourinent sur le volant de son Audi TT. Les mâchoires serrées, il guette.

Il a déplacé sa voiture sur le parking du casino afin de pouvoir surveiller le maximum de sorties possibles du bâtiment : l'entrée principale avec son escalier monumental, le rez-de-chaussée ouest (deux portes de service). Deux restaurants flanquent le rez-de-chaussée est, pas de sorties directes. Sur le flanc sud, il n'a repéré qu'une porte inutilisée, le bas des doubles battants est obstrué par un bourrelet de sable. Il a fait l'impasse sur ce côté-là. Il devait choisir. Seul, il ne peut pas tout surveiller. De plus, de là où il est posté, il contrôle la sortie du parking, ce qui lui paraît le plus important.

Il est bientôt trois heures maintenant, les touristes se font rares. Quelques égarés, quelques éméchés…

Sachs est tendu, inquiet. Voilà presque une heure qu'il attend.

Lorsqu'il s'est rendu compte qu'Alessandra n'était plus là, il a immédiatement interrogé le barman. Les consommations ont été réglées, la jolie rousse vient de partir, lui a-t-on répondu. Au guichet d'entrée, la sortie d'Alessandra lui a été confirmée.

Sachs a couru dans l'escalier, personne. Matériellement, ce n'est pas possible, il n'a perdu de vue Alessandra qu'une trentaine de secondes.

Sachs est remonté, demandant des comptes, et a commencé à faire du raffut. Il a été conduit au directeur du casino en personne. L'homme, courtois, l'a invité à se calmer. Connaissait-il ces deux femmes ?

— J'ai fait leur connaissance dans la soirée, a répondu Sachs sur ses gardes.

— Ce sont deux belles femmes, n'est-ce pas ? Je comprends qu'elles vous intéressent. J'ai plus de chance que vous, monsieur Given. Moi, cela fait bien un an que je les connais, lui a expliqué le directeur. Plus de chance… c'est une façon de parler. En tant qu'homme, oui, j'ai plus de chance. Mais en tant que directeur d'un établissement de jeu, l'expression chance n'est pas appropriée ! Ces femmes si ravissantes soient-elles sont un réel problème pour nous.

— C'est-à-dire ?

— Je ne suis pas certain que ces dames soient très fréquentables, monsieur Given.

Sourire narquois du directeur qui s'est calé plus confortablement dans son fauteuil.

— Mais vous aviez raison sur un point, elles sont bien retenues en nos murs, a-t-il poursuivi.

Sachs s'est crispé.

— Excusez mes employés, ils ont respecté les consignes, a repris le directeur visiblement satisfait de faire bouillir son interlocuteur. Les deux femmes qui vous intéressent sont effectivement retenues en nos murs mais pas entre nos mains, monsieur Given, pas entre nos mains. La police des jeux est en train de les interroger. La soirée ne se terminera pas aussi bien que vous auriez pu l'espérer, je le crains.

10

Sachs assis derrière le volant de son Audi continue à guetter sur le parking du casino.

Toujours rien.

Trois ou quatre couples sont sortis en riant, s'interrogeant sur le choix de la boîte de nuit où ils ont l'intention de finir la soirée. Deux adolescents sont passés devant lui pour aller se bécoter sur les rochers.

Il ne sait même pas quel type de voiture peut bien posséder Patricia, ni même si elle l'a laissée sur le parking.

Les propos du directeur du casino l'ont déstabilisé, il doit le reconnaître, mais il a fait bonne figure pour ne pas prolonger l'entretien. Il a joué le dragueur invétéré, affichant une légère déception quant à sa fin de soirée. Le directeur semblait avoir envisagé Sachs sur ce registre-là, aussi, quelques minutes après, il s'est retrouvé dehors, sans encombre.

Impatient au volant de sa voiture, il attend de reconnaître la silhouette d'Alessandra, de repérer sa main posée sur le bras de son amie. Il espère que ça ne sera pas pour la guider jusqu'à une voiture de police. Les municipaux sont passés tout à l'heure toute sirène hurlante. Sachs a craint que ce ne soit pour elles, mais ils n'ont pas tourné au rond-point du casino. Ils ont filé tout droit vers les hauteurs de Saint-Cyr.

Sachs a hésité en sortant du bureau du directeur. Devait-il passer un coup de fil à la police pour prévenir ? Après tout il venait d'être le témoin d'une scène étrange au casino, il était inquiet et les propos du directeur ne l'avaient pas convaincu. Selon ce qu'il avait exposé, les deux femmes seraient soupçonnées d'utiliser un système quelconque pour arriver à contraindre la roulette : la fréquence de leur gain n'est pas naturelle. Si la police des jeux parvenait à mettre quelque chose en évidence, ils alerteraient alors la police nationale qui viendrait les interpeller pour les placer en garde à vue.

Non, prévenir la police ne servirait à rien, ils sont complètement débordés en période estivale. Ils ne prendront pas au sérieux son inquiétude. Idée stupide.

Plus d'une heure maintenant qu'il attend.

L'attention de Sachs se relâche.

Il se remémore Alessandra. Il a envie de fermer les yeux pour voir se dessiner sur l'écran de ses désirs ses boucles rousses qui s'alourdissent sur sa nuque, ses cuisses fuselées dans l'indécence du vaporeux de sa jupe.

Des talons claquent sur l'asphalte, le tirant immédiatement de sa rêverie.

Patricia !

Elle longe le casino en courant presque.

Seule.

Sachs sort de sa voiture. La jeune femme disparaît à l'angle du bâtiment. Il allonge le pas pour la rattraper. Il passe le coin. La silhouette de Patricia se dilue dans l'obscurité. Il s'apprête à appeler la jeune femme quand deux ombres surgissent de derrière une voiture. Sachs se met à courir.

La scène dans le noir prend forme au fur et à mesure qu'il s'en rapproche.

Ils sont deux. Deux gars, style grands ados, minces, agiles. L'un maintient Patricia au sol par les épaules, l'autre a répandu le contenu de son sac à main par terre.

Plus que deux enjambées et Sachs est sur eux.

Un troisième homme, accroupi derrière une voiture, bondit alors sur lui, le percutant en pleine poitrine. Sous le choc Sachs perd l'équilibre. Sa tête cogne le pare-chocs d'un vieux break.

Rideau.

11

— Ouvrez les yeux !

Patricia, penchée sur Sachs, le secoue sans ménagement afin qu'il retrouve ses esprits. Il n'a perdu conscience qu'une poignée de secondes. Dans un réflexe Sachs se relève prestement. Le sang bourdonne à ses oreilles, cogne à ses tempes et se confond avec le tambourinement rapide des pas de ses agresseurs qui s'enfuient. Des portières claquent, une voiture démarre en trombe. Etourdissement.

— Ça va aller ? s'inquiète la jeune femme.

Sachs titube. Impression de vertige. Impossible d'accommoder le regard. Respirer est une souffrance, l'épaule de son agresseur lui a écrasé le plexus. Il retombe à genoux, arc-boutant ses bras sur ses cuisses pour soutenir son buste.

— Ça va aller ?

Sachs se contente de hocher la tête. Il s'applique à reprendre son souffle. Patricia a répété machinalement sa question sans même le regarder. Fébrile, elle ramasse ses affaires éparpillées sur l'asphalte du parking. Ses doigts tremblent lorsqu'elle tente de replacer la batterie de son téléphone dans son logement. Ses efforts sont vains. L'écran refuse de s'éclairer.

Sachs, plié en deux pour minimiser la douleur qui irradie dans sa cage thoracique, se redresse sur ses jambes en prenant appui d'une main sur le capot d'une voiture. De l'autre il sort son portable de sa poche et le tend à Patricia.

Elle compose le numéro d'Alessandra.

12

La sonnerie d'un téléphone retentit à l'étage du standard de l'université de Davis – Californie.

— Zut ! s'exclame l'étudiant.

En se penchant au-dessus du bureau pour saisir le combiné, il a renversé son verre de soda sur une pile de dossiers, éclaboussant son jean au passage. Effervescence caustique.

— Allô ? Et zut ! Pardon ! Allô ? Université d'été de Davis, Greg Squirrel à votre service.

— Greg ? Salut ! C'est Jeff. Comment va ? En plein boum à ce que je vois, je te dérange ?

— Non, Jeff, pas du tout. Je suis seul maintenant, on a fini la journée.

— A peine ?! Foutu décalage horaire, je m'y ferai jamais ! Quelle heure il est chez toi ?

— 18 h 13.

— Mon pauvre gars ! T'es encore au bureau ?! Et tu sais ce que je vais faire, hein ? Tu devines pas ? Hein ? Eh bien, d'abord…

Et voilà, c'est parti. Jeff dans son répertoire favori. Ce qu'il prévoit de faire de sa nuit, et généralement ce qu'il fera, car rares sont les filles qui lui résistent. D'ordinaire Greg écoute attentivement les plans de Jeff espérant même que l'aplomb de son ami déteigne sur lui – la drague n'est pas le point fort des matheux – mais, bien qu'il ait le combiné collé à son oreille, il n'entend plus rien des paroles de Jeff. L'étudiant alerte d'il y a quelques minutes a tout l'air d'un fou marmonnant dans sa barbe. Jeff n'aurait pas dû faire allusion au décalage horaire ! Greg se balance compulsivement et, de sa main libre, se masse les yeux, faisant rouler ses globes oculaires sous ses paupières comme s'ils étaient des roulettes de souris. Bug. Dossier introuvable. Fichier inaccessible. Disque dur en boucle.

— Davis 18 h 13, Washington 21 h 13, Lisbonne 2 h 13, Palerme 3 h 13, Izmir 5 h 13, Achkhabad 7 h 13, Séoul 12 h 13, Portland 18 h 13, Minneapolis 22 h 13, Toronto 23 h 13, Pico 2 h 13, Marseille 3 h 13…

— Quoi ?! Qu'est-ce que tu es en train de baragouiner, tu as un rencard avec Marcilia à 3 heures ! Waouh ! Tu m'épates, Greg !!

— Quoi ! Excuse-moi, je t'entends mal. Qu'est-ce que tu me dis !? se reprend-il soudainement tiré de son délire à l'appel de son prénom.

Vertige…

Il s'accroche au rebord du bureau comme à une balustrade.

Bon Dieu ! Voilà plus de deux ans que ça ne lui avait pas pris !

Marseille 3 h 13 du mat', Sofia 4 h 13, Tbilissi 5 h 13, Bichkek 8 h 13, Vladivostok 12 h 13.

Et si Jeff ne l'avait pas arrêté en criant son prénom dans le combiné, Greg serait encore à dérouler la terre comme on épluche une pomme, en récitant pour chaque latitude les décalages horaires.

Son front transpire, ses mâchoires sont serrées.

Il se reprend.

— Excuse-moi, Jeff ! Quelqu'un est entré dans le bureau pour me demander un renseignement et je ne t'ai plus écouté, ment-il pour masquer son trouble. Qu'est-ce que tu disais ?

— Qu'est-ce que tu veux que je te raconte à cette heure-là ? Hein ? Je te parlais des filles ! Tu sais, les filles. Mammifère bipède. Ça te dit quelque chose ?! T'as pas étudié ça à un moment de ta si fertile scolarité ?! En sciences nat ? Bon allez, assez chambré, va ! Et toi qu'est-ce que tu glandes dans ton trou à rats ? Toujours à lécher les bottes du gros Nicholls ?

— Oui, non… mais tu sais avec l'université d'été y a plein de nanas super canon aussi ici !

— Arrête, mon gars, je te connais. Tu ne vas pas me la faire à moi, y a que tes formules qui t'intéressent. Bon allez, j'arrête de t'ennuyer. Mais franchement, je ne te comprends pas. Ils t'ont quand même fait une proposition en or, ici. Miami, mon poulet ! Miami Beach et ses palmiers ! Pourquoi tu ne viens pas rejoindre l'équipe, hein ? Leur proposition tient toujours. Je t'assure, ça vaut le coup. Je ne plaisante pas là, ce n'est pas pour les palmiers. Je t'appelle pour ça en fait, pour te relancer encore une fois. On sort d'une réunion préparatoire, elle a duré longtemps mais si tu avais été avec nous tu aurais été au nirvana. J'ai pratiquement obtenu tous les crédits que j'ai demandés, notamment ceux pour les accélérateurs de particules. Bon sang, Greg, ici, tu aurais les moyens d'avancer sur ta théorie !

— Jeff, je te l'ai déjà dit, je pense que je n'aurais même pas besoin de ça si…

— Si Nicholls crache le morceau ! Toujours la même rengaine, mais tu n'obtiendras rien de lui. Tu n'as pas compris depuis le temps ? Y a que la vinasse qui l'intéresse ! Il est bidon, ce mec, il te fait marcher. Il nous mène tous en bateau. Il joue le mystère pour conserver son poste, c'est tout ! Ce n'est qu'un foutu ivrogne ! Rejoins-nous, Greg !

Non. Greg ne les rejoindra pas. Il est touché par la sollicitude de son ami, elle est sincère, il le sait. Mais il n'ira pas. Et il ne veut pas lui expliquer les raisons de son choix. Tant qu'il ne maîtrisera pas tous les éléments pour reproduire dans le strict cadre scientifique ce qu'il a vu Nicholls faire, il ne pourra pas.

Mais bon Dieu ! Il l'a vu faire !

Nicholls et lui étaient dans la cage quantique, en pleine préparation des expériences pour les quatrièmes années. Nicholls sortait d'une réunion où David Seal, le mathématicien primé du campus, venait de l'humilier devant tout le directoire. Greg n'avait jamais vu Nicholls dans un tel état. Les yeux exorbités tant il était furieux. Il grommelait dans sa barbe, tempêtait en rabâchant les invectives de son collègue et ce qu'il aurait pu lui répondre s'il avait eu un meilleur sens de la repartie. Et tout en marmonnant Nicholls annonçait le positionnement final des particules avant qu'elles ne passent au travers des chambres de l'accélérateur. C'était hallucinant. Nicholls prédisait sans erreur une suite de positionnements purement aléatoire. Comme s'il annonçait les bons numéros au tirage du loto.

Greg s'en était étonné. Nicholls l'avait jeté.

— Que crois-tu ? Tu n'as pas encore compris ? Aléatoire. Il n'y a rien d'aléatoire. La réalité n'a rien d'aléatoire.

Et Nicholls avait continué à annoncer le positionnement final des particules, positionnement censé être imprévisible.

Cette barrique imbibée de vin du matin au soir avait été capable de prévoir les résultats de phénomènes aléatoires.

Prévoir, prédire, ou provoquer ? Greg n'est pas certain du verbe à utiliser. Mais de ce qu'il a observé ce jour-là, oui. Il venait d'avoir la preuve concrète que Nicholls était capable de mettre en évidence un lien entre la conscience d'un individu et les phénomènes physiques qui se passent autour de lui. Le professeur y faisait souvent allusion en cours sans, toutefois, aller au bout de son raisonnement.

Il n'y a pas de cause sans effet, pas de transmission d'informations sans support. Les dernières théories de la physique ne sont pas loin de mettre en évidence les relations entre l'esprit humain et les manifestations physiques, mais il manque une clef, il a toujours manqué une clef. Ce jour-là, l'étudiant a été convaincu que Nicholls l'avait déjà en main.

Greg ne peut pas espérer l'appui de ses amis. Tous de brillants mathématiciens ou physiciens pourtant. Mais ils ne prendront pas le risque, parce que, ironie du sort, en tant que proches de Greg, ils sont au courant de ses délires, même s'ils ne s'étaient pas reproduits depuis deux ans.

Bon Dieu !

Et ils douteront de lui car ils le prendront pour un fou !

13

Les doigts de Patricia sont crispés sur le téléphone portable qu'elle tient plaqué contre son oreille.

— Réponds Alessandra ! Allez, réponds !

A la troisième sonnerie, la boîte vocale d'Alessandra, indifférente à l'impatience de Patricia, énonce avec calme le message d'accueil enregistré.

Patricia raccroche d'un geste sec en faisant claquer le capot du téléphone.

— Ouvrez votre portable, ordonne-t-elle à Sachs en lui rendant son appareil.

— Pardon ?

— Le cache, faites sauter le cache ! Votre carte SIM ! Enlevez-la ! Je vais y placer la mienne, explique-t-elle en s'affairant sur ce qui reste de son téléphone à elle. Alessandra m'a peut-être laissé un message. Il faut que j'interroge ma boîte vocale.

— Laissez-moi avertir la police d'abord.

— Non, Sachs, non !

Elle lui a retiré le portable des mains avant qu'il ne puisse composer le numéro d'urgence.

Sachs ne trouve pas la force de protester. Toujours voûté, il s'adosse contre le montant de la voiture. Il ose un soupir. La douleur dans sa poitrine commence à s'atténuer et il essaie de redonner de l'amplitude à sa respiration.

Les mains de Patricia tremblent, elle tente pour la seconde fois de saisir correctement son code

PIN sur le portable de Sachs qu'elle s'est approprié. Il l'observe, en retrait. Que fait-il là ? Dans quoi s'est-il embringué ? Qui sont réellement ces femmes ?

L'écran du portable s'éclaire enfin. La sonnerie spécifique à la messagerie se déclenche. Patricia s'énerve, les touches d'accès aux fonctions ne correspondent pas à celles de son propre appareil. Sachs lui prend le téléphone des mains.

Vous avez trois nouveaux messages, dernier appel à 03 : 13 de ALESSANDRA.

Rappelez 123.

De : Répondeur.

03 : 13 10-JUI-07.

14

Marseille 3 h 13, Le Caire 4 h 13, Koweït City 5 h 13, Chirâz 5 h 28, New Delhi 8 h 43, Katmandou 8 h 57, Taiwan 10 h 13…

Deux ans que ses délires ne l'avaient plus pris !

Greg s'est effondré sur le fauteuil du bureau.

Bon Dieu ! Deux ans !

Pourquoi là, pourquoi maintenant ?

Mauvaise sueur froide.

Son tee-shirt imbibé de soda lui colle à la peau.

Pourquoi là, pourquoi maintenant ?

La première fois dont il se souvient, il avait quatre ans.

Quatre ans, deux mois, treize jours.

La semaine suivant l'enterrement de son père.

Pour qu'il ait moins peur dans le noir, sa mère lui avait offert une lampe de chevet en forme de globe terrestre. Originale, décorative, utile, une veilleuse à la douce lumière bleue. Greg avait été fasciné, on venait de lui révéler la marche du monde et avant de s'endormir il l'avait fait tourner.

Le lendemain, les mains bien à plat sur la table en formica, le nez au-dessus de son bol de corn-flakes, alors que le speaker à la radio claironnait “San

Francisco News, il est 8 heures, mes chers auditeurs", Greg avait incliné sa tête sur son épaule gauche, puis, tout en se balançant légèrement d'arrière en avant sur sa chaise, avait embrayé : Vancouver 8 heures, Winnipeg 9 heures, Paris 15 heures, Bratislava 18 heures, Karaghandy 20 heures, Oulan-Bator 23 heures, Khabarovsk minuit…

Et sur un rythme régulier, il avait égrené le chapelet des villes de sa nouvelle lampe de chevet.

Rain Man venait de sortir sur les écrans. Sa mère a consulté un psy.

— Ne vous inquiétez pas outre mesure, madame Squirrel, avait rassuré le docteur. Vu que votre garçon n'a jamais manifesté de signes d'associabilité, il est fort probable que ce soit simplement le choc du décès. Votre fils est profondément déstabilisé par la mort de son père. Il se déconnecte de la réalité parce qu'elle l'affecte trop. En fait, je pense qu'il s'agit simplement d'une forme d'autisme passager. Et excusez-moi, mais, malgré les circonstances, c'est même plutôt une bonne nouvelle. Vous devriez faire évaluer le QI de votre garçon. Probable qu'il est de l'ordre de celui des petits génies.

— Ouais, p'tit génie qui rame, ironise Greg face à ses souvenirs.

Voilà plus de deux ans que Greg ne lâche pas les basques de Nicholls. Il travaille avec lui, il expérimente avec lui et, accessoirement, il va le chercher dans les bars après ses beuveries.

Le vieux prof apprécie Greg. Sa brusquerie l'atteste. Il ne prend pas la peine de pousser un étudiant dans ses retranchements s'il ne le juge pas capable d'aller plus loin. Nicholls ne livre jamais un résultat gratuitement, tout cru, tout froid. Les étudiants doivent y accéder par eux-mêmes, le transpirer. Mais dans le cas de ces probables liens esprit-matière son attitude est différente. Il n'invite pas l'étudiant à progresser. Il agit comme s'il avait décidé de ne plus jamais rien livrer à ce sujet, jamais. Et c'est sans appel !

Bon Dieu ! La tête de Greg se met à tourner. Comme le globe illuminé de son enfance. Les fuseaux horaires reprennent leur danse.

Sans appel…

Greg se cramponne au rebord du bureau.

Pour arrêter la valse des fuseaux.

Sans appel…

Comme le départ de son père.

Sans appel…

Parti sans explication.

Parti avant de lui expliquer le monde.

Sans appel.

Greg n'a de cesse de le comprendre.

Nicholls refuse de lui livrer un de ses secrets.

Parallèle.

Autour de lui ça continue de tourner.

Parallèle.

Le vertige du laissé pour compte…

Alors, enfant, il s'est mis à compter.

Longitudes et parallèles.

Compter le temps dans l'espoir de l'apprivoiser.

Stopper la ronde ?

Arrêter la terre, je veux descendre…

Greg entend sa propre voix, sa propre voix d'enfant, de tout-petit, sa peine, son cri. Electrochoc : conscience soudaine de la réalité, du lien, celui entre hier et aujourd'hui. Celui entre son père qui devait lui apprendre le monde et son professeur qui veut garder pour lui les secrets de sa ronde.

Il descend de son propre manège et vomit sur les dossiers.

15

— Я не хогу.

La lumière pâle des réverbères filtre au travers des persiennes de la chambre d'Alessandra.

Patricia a administré à son amie un cocktail pharmaceutique chargé : myorelaxant, anxiolytique, somnifère. Dans la foulée, elle a pris la même dose et s'est effondrée sur le canapé du séjour.

Malgré tout, Alessandra parle dans son sommeil agité.

— Я не хогу. Я больше не хочу видеть темноту.

Toujours la même phrase, toujours les mêmes mots.

Sachs est resté.

A la demande d'Alessandra, il est resté.

Elle s'est endormie, fragile comme une enfant dans ses bras, déconcertante. Puis il a dû s'écarter d'elle tant elle se débat dans son sommeil.

— Я не хогу. Я больше не хочу видеть темноту.

Les mêmes mots, les mêmes mouvements également.

Elle porte la main gauche à sa bouche, agite la droite comme pour repousser quelque chose d'invisible puis elle contracte tous ses muscles remontant sur le matelas jusqu'à ce que sa colonne vertébrale soit en contact avec la tête du lit.

Sachs est assis dans un fauteuil et la regarde dormir.

Son visage, son corps sont barrés de lamelles de lumière provenant des réverbères de la ruelle dont son appartement fait l'angle. Les lattes des persiennes servent le décor finement tranché.

Il n'arrivera pas à dormir.

Il lisse machinalement de ses doigts un foulard qu'il a trouvé posé sur l'accoudoir du fauteuil et le porte à son visage. Les yeux fermés, il respire le parfum d'Alessandra.

Il noue le foulard autour de sa tête pour se bander les yeux et se lève. Il marche lentement, heurte un mur, tâtonne, se déplace latéralement, trouve l'ouverture de la porte de la chambre puis continue à avancer.

Le contact du sol est frais sous ses pieds nus. Il prend conscience des lattes de bois du parquet, de leur longueur, de leur sens. Il avance d'un pas, deux, trois. Il a passé la porte de la seconde chambre et parvient à la hauteur du séjour.

Impression plus froide au sol : carrelage. Des carreaux rectangulaires. Il remarque qu'ils sont exactement de la même largeur que les lattes de bois. Il vérifie en tâtant à nouveau le sol, du charnu de la plante de ses pieds. Oui, les carreaux sont posés en continuité du parquet. Il avance, à petits pas. Soudain les joints des carreaux changent d'intervalle. Sachs porte toute son attention à ressentir leur largeur.

En pénétrant dans l'appartement, il n'avait pas été très attentif, il soutenait Alessandra, mais l'espace lui avait laissé une impression bizarre. Bien sûr, la décoration était sobre, ce qui l'étonnait peu, mais il croit comprendre maintenant ce qui l'avait intrigué : l'agencement même a été pensé non dans une idée de rangement mais comme un ensemble de repères. Le sol est carrelé dans l'intention de tracer des chemins : du braille à grosse maille que l'on peut lire avec les pieds.

Il continue d'avancer les yeux bandés.

Chaque bifurcation au sol le conduit à une surface de mosaïque plus ou moins large qui semble délimiter l'espace fonctionnel d'un meuble. En entrant dans le séjour à droite, une intersection dans le carrelage conduit face à une commode. Il revient sur ses pas, se replace sur ce qui matérialise l'allée centrale de la pièce, avance de deux mètres : nouvelles sensations sous ses pieds à sa droite, la mosaïque est granitée, elle marque l'espace du canapé. Le carrelage plus râpeux forme un cadre précis dans lequel s'ajuste un tapis. Sachs s'agenouille, tâtonne le sol. Le tapis est plus petit que la surface qui lui est consacrée, une dizaine de centimètres de chaque côté. Cinq carreaux de mosaïque en fait. Sans y voir, du bout des doigts en caressant le sol, Sachs peut aligner parfaitement le tapis pour qu'il soit correctement placé, au centimètre près.

Il recule sans bruit pour reprendre "l'allée centrale" de la pièce. Patricia ronfle sur le canapé, il ne veut pas la réveiller.

Il poursuit ses investigations les yeux toujours bandés.

Deux pas. Changement de grain du carrelage sur sa droite, une autre sensation sous ses pieds le conduit face à un meuble hi-fi. Il passe ses doigts sur les appareils. Sur chaque touche, des étiquettes avec des signes en relief, du braille, mais aussi tout simplement les symboles habituels : deux traits verticaux pour pause, une flèche pour lecture, une double pour avance rapide… La quantité de disques est impressionnante. Une caresse rapide pour évaluer le nombre de CD par rangée, probablement plus de cinq cents en tout. Ils portent tous sur leur tranche une étiquette en braille.

Sachs fait demi-tour, revient sur le tracé central et s'amuse à marcher jusqu'à la commode puis à revenir vers le canapé d'un pas assuré. Il parvient à décoder par la plante de ses pieds l'endroit où il se situe. Les trois surfaces de mosaïque, celle devant le meuble, puis celle devant le canapé et enfin celle devant la chaîne hi-fi ont chacune une rugosité différente. Sachs, imprégné de ses repères, ne se sent plus perdu dans le noir, au contraire. Attentif au contact sous ses pieds, il se sent plus présent. Est-ce là le secret de l'aura de sa belle obscure ?

Il tâtonne de son pied droit, reconnaît la mosaïque au sol de la chaîne hi-fi. Un demi-tour sur lui-même pour repartir en direction du couloir dont il sait maintenant qu'il reconnaîtra le passage à la jonction du parquet.

Patricia s'est réveillée. Elle se tient debout devant le canapé. Voilà quelques secondes qu'elle observe le manège de Sachs. Il avance de deux pas sans hésiter et se heurte à elle de plein fouet. D'un geste sec, elle lui arrache le foulard qui bandait ses yeux.

— Désolé, Patricia, je n'avais pas l'intention de vous réveiller, répond Sachs avec politesse.

— Ça vous amuse ? siffle-t-elle entre ses dents, visiblement agacée. C'est pour cela que vous nous avez aidées, parce que sa cécité vous amuse ?

— Oui, en effet, c'est uniquement pour m'amuser que je suis venu à votre secours lorsque vous vous êtes fait agresser. *Idem* lorsque je vous ai accompagnée pour aller récupérer Alessandra sur cette aire d'autoroute où on l'aurait déposée sans lui demander son avis. Je m'ennuie terriblement dans ma vie et j'ai besoin de nouvelles aventures, ironise Sachs. Je vous ai ramenées toutes les deux ici alors que je voulais vous conduire à la police, je vous ai fait confiance et cela malgré les mensonges. Je ne crois pas une seule seconde qu'Alessandra se soit marquée au visage en tombant sur l'aire d'autoroute comme elle nous l'a expliqué. Et vous croyez quoi ? Que je me suis laissé embarquer dans une histoire pareille juste pour le fun ? Je pense que maintenant j'ai droit à quelques explications.

16

Greg traverse l'esplanade du campus en respirant à pleins poumons.

— C'est Nicholls qui boit et c'est moi qui vomis, dit-il à voix haute.

Aucune crainte d'être remarqué en train de parler seul, l'université est quasi déserte à cette heure-là. La plupart des étudiants sont partis chez les uns ou chez les autres, de préférence chez ceux qui disposent d'un jardin avec piscine (Davis est à plus de deux heures de l'océan). La journée a été chaude, les soirées d'été dans les belles demeures que les parents ont laissées à leurs rejetons le sont souvent également.

Greg revient des conteneurs à poubelles extérieurs. Il a nettoyé le bureau, à grand renfort de kleenex (les tâches ménagères ne sont pas son fort). Il a refait les pochettes des dossiers maculés et, dans l'espoir de dissiper l'odeur âcre qui persiste encore, il est allé jeter le tout le plus loin possible.

Il affiche une mine quelque peu dégoûtée, mais malgré tout il sourit. Libéré.

En ressentant au fond de ses tripes le jeu inconscient de sa relation avec Nicholls, il a la conviction qu'il ne sera plus pris au piège du parallèle avec le décès de son père. Les rails ne conduisaient qu'à l'impasse.

Son père lui a manqué, mais quand il a disparu Greg était encore bien petit. Sa mère, deux ans après, avait refait sa vie. Greg s'est toujours bien entendu avec son beau-père, un Canadien, un homme intelligent, doux, avec ses demi-frères aussi. De la jalousie de fratrie, certes, mais rien d'anormal. Lorsqu'il parle de son enfance, il la qualifie d'heureuse dans une famille unie. Jamais il n'aurait cru que la souffrance de l'enfant, tapie au fond de lui, était si vivante et que partir dans ses délires était un moyen d'éviter de la ressentir. Non, jusqu'alors, il n'avait jamais envisagé les choses sous cet angle émotionnel. Il serait donc accroc à Nicholls et à ce qu'il peut lui apprendre pour compenser le vide de son père ?

Greg, debout dans son bureau, regarde par la fenêtre, les yeux perdus dans le vague. Entre lui et ses pensées, le reflet de sa longue silhouette dégingandée se dessine sur la vitre. Il frise les deux mètres mais paraît moins car il se tient voûté pour se mettre à la hauteur des autres, à leur portée. Il a toujours compté parmi les plus grands. A quatorze ans, il flirtait avec le mètre quatre-vingt-cinq. Un adolescent pressé de s'élever, un peu gauche, mal à l'aise. Il se dégage pourtant de sa personne une impression de volonté. Les traits saillants de son visage, l'arête fine de son nez et le clair de ses yeux y sont pour beaucoup. Quand il prend la parole, quand il expose, quand il explique, on ne voit plus que la lumière de son regard, l'acuité de son esprit. Et lorsqu'il passe sa main dans ses cheveux courts et épais pour désorganiser ses épis, l'émoi est garanti parmi les demoiselles des amphis. Mais Greg fait toujours comme s'il ne les voyait pas. Alors rares sont les filles qui s'avancent. Etant plus sûres des effets de leur plastique que de ceux de leur QI, elles ne savent pas comment le prendre, elles n'osent pas. Pourtant, il aime aimer.

Greg est troublé par l'intensité de l'émotion qui l'a assailli. Etrangement, il a l'impression qu'en vomissant sa peine il s'est guéri. Il serait prêt à parier que dorénavant ses délires ne le happeront plus. Le mal est sorti.

Le sourire de Greg s'élargit.

Si les enjeux émotionnels semblent désamorcés comme il le ressent, il va pouvoir envisager le problème que lui pose Nicholls – obtenir les explications que le professeur s'obstine à vouloir garder pour lui – comme tout autre problème. Et le résoudre, ce en quoi il excelle !

En premier lieu, définir le sujet, précisément. En second, rechercher le maximum d'informations. Troisièmement, analyse et synthèse : définir des pistes, et enfin entamer des actions pour chacune.

Pas une seconde à perdre.

Il s'installe à son bureau, stylo à la main : brainstorming.

L'humain est délicat à mettre en équation et Nicholls n'a rien de simple, mais il laisse aller son imagination, et se met à couvrir sa feuille de mots. Au bout de quelques minutes, il en retient trois : psychologie, génie et vin.

Une secousse sur la souris de son ordi, l'écran frissonne, chair de poule magnétique, le portail de son moteur de recherche favori lui sourit.

Sur les trois premières pages de son résultat de recherche Internet, il trie les dossiers, élimine les doublons puis ouvre en cascade la quinzaine de documents qui lui restent.

Lecture en diagonale.

Il ne lui faut pas plus de cinq minutes pour compulser l'ensemble des informations qu'il a choisies. Intellect au taquet, Internet haut débit.

Dans aucun des documents qu'il parcourt, il n'est question d'hommes de sciences. Il s'agit toujours d'artistes, pour la majorité de poètes, de peintres, décrits comme des visionnaires à la sensibilité exacerbée qui souffrent de vivre dans un monde dont ils ont dépassé les concepts. Alcools et drogues ouatent la boîte trop étroite dans laquelle ils se sentent enfermés.

Greg commande un rapport de thèse datant de 1996 d'un psychiatre français sur le thème *Addiction et Génies, le contrepoids nécessaire*. La thèse n'a pas été scannée, il devra attendre de recevoir une version papier, quatre jours de délai. Pas de traduction disponible, elle sera en français. Aucune difficulté pour Greg : après la naissance de ses demi-frères, son beau-père a toujours tenu à éduquer ses enfants dans sa langue maternelle. Greg a suivi naturellement et est devenu bilingue.

Il inscrit l'étude de cette thèse dans la deuxième colonne de son tableau : Actions à moyen terme.

Pour l'immédiat, c'est-à-dire cette nuit, il se programme la vie de quelques poètes comme Verlaine, Rimbaud (partie de plaisir, la poésie en langue française est celle qui l'émeut le plus), ainsi que de quelques peintres. Comprendre leur œuvre lui permettra de comprendre leur vie et, il l'espère, les arcanes de leur psychologie.

— J'espère que pour atteindre ce vieux fou je n'irai pas jusqu'à me noircir tous les soirs, s'exclame-t-il en riant devant son ordinateur.

Une idée lui traverse l'esprit. Pas si idiot comme proposition.

Il remonte fébrilement les pages sur son écran.

Le thème d'un dossier qu'il avait biffé au début de sa recherche clignote dans sa mémoire. Napa Valley, galerie d'art, peinture et vin. Une galerie de San Francisco entremêle œnologie et peinture. Elle propose une découverte de la richesse viticole de la Napa Valley à travers une escapade de domaine en domaine où l'ivresse des vins se conjuguera à l'étourdissement artistique. Petit plus et pas des moindres : les collations sont proposées par un chef français. Tout un programme !

Trois clics de souris plus loin, le week-end est déjà réservé pour deux malgré la somme important qu'il représente pour le maigre budget d'un assistant de recherche à la fac.

Greg se frotte les mains, Nicholls n'y résistera pas.

Il lui envoie un mail pour l'informer.

17

Alessandra, réveillée par la discussion de Patricia et Sachs, s'est approchée sans bruit jusqu'au seuil du salon.

— Excusez-moi de vous interrompre, énonce-t-elle sur un ton charmant dans l'intention de désamorcer la tension qu'elle sent poindre, mais il me semble qu'un petit-déjeuner nous ferait le plus grand bien, qu'en pensez-vous ?

Sans attendre leur réponse, elle tourne les talons et se dirige vers la cuisine.

— Désolé, Aless, nous t'avons réveillée, répond Patricia, en lui emboîtant le pas.

— Les bonnes manières me feraient dire : non, pas le moins du monde, ma chère. Mais je mentirais. Allez, tombe-moi ton air ronchon, Patricia, je crois que nous avons besoin d'un bon café. Thé, café, Sachs ? Que préférez-vous ?

— Café, oui, merci.

Sachs s'approche d'Alessandra dans l'intention de l'aider. Patricia d'un geste de la main lui fait signe que non et écarte un tabouret haut lui intimant de s'asseoir. La cécité d'Alessandra est une singularité, une particularité, pas un handicap… Il ne doit pas l'oublier. Il reste immobile un instant, perplexe. OK, il ne va pas anticiper les gestes d'Alessandra comme si elle était incapable de se débrouiller seule, mais, si elle était voyante, il l'aiderait, naturellement, par simple savoir-vivre. Sachs se propose donc de dresser la table.

— Volontiers, Sachs. Vous trouverez les bols dans le placard de gauche, porte du milieu, répond Alessandra enjouée.

Mugs, bols, tasses à café, tasses à expresso, de plusieurs sortes. Ceux de même motif ou du même service ont une surface spécifique. Alessandra peut, sans faute de goût, dresser une table harmonieuse. Tout est repérable du bout des doigts, le même principe que pour le carrelage. Dans chaque placard, les étagères sont montées sur des tiroirs coulissants ce qui permet d'atteindre aisément l'objet qu'il soit placé au fond ou devant. Sachs note une sorte de récurrence dans l'organisation de ses tiroirs. Tout va par trois ou cinq éléments, pas plus. Le plus usuel, semble-t-il, devant à gauche, le suivant juste derrière, le troisième au fond, le quatrième au fond à droite, le cinquième devant à droite. A lire dans le sens des aiguilles d'une montre. La disposition des placards semble suivre cet ordre également. Sachs se permet d'ouvrir quelques tiroirs pour avoir confirmation. Sucre roux en morceaux, sucre candi, cassonade en poudre, sucre en poudre blanc, sucre glace. Ordre décroissant de taille pour les assiettes et les plats, de goûts, de force, ou de préférence pour les aliments. Moutarde, piment fort, wasabi, poivre vert et en dessous cumin, cannelle, safran, curry, coriandre... Apparemment, sa poupée rousse apprécie le feu des épices.

Si Sachs a correctement interprété la logique de l'organisation de sa cuisine, il peut dire qu'elle est plutôt café et qu'elle y met des carrés de sucre roux, qu'elle préfère le pain de mie aux biscottes, le lait de soja à la crème, et le miel à la confiture. Il choisit donc ces produits-là en les énumérant et les dépose sur le plan de travail. Alessandra enclenche la cafetière à expresso et se saisit du pain de mie sans hésitation. Elle a repéré l'emplacement du paquet de toasts au bruissement de son emballage plastique. Sachs, par la pertinence de ses choix, voulait l'impressionner mais encore une fois c'est lui qui est épaté.

L'odeur du pain grillé réveille les appétits. Du bout des doigts, en lui passant sa tasse de café, Alessandra effleure la main de Sachs. Un geste intentionnel, un contact délicat, elle guettait sa peau.

— Rares sont les hommes à partager notre petit-déjeuner, précise-t-elle.

— J'imagine. Surtout après une telle nuit, ironise Sachs en résistant à l'émoi que le contact des épidermes a provoqué. J'apprécie le privilège et je crois qu'en prime j'ai mérité quelques explications.

— Je pense que le directeur du casino a cherché à vous bluffer, lui répond posément Patricia. Les gars qui nous ont interrogées n'étaient pas de la police des jeux. Ou alors ils se sont bien gardés de nous le dire. Et de toute façon, il est clair qu'ils n'en avaient pas les manières. Ce n'est pas la première fois qu'ils cherchent à nous intimider. Mais comme, objectivement, il n'y a pas de tricherie, ils ne peuvent rien faire. Au vu de la hauteur de nos gains cette fois-ci, je crois que, tout simplement, ils sont passés un cran au-dessus. Probable qu'ils aient commandité l'agression pour récupérer une partie de leur argent et nous faire peur. Voilà tout.

— Cela se tient, confirme Sachs, mais ce que je ne comprends pas, c'est pourquoi, alors, vous avez refusé d'avertir la police ?

Tout en s'appliquant à beurrer ses toasts consciencieusement, il a posé sa question sur le ton d'une banale conversation.

Ni l'une ni l'autre ne répond.

18

Toujours aucune réponse. Greg a tout essayé. Portable, fixe, mail, salle des profs, bureau, salle des TP, domicile. Il a fait le tour des bars. Nicholls n'est nulle part.

Il tambourine à la porte de son pavillon pour la seconde fois. Il aurait pu rater le professeur en remontant la Quatrième en sens unique pour essayer de le trouver au *Hell's* tandis que lui serait descendu par la Cinquième.

Toujours aucune réponse !

— Bon Dieu !

La présence de Nicholls est indispensable pour les TP de cet après-midi. Greg n'a pas les modifications des séquences et il ne peut pas lancer l'expérience sans lui. Faire sauter une séance de TP à des étudiants en université d'été ne pose pas de problème mais aujourd'hui il s'agit d'une rencontre interuniversitaire entre enseignants. Ce serait délicat de les laisser en plan. Déjà que Nicholls, en raison de son comportement, se trouve plus ou moins sur la sellette, il en va des budgets de l'année.

— Mais c'est pas possible !

Greg a mal à la main à force de cogner sur la porte. Il décide de faire le tour de la maison pour tenter d'y pénétrer. La fenêtre de derrière donne sur le bureau. Au travers des rideaux poussiéreux,

Greg aperçoit l'écran de l'ordinateur. Il est en veille, les témoins lumineux l'attestent. En tendant l'oreille, l'étudiant discerne nettement le ronronnement des ventilos. Le vieux prof ne doit pas être loin. A tous les coups, mais dans le meilleur des cas, Nicholls est affalé sur son lit. La chambre est à l'étage. Combien de fois Greg l'a retrouvé en travers de l'escalier, ronflant dans ses vomissures. Greg peut taper tant qu'il veut, si Nicholls cuve, il n'entendra rien.

L'étudiant ouvre l'appentis pour y prendre l'échelle dont il s'est servi deux fois déjà. La fenêtre de la chambre est entrebâillée en été, le vieux prof déteste la climatisation. Avec un peu de chance…

Bingo ! Quelques contorsions pour introduire son corps immense et Greg pénètre dans la chambre. Nicholls n'y est pas et, d'ordinaire, Greg se serait dirigé d'emblée vers l'escalier mais il s'arrête net. D'abord, il n'entend pas Nicholls ronfler, ensuite, la chambre est quasiment sens dessus dessous. Certes Nicholls n'a jamais joué les fées du logis, mais à ce point, ce n'est pas habituel. Les tiroirs de la commode, tirés apparemment sans ménagement, vomissent deux trois vieilles chemises. Les portes des placards sont béantes, les vêtements bousculés comme si on avait pris à la hâte le nécessaire pour une valise qui n'a plus l'air d'être sur l'étagère où la logique voudrait qu'on la place.

Greg donne de la voix pour appeler Nicholls mais sans grande conviction. Il inspecte la salle de bains. Un flacon de shampooing est renversé sur le bord du lavabo. Pas de brosse à dents, ni de dentifrice dans le verre à dents, plus de rasoir sur la tablette, ni blaireau, ni savon à barbe. Un soir où Greg avait ramené Nicholls rond comme une queue de pelle, il s'était lancé dans une théorie sur l'importance vitale du blaireau dans le cérémonial du rasage. Comme les ivrognes en plein délire éthylique peuvent être cohérents dans leurs obsessions futiles ! Greg en avait presque ri. Mais là il n'en a pas envie. Ce détail confirme ce qu'il craint. Nicholls est parti. Et apparemment dans la précipitation.

Pourquoi ? Comment ?

19

Un ange passe au-dessus des bols de café. Silence pour le voyant, bande sonore pour le non-voyant. Sachs attend que Patricia ou Alessandra prenne la parole. Il a laissé tomber un carré de sucre dans son bol. De minuscules bulles remontent à la surface noire, pétillement léger. L'ouïe d'Alessandra est-elle assez fine pour qu'elle puisse enregistrer ce genre de détail ?

Question d'attention.

Jusqu'à maintenant, Sachs non plus n'avait jamais pris le temps d'observer ce mini-phénomène. Effervescence insignifiante en mer de caféine, bientôt balayée par un tsunami de petite cuillère. Qui se soucie des perturbations au sein des univers éphémères que nous créons au quotidien ?... Les pensées de Sachs s'effilochent, ricochent d'associations d'idées en bribes de rêves. Malgré le café, il sent le sommeil le gagner. Sa tête est lourde entre ses mains. Pourquoi n'ont-elles pas voulu appeler la police ? Est-ce important après tout ? S'éloignerait-il d'Alessandra si elle lui révélait des activités coupables ? Ou, au contraire, n'en deviendrait-elle pas plus excitante ?

Elle a posé sa cuillère sur le bord de la table.

— Vous savez, Sachs, je crois que, hier, j'ai craint la police par réflexe, comme l'hôpital d'ailleurs. Ces institutions sont associées pour moi à des périodes de ma vie plutôt traumatisantes. Je suis d'accord avec le raisonnement de Patricia, il est fort probable que l'agression ait été commanditée par le directeur du casino mais je doute qu'on puisse le prouver et je préfère laisser la police en dehors de tout ça. Et puis en fait, continue-t-elle, légèrement hésitante, pour être franche avec vous, je ne sais pas si ce que je fais au casino est bien légal.

Alessandra a mimé des guillemets en prononçant le mot légal. Sachs a calé ses coudes sur la table, posant son menton sur ses mains jointes dans une position d'écoute attentive. Patricia, qui était penchée sur son bol de café, s'est redressée sur le dossier de sa chaise comme pour s'écarter du champ de la discussion. Les postures de chacun, si elles ne peuvent pas être vues par Alessandra, sont perçues, et Patricia comme Sachs en sont conscients.

— Au black-jack, vous savez que c'est un délit de compter les cartes, poursuit-elle. A la roulette, rationnellement, on ne peut rien compter. C'est seulement une question de probabilités. Bien sûr il est interdit de mettre en œuvre un mécanisme quelconque pour diriger les résultats. Nous ne disposons d'aucun moyen de ce genre. Mais j'utilise quand même une méthode.

Patricia observe Sachs. Il ne quitte pas Alessandra des yeux, guettant le moindre mouvement des muscles de son visage sous sa peau. Lorsqu'il lit une légère crispation de douleur – les hématomes de la jeune femme limitent ses expressions – ses traits à lui se durcissent un bref instant. Le regard agacé du peintre, qui, prêt à croquer son modèle, a été dérangé par une mauvaise ombre.

Patricia n'a jamais lu autant de fascination sur le visage d'un homme contemplant celui d'une femme, il est sous le charme, Alessandra le tient. Il est temps pour elle de les laisser seuls.

— Aless, je vais y aller. Il faut que je passe chez moi avant de me rendre au bureau. Je peux te laisser ? Ça va aller ?

En prenant congé, elle embrasse Alessandra sur le front et referme la porte de l'appartement derrière elle, sans bruit.

Alessandra, qui s'est servi du fromage blanc, demande à Sachs de lui sortir le sucre en poudre.

— Deuxième placard, deuxième tiroir, au milieu au fond.

Sachs s'exécute en suivant les indications d'Alessandra. Il l'avait repéré tout à l'heure mais il n'aurait pas été capable de le retrouver du premier coup.

— Vous avez peut-être remarqué que mon appartement est organisé d'une façon particulière. Ici, dans la cuisine, comme dans toutes les pièces, j'utilise les chiffres pour mémoriser l'emplacement de mes objets.

— En vous aidant à préparer la table, j'avais remarqué, oui.

— Il m'a semblé en effet. Vous avez sorti tous les "numéros un" de mes tiroirs pour préparer le petit-déjeuner, donc mes aliments préférés. Bien observé !

— C'est la moindre des intelligences qu'on peut vous offrir en retour Alessandra. Vous êtes attentive aux autres.

— Merci, lui répond-elle touchée.

Elle se reprend et poursuit.

— Je mémorise chaque chose en associant les emplacements à des chiffres. On nous enseigne des techniques pour cela. Je quadrille mon espace et les nombres sont les clefs de mes repères.

Tout en parlant, Alessandra s'est dressée et a commencé à desservir la table. Elle range avec aisance tout ce qui a été sorti.

— J'ai des codes utilitaires : le 1 pour ce que j'utilise le plus, le 2 plus occasionnellement et ainsi de suite. Pour ce qui est des placards, ce n'est pas bien compliqué, logique terre-à-terre. Ensuite, dans tous mes déplacements quotidiens, je m'appuie sur les chiffres sans cesse. Le nombre de pas pour sortir de chez moi, puis celui qu'il faut faire pour se retrouver en face du bureau de poste. J'ai appris à compter mes pas et à en retenir les nombres sans que cela mobilise entièrement mon attention. Je peux penser à autre chose, ou tenir une conversation tout en comptant, comme vous, j'imagine, lorsque vous conduisez : vous actionnez les pédales comme si vous aviez branché un pilote automatique et une partie de votre esprit reste libre. Pour moi, c'est identique. Je compte tout et tout le temps, associant d'une façon systématique les nombres à ce que je vis et inversement.

Elle s'est adossée à un placard, se tenant tout près de Sachs qui a pris en charge la vaisselle. Elle sent la chaleur de son corps contre sa hanche. Elle poursuit d'un ton à peine plus bas, afin qu'il se rapproche encore d'elle.

— Automatiquement, je relie les nombres à tout. Aux objets comme aux événements. Dans mon univers, au final, les nombres et leurs combinaisons ne sont pas vides de sens. Quel exemple je pourrais vous donner pour vous permettre de comprendre ?

— Il me semble que je vous suis jusqu'à présent, lui répond-il, replaçant derrière son oreille, avec douceur, une boucle rousse qui lui barrait la joue.

Elle sourit en marquant un léger arrêt. Sachs ne sait pas s'il doit attribuer cette seconde de pause à la réflexion qu'elle mène ou au trouble que son esquisse de caresse a déclenché.

— Si quelqu'un commence un tableau, reprend-elle et que vous êtes en harmonie avec cette personne, vous saurez probablement le terminer. Vous parviendrez à poser les dernières touches de couleur à peu près comme lui les aurait pensées parce que vous savez que telle nuance exprimera telle émotion. La couleur est associée à l'énergie de ce que vous vivez, à la tonalité de ce que vous ressentez. Eh bien, comment vous dire ? A la roulette, c'est un peu pareil. Pour moi, les suites de chiffres ont du sens. Lorsque je me sens en harmonie avec ce qui se passe autour de moi, les nombres sont mes couleurs, et je peux avoir une idée, si je veux terminer le tableau, de ceux qui vont suivre.

Sachs a rapproché son visage de celui d'Alessandra. Il respire la tiédeur de son haleine.

— Quel nombre joueriez-vous maintenant ? lui demande-t-il.

— Celui que j'ai joué lorsque vous étiez assis en face de moi, hier soir, à la roulette. Au moment où, malgré l'agitation autour de la table, je sentais votre présence.

— Le 21, répond-il en rapprochant ses lèvres des siennes.

— Oui, le 2 se fondant en 1.

20

Nicholls est parti ! Incroyable, impensable ! Greg ne connaît pas plus casanier que ce vieux bougon. Il a toujours systématiquement refusé de se déplacer où que ce soit. Pas de vacances, pas de Thanksgiving en famille, pas de famille d'ailleurs. Pas ? Plus ? Greg n'en sait rien en fait, Nicholls élude toujours le sujet. A sa connaissance, il n'a jamais mis les pieds dans une autre université, ni même dans une autre ville. Il n'emprunte que la Troisième Avenue jusqu'au campus et la Quatrième en repartant par le quartier des pubs. Aucun autre trajet, tout du moins pas à la connaissance de Greg.

L'étudiant, intrigué, descend au rez-de-chaussée en continuant de s'annoncer et d'appeler, mais il n'y croit plus. Dans le hall d'entrée, il constate que les clefs ne sont pas sur la porte. Nicholls les laisse toujours sur la serrure lorsqu'il verrouille de l'intérieur. De toute évidence, il est parti.

Dans le bureau, l'ordinateur murmure sa litanie de veille magnétique, impassible. Ses horloges au césium ne connaissent pas l'impatience.

D'une pichenette sur la souris, Greg réveille l'écran endormi. Nicholls n'a même pas pris le temps de se déconnecter. En fait, il ne le fait jamais. A quoi bon ? Haut débit, vingt-quatre heures sur vingt-quatre, payé par la fac. Greg consulte la boîte mail de Nicholls. Le message qu'il lui a envoyé il y a quelques heures est considéré comme lu. Nicholls a donc pris connaissance de sa proposition de virée vineuse. L'étudiant consulte l'historique du moteur de recherche, modifie trois lignes des options de configuration pour éditer les statistiques d'utilisation. La vieille imprimante laser expectore deux feuilles en bourrant avant de parvenir à en sortir une correctement.

– Napa Valley 4 minutes 38 secondes.

– Art Gallery SF 3 minutes 16 secondes.

– Popey's Gallery SF 3 minutes 56 secondes.

– San Francisco International Airport agence de réservation en ligne 3 minutes 12 secondes.

Greg détend ses doigts d'internaute comme un pianiste avant un concerto et se lance à son tour dans le même parcours. Il passe en revue le site qui proposait le fameux week-end, saute en lien sur le panel de galeries d'art citées sur la route des vins, suit une visite virtuelle de la Popey's Gallery sans comprendre ce qui a pu inciter Nicholls à commettre l'impensable, toute proportion gardée mais le qualificatif reste approprié en ce qui le concerne : réserver un vol ! Greg tente de remonter plus précisément sur les pages récemment visitées mais l'écran garde jalousement ses secrets et il n'obtient pas plus de détails. Perplexe, il relève la tête de son clavier, se redresse sur son siège, offrant du recul à sa réflexion. Son regard court sur les étagères empoussiérées. Elles sont peu conformes à l'idée qu'on se ferait du refuge d'un physicien. Nul support qui flambe sous le poids d'innombrables bouquins hermétiques, nulle montagne de dossiers aux pochettes écornées laissant échapper de-ci de-là avec indécence calculée une feuille jaunissante. Non, un assemblage hétéroclite de magazines internationaux, de bibelots plus ou moins de mauvais goût et de mobiles en acier au mouvement perpétuel faisant des courbettes à une collection abîmée de poupées gigognes. Drôle d'univers. Un compartiment détonne, bien net : six classeurs rangés verticalement dont Greg connaît le contenu par cœur. Les cours de physique de la deuxième à la cinquième année. Drôle de bonhomme. En dehors de ces fameux cours où il excelle, le reste de sa vie n'est que foutoir. Soudain Greg sourit, bénissant, pour une fois, l'immobilisme de Nicholls. Ce dernier se plaint de son imprimante depuis plusieurs semaines. Elle gaspille trois pages pour en sortir une. Il n'avait pas menti, elle vient d'en faire la démonstration. Greg examine le contenu de la corbeille. Les feuilles froissées en dessous de celles qu'il vient lui-même de jeter lui livrent les informations qu'il cherchait, celles d'un billet d'avion dématérialisé : San Francisco-Paris-Charles-de-Gaulle vol AF00083 départ 6 h 15 terminal 1. Les curseurs capricieux de la laser garderont le secret de l'heure d'arrivée.

21

Comme un secret. Le premier baiser est comme un secret.

Murmure humide.

Approche que je te dise à l'oreille comme je suis en attente de toi.

Approche que j'imprime tes lèvres du désir que j'ai de toi.

Retenue, précipitation, maladresse, sensualité, il est le premier pas.

Chimie intime promettant l'alchimie ultime.

Goûter à l'autre, goûter à son approche du plaisir.

Le premier baiser ne ment jamais. Il révèle.

Alessandra s'en est souvent tenue là avec de nombreux hommes. Sa peau est si sensible au monde. Elle est ses yeux. Sachs a fermé les siens. Leurs souffles se cherchent.

22

Greg est en train de chercher un double des clefs de la maison de Nicholls. Voix d'hommes. L'étudiant relève la tête brusquement. Coup d'œil à la fenêtre au travers des rideaux. Deux berlines banalisées. Une demi-douzaine d'hommes. La gorge de Greg se serre. Instant de panique, instinct de survie, d'une main il fourre les ratés de l'imprimante dans la poche de son jean, de l'autre, il tape un sec Ctrl F4 pour fermer en cascade les applications de l'ordi et grimpe l'escalier quatre à quatre avec une seule chose en tête : ressortir par la fenêtre de la chambre avant qu'un des gars ait le temps de faire le tour de la maison.

Au moment même où il accompagne le chambranle de la fenêtre pour la refermer sans se faire repérer, il entend la clef tourner dans la serrure de la porte d'entrée. Le sang de Greg cogne dans ses tempes. Il n'aura pas le temps de sauter et d'atteindre le jardin de la voisine. Il tire à lui l'échelle et la fait glisser sur le plat du toit afin qu'elle ne soit pas visible d'en bas. Il s'allonge, s'efforçant de plaquer le plus possible son corps immense derrière le rebord de la gouttière.

Reprendre son souffle, maîtriser sa respiration, ne pas écouter ses pensées.

Crissement de gravier, des pas dans l'allée. Un gars a fait le tour par le jardinet.

RAS, arrière dégagé, a-t-il confié à son oreillette.

23

Alessandra se dégage de l'étreinte de Sachs et l'invite, en lui prenant la main, à la suivre jusqu'à sa chambre. Au moment où elle s'approche de la fenêtre pour vérifier que les rideaux sont tirés, le voilage se lève, soudainement gonflé par un souffle de mistral, et vient trouver sa main, comme s'il y avait été attiré. Harmonie. Alessandra ne heurte pas le monde, il vient à elle, elle danse avec lui. Elle enclenche un CD de Pat Metheny : *Missouri Sky*. Dans la pénombre, Sachs a presque cru voir le disque se déplacer jusqu'à la main d'Alessandra avant qu'elle ne s'en saisisse, comme par magie. Cette vision étrange le perturbe quelques secondes, il force pour accommoder son regard, léger mal de tête, l'agression d'hier soir. Alessandra dégage de ses épaules les bretelles de son déshabillé, caresse fluide jusqu'à ses pieds. Dans la mi-obscurité, la clarté de sa peau d'opale irise le feu de ses cheveux. Elle est Vénus de Botticelli et Gorgone, lait et piment. Il s'approche d'elle, lentement, se laissant gagner par le rythme régulier de la mélodie envoûtante qui emplit l'espace de la chambre, notes simples, phrasés hypnotiques, un battement régulier, lent, très lent, comme si à chaque mesure on avait rajouté un temps, pour sublimer le désir, pour retarder le plaisir.

24

L'équipe aux deux berlines s'affaire dans la maison de Nicholls. La sueur perle sur le front de Greg. Il rissole, plat comme une sole, dissimulé sur le toit. Le ciment, qui a emmagasiné quelques calories en rab par ces journées d'été, irrite sa joue. Le soleil ne va pas tarder à rééquilibrer le supplice. La partie de toiture sur laquelle l'étudiant s'est réfugié ne restera plus longtemps à l'ombre. Un coin de tuile lui meurtrit la cuisse, il tente de se dégager en rampant de quelques centimètres pour se caler près de la cheminée d'extraction. Le ronronnement diffus de la VMC porte des bruits de flashes et quelques bribes de paroles. Les hommes à l'intérieur photographient les pièces sous toutes les coutures et, dans le bureau, les dossiers minutieusement. Ils risquent d'être déçus, à moins qu'ils n'aient l'intention de présenter le mastère de physique appliquée. Nicholls ne note rien, il archive très peu. C'est pour cette raison que Greg est passé à son domicile ce matin. Le prof, fidèle à son habitude, n'a pas recopié les modifications des paramètres pour l'expérience prévue l'après-midi. Il les a mémorisées, point barre.

"Apprends à tout conserver dans ton crâne. Tu travailleras ta mémoire, tu exerceras ton mental. Tu crois quoi ? Que l'intelligence est innée ! Faut se muscler les neurones, mon gars ! De toute façon tout est là, et rien que là…" Nicholls a pour habitude de ponctuer sa rengaine en cognant sa tempe du bout de son index. Toc ! Toc ! Il mime toujours ce signe avec une certaine ambiguïté. Toqué ou intelligent ? "Tout est là et rien que là. Quand tu l'auras enfin compris, mon gars, on fera un grand pas… Un petit pas pour l'homme, un grand pas pour l'universalité… Je ne plaisante pas. Je te le dis, je te le répète, mais tu ne m'entends pas. Tout est là, rien que là !" Et les doigts de Nicholls rejouent au pivert sur son front.

Oui, tout dans la tête, Nicholls. Tout dans la tête et dans le foie ! Malgré son envie, Greg ne s'est jamais permis de lui en faire la remarque et il lui a toujours témoigné du respect. Il le voit souffrir. Il le voit se noyer…

Toqué ou intelligent ?… Qu'a-t-il bien pu lui passer par la tête ?!

25

La chaleur de l'après-midi tire Sachs du sommeil. Au changement de son souffle, Alessandra, qui attendait son réveil, lui passe la main dans les cheveux. Sachs l'enlace en soupirant d'aise.

— Je crois qu'il fait trop chaud pour travailler, plaisante-t-il.

— Je suis bien d'accord, monsieur Sachs Given. Une telle température n'autorise que la sieste. Par ces après-midi caniculaires, le lit est prescrit sinon nous risquons la déshydratation, enchérit-elle avec gourmandise.

— Je crois que mon patron n'y verra pas d'inconvénient.

— Merveilleux, le mien me doit des vacances, ponctue Alessandra en riant.

Pour qui connaît Alessandra, cette réflexion-là est exceptionnelle.

Des vacances…

Elle n'en prend jamais. Elle consacre ses journées à l'association qu'elle dirige et qu'elle a montée elle-même il y a plus d'une dizaine d'années : une association pour aveugles.

Elle a commencé par enseigner le braille dans une maison de quartier. Très rapidement, la salle qui lui était réservée est devenue trop petite. Son rapport avec les enfants et son désir d'ouvrir l'autre au monde ont attiré des personnes de la France entière. Le père d'une de ses élèves était conseiller régional. Il a soutenu pour elle le projet d'un institut. En quelques mois le dossier était bouclé, les subventions accordées. Alessandra a ouvert un accueil de jour dans un ancien bâtiment administratif et a développé une formation à l'autonomie. Deux années plus tard, elle disposait d'un bâtiment neuf conçu spécifiquement pour son projet. Elle a pu proposer un cycle d'école primaire, avec pensionnat, qu'un cycle secondaire est venu compléter. Elle a formé elle-même un grand nombre de professeurs à la direction de ces classes particulières.

Patricia, son amie, est l'administratrice de l'institut. Elle a rejoint l'équipe d'Alessandra, parce qu'elle en a les compétences, bien sûr, mais surtout par choix. Elle attendait de la vie une autre motivation que l'argent.

Aujourd'hui, Alessandra consacre moins de temps à la formation. Elle n'a conservé dans ce cadre que le soutien aux adultes aveugles récents, à ceux qui ont perdu la vue par accident ou par maladie. Ils ont plus de mal que les enfants à faire face à leur handicap soudain. Ils vivent leur cécité comme une injustice inqualifiable et mettent du temps à l'accepter. Certains même n'y parviennent jamais. Alessandra les accompagne au travers de leurs dépressions jusqu'à leur faire envisager leur vie comme une aventure initiatique qui sublimera leurs sens et élèvera leur esprit.

Il y a trois ans, elle a reçu un homme, la quarantaine, un ingénieur qui venait de perdre la vue dans un accident. Yannick Delmas. Une explosion, sur un chantier d'une usine de traitement chimique. Elle a bataillé dur pour lui redonner le goût de vivre. Yannick est un homme secret d'un naturel plutôt taciturne. Un jour, fatiguée de le porter, elle a décidé de s'investir pour lui une dernière fois. Et de frapper fort. Advienne que pourra. Sans réellement lui laisser le choix, elle l'a emmené en Sierra Leone. Ils y sont restés seulement deux jours puis ils sont rentrés. Six mois après leur retour il est enfin revenu à l'institut. Il a frappé à la porte de son bureau lui demandant si elle avait deux heures à lui consacrer et il a exposé son projet : développer au sein de sa structure une branche de recherche industrielle. Il la dirige aujourd'hui et conduit une équipe composée de deux ingénieurs et de quatre techniciens tous stagiaires, le seul niveau de rémunération que l'institut au chapitre recherche et développement puisse se permettre pour l'instant. Mais bientôt ils pourront mieux faire. Le travail d'Alessandra et de Yannick est sur le point de porter ses fruits.

26

— Greg Squirrel ?

— Oui, c'est moi, répond Greg en s'éclaircissant la gorge.

L'étudiant n'est pas à l'aise. Face à lui, deux des gars de ce matin même. Il ne peut pas les reconnaître à leur visage, il ne les a qu'entraperçus lorsqu'il était chez Nicholls avant de les fuir, mais par déduction... Deux autres en bas se tiennent près des berlines noires garées sous les fenêtres du bureau. Et il imagine que les quatre restants sont déjà à pied d'œuvre dans le labo. Greg ne les aura pas quittés bien longtemps. Jouant à la sole meunière, il a frit patiemment sur le plat du toit pendant leur inspection. Après leur départ, il a attendu sans bouger une demi-heure puis il a sauté du toit sans demander son reste.

— Ben dites donc, mon gars, vous avez pris un sacré coup de soleil, vous ?! annonce sur un air hypocritement amical le plus grand des deux hommes.

— Ouais, confirme Greg en se frottant les yeux comme s'il venait de se réveiller. Le prof avec qui je travaille n'est pas venu ce matin. Je me suis assoupi au soleil en l'attendant. Je ne me suis pas méfié, ça cogne dur et comme un imbécile j'me suis endormi sur la tranche. La bronzette asymétrique, ça va pas être le top pour draguer les minettes.

Greg s'appuie sur le coin du bureau, bâille, adopte l'air faussement benêt de l'adolescent dégingandé qui a trop bringué.

— J'peux vous renseigner ? poursuit-il en ponctuant d'un deuxième bâillement sonore.

— Possible. Nous sommes à la recherche du professeur Andrew Nicholls.

— C'est à lui que je dois ce coup de soleil. C'est lui qui n'est pas venu ce matin. Je suis son assistant.

Greg se redresse un peu et tend sa main vers celle de son interlocuteur afin de l'inviter à se présenter.

— Enchanté, Greg.

Poigne sévère, le premier homme a imprimé sa force à la main que Greg a gardée molle, restant cohérent dans son rôle.

— Moi c'est John et voici Jack.

Et moi c'est Mickey, ironise Greg en pensée. Puis, soudainement, comme si sa conscience émergeait des brumes de sa soirée alcoolisée, Greg feint l'affolement.

— Il est arrivé quelque chose à Nicholls ?

— Pas de panique, Greg. Tout va bien. Nous avons besoin de voir le professeur, c'est assez urgent.

— Vous avez essayé à son domicile ?

— Il n'est pas chez lui sinon nous ne serions pas là.

— Euh… hésite l'étudiant, comment vous dire ça ? Et les bars ? Parfois il a du mal à assurer les cours du matin… Vous avez cherché dans les bars ?

Le deuxième larron élude l'hypothèse d'un signe de tête. Regard vissé, mâchoire serrée, menton autoritaire, l'étudiant ne va pas lui apprendre son métier. Greg fait la moue, bouche en cul-de-poule, forçant ses traits à traduire tous les efforts intérieurs qu'il déploie pour trouver où Nicholls pourrait bien être. Il hausse les sourcils à la manière de Hardy réprimandé par Laurel et dodeline de la tête d'un air perplexe. Non, vraiment, il ne voit pas.

— Apparemment il ne vous a pas prévenu de son absence ?

— Non, pas du tout. Nous avons préparé un TP hier pour la séance de cet après-midi. Nous devions peaufiner certains réglages ce matin.

— A-t-il évoqué un projet de voyage ?

— Non, pas que je me souvienne. En fait, c'est plutôt moi qui avais l'intention de lui proposer une petite virée dans la Napa Valley ce week-end, mais je n'ai pas encore eu l'occasion de lui en parler de vive voix. Je comptais le faire tout à l'heure.

Mentir le moins possible.

S'ils viennent pour une raison ou une autre à vérifier les mails de Greg, ils s'apercevront en effet que l'étudiant avait planifié un week-end vineux avec le vieux.

— Partir avec lui en week-end ? Vous vous entendez si bien ?

— Bah on ne peut pas dire réellement ça. S'entendre avec lui, c'est difficile. C'est un vieux bougon et je suis poli. Disons que je pensais que ça le mettrait dans de bonnes conditions pour les notations. Celles qui me concernent sont à rendre lundi. Vous comprenez ? Et puis, le week-end aurait tenu lieu de pot d'adieu. Je pars en vacances au Québec et probable que je vais accepter une proposition dans une autre fac.

— Si quelque chose vous revient ou s'il prend contact avec vous, il faut nous le signaler immédiatement. C'est bien compris ? conclut l'homme en une question qui n'appelle pas de réponse.

— Pas de problème, monsieur.

— Nous pouvons compter sur votre discrétion ?

Là non plus, ce n'était pas vraiment une question.

— Pas de problème, monsieur.

Pas de problème, façon de parler. Ceux de Nicholls doivent être sérieux, parce que des questions, justement, les deux Mickey n'en ont pas posé assez au goût de Greg. L'étudiant n'a pas l'impression qu'ils soient réellement à sa recherche. Il lui semble qu'ils sont là pour repérer et exercer une forme de pression sans doute pour obtenir une réaction soit de Greg lui-même, soit de Nicholls.

Greg bâille encore un coup faisant mine de redescendre dans sa léthargie de lendemain de cuite.

En partant les deux costauds ont coincé leur carte sur le tableau aimanté.

John et Jack n'ont pas leur bureau à Disneyland. Ils ont droit à plus chic. Ceux de la NSA.

27

Sachs, allongé dans les draps d'Alessandra, écoute avec attention les bruits d'eau de la salle de bains. La porte est entrouverte. Sachs ferme les yeux pour mieux entendre. Il discerne les rebonds toniques des jets fins lorsqu'ils éclaboussent le carrelage. Le son se feutre lorsque Alessandra porte la pomme de douche en direction de son corps. La musique de l'eau dessine pour lui l'effondrement du jet qui, aimanté par la peau de lait, vient envelopper le corps en ruisseaux laminaires. Lorsque la jeune femme inonde sa chevelure, l'eau s'étouffe dans les filets roux pour tinter une fois libérée en grosses gouttes autour de ses chevilles fines.

La sensualité dilate la conscience.

Alessandra soupire de bien-être. Sachs jalouse soudain les serpents liquides qui, indécents, courent, fragiles, sur sa peau et coulent dans son intimité…

Sachs, un instant éloigné par ses fantasmes, dirige de nouveau toute son attention à la perception des sons. Il perçoit la vibration sourde du léger coup de bélier qu'accuse la plomberie lorsque Alessandra rabaisse le mitigeur. Le ruissellement de l'eau s'arrête. Il devine plus qu'il n'entend le pas léger de la jeune femme sur le tapis moelleux et imagine la fraîcheur qui se diffusera sous la plante de ses pieds lorsqu'elle les posera nus sur le carrelage.

Elle apparaît dans l'encadrement de la porte, pressant ses longs cheveux dans une grande serviette éponge.

— Alessandra, crois-tu que ton patron pourrait t'accorder des congés ?

— Hum… Ce n'est pas l'envie qui va manquer à mon patron de m'accorder des congés, Sachs, mais…

— Mais ?

— Mais… En ce moment…

Alessandra s'est assise sur le bord du lit, sur le bord de ses mots, de ses envies.

Sachs l'attire contre lui, entre au contact de sa peau fraîche.

— Ce que je fais, Sachs, est si important, si important pour moi mais pas seulement pour moi… Ce n'est pas le meilleur moment pour…

— Pour… prendre des vacances ?

— Non, ce n'est pas ce que je voulais dire.

Elle allait dire simplement que ce n'est pas le meilleur moment pour l'amour. Elle a hésité parce que, tout bien réfléchi, elle allait dire une idiotie. Au contraire, c'est le meilleur moment pour l'amour. L'émoi amoureux exacerbe les sens, elle sera plus que jamais pertinente pour la dernière phase du projet qu'elle mène avec Yannick.

28

Aéroport de Paris Roissy-Charles-de-Gaulle. Hall des arrivées.

Crécelles de plastique, les panneaux annonceurs égrènent leur alphabet numérique. Ce bruit, semblable à une coulée frénétique de jetons de casino – bande sonore du rêve récurrent des joueurs de poker –, a toujours plu à Nicholls.

San Francisco vol AF00083 arrivée 16 h 10 débarquement.

Parmi les flots de passagers, une bonne proportion de sandales à chaussettes, chapeau large et régime McDo franchit les portes coulissantes. Pas de doute. Ceux-là sortent bien du vol de San Francisco. Celui qu'ils attendent ne devrait pas tarder. Ils se mettent à scruter avec plus d'attention le visage des passagers.

Nicholls franchit le sas et repère son comité d'accueil immédiatement. Un gars et une fille à peine discrets. Jean, baskets et blouson renflé au flanc, cheveux courts pour les deux, la fille a tout du garçon manqué. Le vieux prof s'y attendait. Il aurait été presque déçu que personne ne s'aperçoive de son départ mais il espérait compter sur un peu plus d'avance. Les outils de reconnaissance visuelle ont sacrément progressé. Ils n'étaient pas aussi efficaces il y a vingt ans. Question de moyens informatiques. Les capacités de stockage et de gestion des données n'ont plus rien à voir aujourd'hui. Evidemment. Et la vigilance des physionomistes a dû être largement dépassée par un bon programme d'identification. Nicholls a embarqué sous une fausse identité. Faux passeport parfait. Probable qu'ils l'aient repéré sur le scan des visages.

Bien.

Donc il ne pourra pas intervenir directement.

Nécessité de structurer un plan B.

Nicholls ralentit le pas et, au lieu de continuer vers la gare des TGV comme il l'avait prévu au départ pour descendre sur Marseille, emprunte une sortie en direction d'une station de taxis. N'ayant plus de contact depuis des années avec les réseaux européens, il décide de rester sur Paris où il lui sera sûrement plus facile de trouver le style d'intermédiaire dont il a besoin.

Un chauffeur lui ouvre la portière d'un break Mercedes. Nicholls s'installe, sachant déjà exactement comment il va procéder.

— Quelle adresse ?

— Bois de Boulogne, répond Nicholls en détachant le plus distinctement les syllabes.

Son accent américain est à couper au couteau et comme il ne parle pas un mot de français il s'est efforcé d'être clair pour ne pas avoir à se répéter ou à engager une discussion de sourd avec le chauffeur.

Le gars règle la climatisation à fond et enclenche la première dans un sourire entendu.

Nicholls, profitant d'une volute d'asphalte dans une bretelle autoroutière alambiquée, s'assure sans se retourner que les “jean baskets blouson renflé au flanc” suivent. Tout est OK, se dit-il, ça va aller. Son seul doute concerne les capacités de Greg. Maintenant qu'il va devoir l'impliquer, il espère qu'il ne l'a pas surestimé.

29

— Leguennec, répondez.

— Nous suivons toujours le client, patron, le taxi a pris en direction de la porte Maillot, terminé.

— A son arrêt, je veux un rapport détaillé, les moindres faits et gestes, c'est bien compris.

— Bien reçu, patron.

Yvette Leguennec, la "jean baskets blouson renflé", a répondu en laissant poindre son agacement. Cette filature tombe mal. Son équipier et elle interviennent seulement pour quelques heures, le temps qu'une équipe mystère prenne le relais parce que ces messieurs des hautes sphères n'étaient pas disponibles dans la minute. Au début de l'été, les effectifs des services secrets seraient-ils réduits à cause des vacances ? A moins que cette année ils ne révisent pour le défilé du 14 Juillet ? Yvette ironise mais elle est contrariée et a du mal à se contenir. D'ordinaire, les relations sont délicates avec son patron. Parce qu'elle est une femme. Mais là, cet après-midi, c'est pire que tout. Il est dans ses petits souliers, comme toujours lorsqu'ils sous-traitent une affaire pour la DST et immanquablement, pour se la jouer pro, il en fait des tonnes à la radio.

— Leguennec, vous me recevez ?

— Cinq sur cinq. Le véhicule s'est arrêté. Angle de la rue des Sablons et boulevard Maillot. Le client descend. Il est en train de remonter le boulevard…

— Qu'est-ce qu'il fait ?

— Je vous l'ai dit, patron, il remonte le boulevard Maillot.

— Leguennec, les moindres faits et gestes, c'est bien compris !

— Bien reçu, patron. Pied droit, pied gauche, pied droit, pied gauche…

— Vous foutez pas de moi, Leguennec.

— Je me fous pas de vous, patron, pied droit, pied gauche. Ah ! Il vient de lever sa main droite à la hauteur de son oreille droite.

— Leguennec, arrêtez vos conneries.

— C'était une mouche, patron. Pied droit, pied gauche, continue-t-elle de murmurer.

— Ça suffit Leguennec ! Concentrez-vous, ou je vous fais sauter vos congés !

— A vos ordres, patron. Notre client s'approche d'une cabine téléphonique, à la hauteur du 113. Il semble qu'il ait l'intention d'y pénétrer. Ouais, c'est cela. Il prend le combiné de la main gauche, il le porte à son oreille, apparemment, ça ne fonctionne pas. Il actionne les boutons du téléphone. Il a raccroché d'un geste sec. Il entre dans la deuxième cabine. Même topo patron, il s'énerve votre client. Il a l'air soupe au lait. Il est sorti pour entrer dans la troisième cabine. Il ressort. Il est colère, écarlate, patron. Faut dire qu'il doit faire bon dans ces cabines !

— Gardez vos commentaires pour vous. Ses faits et gestes ! Vous avez affaire à bien plus malin que vous. Votre rapport est enregistré et ce n'est pas nous qui allons l'exploiter. Alors faites preuve d'intelligence, Leguennec, ou je vous assure que je les fais sauter vos deux semaines de perm !

— Notre client a repris sa marche, patron, il remonte toujours le boulevard Maillot. Il y a un autre groupe de cabines téléphoniques. Je pense qu'il se dirige vers elles.

Interlude de crachotements radio pendant que Nicholls marche. Yvette Leguennec n'ose plus chantonner pied gauche, pied droit. Elle a besoin de ses vacances. Sa sœur vient d'accoucher d'un petit gars, le second, le premier vient à peine de fêter ses trois ans et elle est seule à Toulon parce que son marin de mari est en mer. Hors de question qu'elle ne descende pas la rejoindre.

— Le client est entré dans une cabine téléphonique, face au *Tabac-Presse des Sablons*. La communication a l'air de s'établir cette fois. Il attend. Je vois ses lèvres bouger, il a sorti un stylo et note un numéro sur son billet d'avion il me semble.

— Quelle cabine exactement ?

— Celle côté chaussée dans le groupe de trois. Ça y est il a raccroché, patron. Il sort. Il va traverser le boulevard. Ouais, c'est ça. Il a glissé le papier dans sa poche. Je confirme, ça a le format d'un billet d'avion. Il marche vers un groupe de tapins.

— Séparez-vous, je veux le numéro de la cabine utilisée.

— Patron, s'il lui prend l'idée de cavaler, je vais pas pouvoir récupérer mon coéquipier à temps.

— C'est un ordre, Leguennec !

— Comme vous voulez.

Le deuxième flic sort du véhicule et fait mine de s'avancer vers un magasin proche du groupe de cabines. Nicholls s'est fait racoler et semble en pourparlers avec trois prostituées. Sur un signe des premières, deux autres filles viennent les rejoindre. Hochements de tête significatifs. Apparemment il aurait fait affaire avec une des filles qui a rejoint les trois premières. Il hèle un taxi.

— Notre client vient de monter dans le taxi 1245 ELG 95 accompagné d'un tapin, vingt-vingt-cinq ans, peau claire, cheveux blond platine, un mètre soixante-quinze, dans les soixante kilos, beau 90 E, patron. Le taxi démarre. Je vais pas pouvoir récupérer mon binôme, patron.

— Engagez la filature Leguennec, j'envoie quelqu'un le chercher, il vous rejoindra.

30

A la hâte dans la voiture, la jeune flic a troqué ses baskets pour une paire d'escarpins beiges et a enfilé une veste cintrée assortie. Elle a glissé son arme dans un petit sac à main et a glossé sans application ses lèvres de rouge. Elle a horreur de ça, mais le geste est efficace. Lorsqu'elle souligne sa féminité, elle est transformée. Yvette est une jolie brune, très grande, avec une taille fine à faire fantasmer les couturiers. Pourtant dans la vie, elle camoufle ses proportions désirables sous des vêtements amples, des vestes épaisses et démodées. Jolie jeune femme ou garçon manqué ? Elle ne définirait pas son identité dans ces termes. Les choses sont plus simples pour elle : elle est flic. Et son colonel de père l'a affublée d'un prénom démodé parce qu'il attendait un Yves.

Elle passe les portes battantes de l'hôtel. Elle a juste le temps d'apercevoir Nicholls en compagnie de sa charmante blonde platine, les portes de l'ascenseur se referment sur le couple peu assorti. Yvette se dirige vers le bar, commande un verre et choisit un fauteuil d'où elle peut observer l'ensemble du hall. Elle attend conformément aux instructions. Ne pas intervenir, seulement observer. Rien d'excitant mais l'attente sera plus agréable ici que dans la voiture. Au moins elle est au frais.

Dehors le soleil s'ingénie à liquéfier l'asphalte. Elle espère que son client ne sera pas un rapide afin qu'elle puisse rester tranquillement installée jusqu'à la prise de relais de la fameuse équipe mystère. L'ascenseur ouvre ses portes à nouveau. Nicholls en sort, seul.

— Déjà ?! Ça ne fait même pas cinq minutes !

Le vieux prof se dirige vers la réception une enveloppe à la main. La jeune flic comprend aux gestes du réceptionniste que l'Américain est descendu pour demander une mise au coffre. Le gars doit être plutôt méfiant, il craint probablement que sa minette ne lui fasse les poches. Le réceptionniste l'entraîne avec lui dans le bureau adjacent. Quelques minutes passent, Yvette se détend, confiante, sans quitter des yeux malgré tout le bureau de la réception. Nicholls ressort sans son enveloppe, une clef à la main, un sourire satisfait aux lèvres. Deux trois mots échangés avec le réceptionniste. Aux mimiques réciproques, elle imagine, plutôt qu'elle ne les discerne réellement, les formules de politesse d'usage.

— Prévisible ce mec, je ne vois pas pourquoi ils en font tout un plat.

Les portes de l'ascenseur se sont refermées.

— Leguennec, on est en place.

La voix de son collègue crépite à l'oreillette. Il s'est fait conduire jusqu'à l'hôtel et surveille, comme convenu, avec deux autres gars les sorties arrière du bâtiment.

— OK. Je suis en poste au bar. Le client est monté accompagné dans sa chambre au troisième étage puis est redescendu à 19 h 16 pour louer un coffre et y déposer une enveloppe. Il vient de reprendre l'ascenseur. Si mes estimations sont correctes, le vieux doit être à peine en train de descendre son calbute. On a sûrement quelques minutes devant nous. Je bois à votre santé, les gars. Hum… C'est frais, les nargue-t-elle en portant son Vittel menthe à ses lèvres.

31

Greg n'a pas d'entrain. Il s'acquitte de ses tâches administratives par obligation. C'était amusant ce matin de jouer aux gendarmes et aux voleurs sur le toit et de leurrer les Mickey de la NSA tout à l'heure, mais la situation paraît bien sérieuse, plus que sérieuse même : grave. Le malaise sourd et l'oppresse. Il lève la tête au-dessus de son clavier, regard dans le vague. Est-ce la peur qui le prend ? Non, plutôt la tension, celle de la responsabilité. Etrange. Il se passe quelque chose autour de lui auquel il ne pourra pas échapper, il le sent. Comme un passage, inéluctable. Epreuve initiatique ? Celles des adolescents de certaines tribus d'Afrique l'ont toujours intrigué, attiré, troublé. Greg prend conscience à quel point il est en attente d'événements dans sa vie qui marqueront un Avant et un Après. Dans notre monde de sciences, de techniques, d'organisations, d'informations, quelle forme revêtirait un passage initiatique ?

Certains paramètres viennent de basculer, bizarrement, brutalement.

Une fracture dans la continuité.

Un saut quantique.

Vertige. Mais l'impression prégnante d'être, à ces instants, plus vivant que jamais.

Mécaniquement, la main de Greg revient se poser sur la souris et ses yeux sur l'écran. Il se contraint à quitter sa rêverie. Effort dont il a l'habitude. On ne suit pas un cursus scientifique de haut niveau sans volonté d'esprit. Conduire ses pensées. Se concentrer. Il a planifié avec le directeur – surpris lui aussi de l'absence soudaine de Nicholls – les modifications d'emplois du temps et il doit prévenir toutes les sections concernées. Il ouvre son compte Internet. Les nouveaux courriels déclinent leurs titres et les yeux de Greg accrochent instantanément un des plus inattendus : de la part de Vanessa. Il l'ouvre immédiatement et avant même de le parcourir lance une édition. L'imprimante n'a pas fini de cracher sa feuille que Greg a déjà supprimé le message dans la mémoire de sa boîte aux lettres électronique.

Vanessa !...

Une étudiante française de l'année dernière avec qui il avait eu une aventure sans lendemain. Pire que sans lendemain : un désastreux coït interrompu ! Nicholls les avait surpris dans le labo dans une posture certes classique mais bien peu scientifique. Le prof n'avait pas été très compréhensif d'ailleurs, attendant sans détourner le regard que les deux étudiants se rhabillent. Dans les mois qui avaient suivi, à plusieurs reprises, goguenard, il ne s'était pas gêné pour mettre l'étudiant mal à l'aise : "Et elle aurait fait quoi, là, Mlle Vanessa ?" Rien, elle n'aurait rien fait, absolument rien. Après l'incident Mlle Vanessa avait évité consciencieusement Greg comme le labo. Elle devait repartir en France peu après. Greg ne l'a jamais revue. Il ne se souvient même pas de son nom de famille et il est bien certain d'une chose : il ne lui a jamais donné son adresse Internet.

Greg, fébrile, continue de parcourir ses mails, classe, supprime, répond, imprime suivant les contenus. Au milieu de ses gestes, il a discrètement fourré dans sa poche le fameux courriel de Vanessa. Et s'il était observé ? Et si les Mickey de la NSA l'avaient repéré ce matin le grugeant lui tout à l'heure et non pas l'inverse ? Et si le labo était sous surveillance ? Et si les lignes étaient sur écoute ? Et si… ?

Je deviens parano, se dit-il.

Et si… il décidait de ne pas tomber dans le leurre de ses propres peurs.

Ne pas céder à la panique.

Evaluer, réfléchir, agir.

Rapidement, précisément, émotions sous contrôle.

La vida es un carnaval.

Greg s'est mis à fredonner le refrain du tube d'Isaac Delgado comme une incantation magique. Il se lève de son bureau, se sert un grand verre d'eau fraîche, emprunte un magazine sur le comptoir de l'accueil et se dirige vers les toilettes pour s'isoler. Après l'étudiant qui a trop bringué, il feint le constipé. A l'abri d'une surveillance éventuelle, dans une posture bien naturelle et sous le couvert du bruissement des pages de son magazine, il déplie le fameux mail.

De la part de Vanessa
From : jpthomas@railmail.fr
Sent : Thu 10/07/08 07:18
To : gsquirrel-davis-phys@dailymail.com

Salut mon Greg, je devrais bientôt faire un saut par chez toi, as-tu une petite place pour moi ? Je suis en transit sur Paris. Tu ne voudrais pas m'appeler à ce numéro 89 50 77 29 90 à 4 heures, heure française ? Tu devrais être réveillé. Je te laisse calculer, je ne pige rien aux histoires de décalage. Tu sais les problèmes que j'ai avec les horloges. Je te rassure, j'ai toujours l'air aussi ahurie quand on me demande de faire les synchros en TP. On ne se refait pas. Je compte sur toi, j'attends ton coup de fil avec impatience. Ma peau n'a rien oublié de tes mains et j'ai envie de tes caresses.

Bisous partout,

Ta Vanessa.

Un tel message aurait pu flatter son orgueil de jeune mâle mais il ne s'autorise pas une seule seconde d'illusion. Vanessa n'a jamais participé à des travaux pratiques de physique. Ces phrases ne peuvent provenir que de Nicholls.

La vida es un carnaval, la fête a commencé, les masques valsent.

Greg relit la feuille à plusieurs reprises. Au bout de la cinquième elle est parfaitement mémorisée. Il la déchire et confie les morceaux à la chasse d'eau.

32

— Toujours rien les gars. Ça fait plus d'une heure maintenant. Il doit avoir la forme le vieux. Ça va ? Vous transpirez pas trop ?

Pour tromper l'attente Yvette Leguennec boit son troisième Vittel menthe – au deuxième elle n'avait déjà plus soif. Elle aurait préféré une bière mais comme elle a prévu avec ses collègues de boire un coup à la fin de la journée pour fêter les permissions, elle s'abstient. Elle doit prendre la route juste après. Huit heures pour descendre sur Toulon et retrouver sa sœur.

— J'ai parlé trop vite. Du nouveau les gars. Notre client sort de l'ascenseur accompagné de sa blonde platine. Ils se dirigent vers la réception pour remettre la clef apparemment. Mais notre client n'a pas sa valise. Je confirme, il a dû garder la chambre. Ils s'avancent vers la sortie.

— Bien reçu, Leguennec. Dès qu'on les voit, on prend le relais.

— Ben dites donc, je ne sais pas ce qu'il lui a fait le vieux, mais la minette a l'air béat !

Les portes coulissantes du hall glissent dans un soupir doux. La chaleur étouffante, le brouhaha de la circulation et les odeurs de la ville assaillent la jeune prostituée qui souriait. Un pas sur le trottoir, elle descend de son petit nuage. Nicholls appelle un taxi qui la ramènera au Bois. Dans la fraîcheur de l'habitacle qui lui offre encore quelques minutes de répit, elle répète consciencieusement tout ce que son client lui a dit. S'il y en a bien un qu'elle veut pouvoir satisfaire, c'est celui-là. Ah oui ! Elle récite à voix basse ses consignes comme une prière. "Je prends contact avec Milène et lui explique ce que j'attends d'elle sans lui parler de lui. Elle ne doit rien savoir. Sauf ce qu'elle a à faire. Demain à 14 h 45 précises, il viendra me chercher au bois, nous reviendrons ici, pour une heure. Je traduirai la phrase qu'il aura préparée. A 15 h 45 je repartirai comme aujourd'hui. Milène m'attendra au Bois, je lui donnerai la phrase dans un journal et elle ira attendre à 16 heures que le téléphone sonne dans la cabine téléphonique qu'il m'a montrée tout à l'heure. Cette cabine et pas une autre. Cette cabine et pas une autre. Milène lira la phrase que je lui aurai préparée, raccrochera puis s'en ira. Je ne le reverrai jamais plus, je ne le connais pas. Je ne le reverrai jamais plus, je ne le connais pas."

Milène acceptera. Le prix de trois passes pour un simple coup de fil, elle ne refusera pas. Elle non plus n'a pas refusé. Pourquoi aurait-elle hésité ? Cinq fois le tarif pour une heure douce dans la chambre confortable d'un hôtel climatisé où il n'a exigé d'elle aucun acte sexuel. Il lui a raconté son histoire. Même pour rien, elle l'aurait aidé. Oui, c'était une heure douce, une heure qui lui a fait du bien et elle y aura droit encore demain. Peut-être qu'après elle devra oublier. Cet homme a ouvert une faille en elle, profonde. Il pourrait en sourdre une nostalgie capable de dissoudre, jour après jour, toute envie de vivre. Elle est si jeune et déjà si fatiguée. A moins que, au contraire, le souvenir ranimé de ce qu'elle est véritablement ne lui donne la volonté un jour de s'en sortir ? Elle n'y croit pas vraiment.

Elle récite encore, même si elle a bien enregistré les paroles de l'homme. Il lui a fait répéter patiemment dans la chambre plus de vingt fois. Elle récite encore, juste pour les sons. C'était si bon. C'était si bon la voix de cet homme dans son oreille, ses intonations, les mêmes que son grand-père quand il lui apprenait des chansons. Les larmes montent à ses yeux. Elle récite encore une fois, c'était si bon d'écouter, d'entendre, de parler sa langue maternelle.

33

Au bar de l'hôtel, Yvette Leguennec a finalement commandé une bière. Au train où vont les choses, il y a fort à parier qu'elle ne fêtera pas sa permission ce soir. L'équipe mystère n'est toujours pas venue prendre le relais. Yvette observe le ballet des réceptionnistes. Changement de quart apparemment. Elle scrute le visage du gars qui passe les informations de la journée à son collègue. Ils se disent quoi au juste ? Elle imagine et monte pour elle seule une bande-son sur leurs lèvres qui bougent.

— L'Américain du troisième aime les putes qui font gamine aux cheveux blond platine. Si tu en as une à lui proposer, tu te feras une bonne comm'.

Flirt schizophrène, elle commente.

— Vulgaire mac ! Evidemment les réceptionnistes connaissent toutes les poules de luxe dans ces hôtels classieux ! Ils sont bien placés pour repérer leurs allées et venues. Celle de l'Américain a dû détonner dans le tableau.

Yvette ressasse, Yvette maronne. Parce qu'elle s'impatiente et surtout parce qu'elle n'a jamais pu supporter les courbettes hypocrites et cette façon que les employés d'hôtels ont de la prendre de haut avec un air pincé.

— Quoi ?! J'ai de la merde sous mes godasses ?! maugrée-t-elle à voix basse. Est-ce que ça se voit tant que ça que je n'y suis pas à ma place ?! Ça vient de quoi qu'ils me repèrent aussi vite ? L'allure ? Les bijoux de prix que je n'ai pas ? Les chaussures ?

Comme aimanté par l'aigreur de ses pensées, le réceptionniste jette un coup d'œil dans la direction d'Yvette. Elle lui sourit d'un air cynique. Si elle veut, là, maintenant, elle aura l'avantage. Elle n'a qu'à sortir sa carte et le retenir un peu pour lui poser des questions. Le réceptionniste baisse le regard, il ne va pas chercher la confrontation. Inutile de compliquer une situation qui n'a pas besoin de l'être. Il avait repéré la jeune flic avant même que l'Américain vienne lui demander de lui rendre service tout à l'heure. Et il a supposé que c'est justement à cause de sa présence que son client a voulu prendre des précautions. Il a envoyé le mail que le client lui a demandé de faire partir tandis qu'il ouvrait sa location de coffre et il a pris soin de le supprimer du dossier des envois une fois la tâche effectuée. Aucune difficulté. Aucune trace. Aucun délit et, pour deux billets de cent, aucun scrupule.

Il disparaît derrière la porte de service, son clone en uniforme assure la suite.

Yvette, toujours calée dans son fauteuil, suit dans son oreillette les pérégrinations de Nicholls. Le Californien est entré dans un cybercafé un peu plus haut sur le boulevard Leclerc et s'est installé à un poste. Son collègue s'est mis hors course en s'approchant de l'imprimante pour vérifier ce que Nicholls éditait : un cliché satellite tiré du site de Google Earth. Yvette le soupçonne d'avoir agi sciemment. Lui aussi, il a posé ses permissions pour ce soir et comme il s'est retrouvé face à face avec Nicholls il est écarté automatiquement de la suite de la filature. La jeune femme râle en silence et se demande si elle ne va pas faire pareil lorsque l'Américain rentrera à l'hôtel.

Gentillesse du destin, elle n'en aura pas besoin, l'oreillette grésille à son tympan.

— Leguennec, on passe la main. Le client vient d'être pris en charge. On remballe.

Yvette soupire de soulagement et se met à sourire à son verre de bière qui a eu finalement l'effet escompté, elle trinque à ses vacances.

34

— Double *strike* !!! Waouh waouh waouh !!! Mon pauvre Greg, là, tu ne t'en remettras pas !

Greg confirme en hochant la tête. Non, là il ne s'en remettra pas, d'autant qu'il avait déjà vingt points de retard. De toute façon, il n'avait pas l'intention de remporter la partie. Il n'est venu rejoindre ses collègues au bowling que pour donner le change d'une fin d'après-midi ordinaire d'étudiant insouciant. Et puis pour le téléphone aussi. Téléphoner de sa ligne personnelle, depuis son portable ou du laboratoire, n'est peut-être pas une excellente idée. Tout à l'heure il cherchera son cellulaire dans son sac, fera mine de l'avoir oublié et descendra à la cabine du sous-sol près des tables de billard pour appeler Vanessa.

Vanessa…

Plus il repense au message et plus il est certain qu'il ne peut pas venir d'elle. Elle était étudiante en art, elle ne doit pas avoir la moindre idée de ce que peut signifier une synchronisation d'horloge. Il suppose que Nicholls a insisté sur ces détails pour lui faire comprendre qu'il était l'auteur du mail. A moins qu'il ne veuille lui signifier quelque chose par rapport à ses crises d'autiste occasionnel. Curieux. Nicholls n'en a jamais été le témoin. Heureusement d'ailleurs, Greg en aurait été profondément meurtri. Il lui est déjà difficile de gérer le sentiment de honte lorsque son délire le prend devant ses amis, mais en présence de Nicholls cela aurait été au-dessus de ses forces.

— Oh Greg ! T'es amoureux ou quoi ? C'est à toi !

Greg passe la paume de sa main sur la ventilation du guide des boules. Il transpire plus que d'ordinaire. Il n'est pas dupe. La tension flirte avec l'angoisse. Il empaume sa boule et se met en place au départ de la piste. Plus que six minutes, avant son fameux coup de fil. L'étudiant inspire largement, ferme les yeux quelques secondes pour se concentrer, puis s'élance. La boule n'a pas encore touché le parquet qu'il a une idée de son score. Il s'est légèrement déséquilibré en frappant le sol de son pied gauche, mauvaise réaction de sa cheville.

— De mieux en mieux Greg !

— Tu l'as dit ! répond-il dans un soupir.

Il s'assoit lourdement dans un fauteuil, se met à bâiller et plonge la main dans son sac.

— Je ne suis pas en forme, poursuit-il. Merde ! Je ne sais pas où j'ai foutu mon portable !

— Tu veux le mien ?

— Non, merci, t'es sympa. Je vais descendre aux cabines.

— Ah ?! Tu veux pas qu'on écoute ! Distrait, fatigué… Ce n'est pas de toi. Hum… J'te dis que t'es amoureux !

Greg sourit, laissant planer le doute.

35

Greg a rejoint son groupe de collègues sur la piste du bowling. Fracas des quilles, cliquetis des machineries, couinement des semelles sur le parquet, voix grasses, musique, rires. Difficile de faire abstraction de l'ambiance pour réfléchir.

— Oh ! Greg ! T'en fais une tête, elle t'a posé un lapin ta nana ou quoi ?

Il pourrait le dire ainsi, un lapin…

Pas d'abonné au numéro que vous avez demandé.

Et avec ça que fait-il ?

Greg commence à douter. Et s'il avait mal mémorisé le message ? S'il s'était trompé dans un numéro ? Dans le calcul des heures de décalage ? Non, cette dernière hypothèse n'est pas réaliste ! Qui mieux que lui jongle avec les décalages horaires ?

Son coéquipier, qui l'aiguillonne depuis le début de la partie pour tenter de le faire réagir, commence à s'inquiéter. D'ordinaire, la victoire est assurée lorsqu'on choisit Greg comme partenaire au bowling. Ce grand échalas a une précision de trajectoire impressionnante. Il se concentre face à la piste, se met en mouvement sans prendre vraiment de vitesse. Ses tirs dépassent rarement les trente kilomètres par heure, ce qui leur donne peu de puissance, mais il est régulier, incroyablement régulier. Sa boule, qu'il choisit assez légère, vient effleurer, invariablement, la quille centrale par la gauche puis cogne, à peine déviée, dans la deuxième qui fauche les suivantes. Parfois la vitesse de son lancer est si faible que les oscillations des quilles donnent du suspens à son coup. Elles vacillent, hésitantes, avant de se décider à basculer. Il suffit à son coéquipier d'envoyer deux trois boulets de canon derrière ses tirs de précision pour cumuler les *strikes* et ils triplent leurs points sans problème. Mais aujourd'hui Greg est visiblement ailleurs. Les rigoles plus que les quilles ont eu l'honneur de ses tirs. Son coéquipier ne sait plus que faire pour le motiver.

— Oh Greg ! Bois un coup, va !

Greg hausse les épaules et d'un air dépité avale d'un trait la bière à la tequila qui vient de lui être proposée. Dans un premier temps, le liquide froid resserre son estomac, spasme peu agréable, puis l'alcool fait son effet rapidement, l'étudiant n'a rien mangé de la journée. Léger fourmillement dans les veines, échauffement dans son sang, relâchement des muscles à peine perceptible, assez cependant pour que Greg se détende. Il sourit. Il repense à ses premières fois sur la piste du bowling, tout jeune adolescent. D'emblée il n'avait pas apprécié l'ambiance sonore, trop agressive, pire encore aujourd'hui. La musique volume à fond, les écrans vidéo qui ont envahi les murs, comme s'il fallait, pour se sentir bien, être en permanence sollicité, excité, surexcité : à croire que l'homme pour goûter à la paix ne connaît que la lobotomisation par excès de saturation. Surconsommation, aliénation télévisuelle, *fashion victim* sur fond de rap, hit, clip, pub. Un monde décadent et centrifuge où tout semble construit pour éloigner de la réflexion et de la concentration. L'abrutissement comme objectif.

Lorsque Greg avait treize ans, la première fois qu'il a joué au bowling, il a fait taire dans sa tête le brouhaha autour de lui, instantanément, comme s'il avait pu plonger sous l'eau au milieu d'une piscine bondée. Ouate, fermer la boîte, ne plus percevoir que les battements de son cœur et le flux de son sang tant ses sens et ses pensées étaient mobilisés par l'expérience qu'il voulait faire : ressentir la loi de toute manifestation mécanique c'est-à-dire la conservation de l'énergie. Il venait d'en apprendre le principe de base. En cours de sciences, au collège, il avait découvert qu'en communiquant une certaine vitesse à un palet sur une table à coussin d'air il pouvait calculer, très précisément, la vitesse et les trajectoires des palets qui seraient heurtés par le premier grâce au principe de la conservation de l'énergie. Je sais combien j'ai apporté, je sais combien il en ressortira. Loi immuable. Comptabilité des faits : au bilan, la somme des crédits doit être égale à la somme des débits. Sur le plan scientifique la quantité d'énergie entrant en jeu dans une manifestation physique se conserve, et de là découlent tous les calculs de la mécanique. “Il en est de même pour la chimie, l'électromagnétisme, l'électricité, lui avait fait remarquer son professeur de physique. Toute manifestation physique repose sur ce principe : la conservation de l'énergie.” Dans le collège que fréquentait Greg, ils étaient peu équipés. Et la belle table à coussin d'air qui permettait de se familiariser avec les calculs de l'énergie cinétique ne fonctionnait plus depuis des années. La piste de bowling allait faire office d'un ersatz très convenable : parquet plan et parfaitement lisse, boule lustrée, les frottements sur les quelques mètres de la piste seront quantité négligeable. A lui de s'appliquer dans son mouvement afin que la trajectoire de son tir soit parfaite, et il verra, il sentira, il provoquera la réalité physique.

Il commandera au monde mécanique parce qu'il en comprend les lois.

L'impression d'être un roi.

Premier tir, vitesse trop faible, *cutter bowl* : deux quilles restantes, une à chaque extrémité, la piste le gratifiait d'un sourire édenté. Grimace du vieux sage qui se moque de la maladresse de son novice.

Pour le second tir, Greg n'a pas ménagé son élan afin que sa boule, à la limite de la rigole, transmette toute son énergie à la quille qui, rasée par la gauche au ventre, est venue faucher celle de droite avec violence. Sifflets admiratifs de ses camarades. Greg était fier de lui, son appréciation de l'énergie à communiquer à la boule et son évaluation des trajectoires avaient été correctes. Mais il n'avait pas aimé la violence du deuxième coup. Son objectif était de doser le premier pour faire tomber la totalité des quilles en douceur et en une seule fois. Il se souvient parfaitement. Il s'était dit que les physiciens de cap Canaveral responsables des calculs de trajectoire de la navette n'ont pas deux coups pour réussir leur tir. Alors Greg s'était concentré, puis avait joué dosé, cumulant des *strikes*. Vers la fin du jeu, il avait perdu en précision par manque d'entraînement, son bras fatiguait, mais il avait gagné la partie. En sortant du bowling il rayonnait, non à cause de sa victoire sur la piste mais parce qu'il pouvait faire confiance à la théorie qui lui avait été enseignée : dans toute manifestation physique, l'énergie se conserve et ce n'est pas un principe abstrait, éloigné de sa petite vie d'ado. Ce n'était pas seulement une équation de cahier d'exercices mais une véritable clef pour comprendre le monde. Ce jour-là, du haut de ses treize ans, il s'était senti invulnérable.

Greg est tout à l'émotion de ses souvenirs lorsqu'il s'avance sur la piste, boule en main. L'énergie se conserve, rien ne se perd, rien ne se crée, tout se transforme. Il pense à Nicholls encore plus pétri de tous ses principes que lui-même. Quelque chose a dû lui échapper dans le message du vieux prof. Il n'est pas envisageable que ce numéro de téléphone ne donne rien de plus concret.

Greg se place, alignant son bras droit sur les marques au sol qu'il a en repère. Il lève sa boule à la hauteur de ses yeux, soutient son poignet droit de sa main gauche pour soulager son bras, inspire et parvient à se couper des sons extérieurs comme lors de sa première partie d'enfance.

Rien de futile dans l'énergie, tout est conséquence.

Greg s'élance.

Rien d'inutile dans les propos de Nicholls. Tout a un sens.

Son esprit percute. Les dix quilles partent à la volée.

36

Nicholls tape deux fois du bout des doigts sur le tapis vert de la table. “Parole” en français, *check* en anglais. Il ne montera pas sur la mise de son voisin. Il n’y a pas d’anglophone à la table de poker où il est assis, mais les traductions sont inutiles, le langage des signes autour d’une table de jeu est universel.

Le tour de table finit, son voisin de droite triple la mise, le vieux prof se couche. Il ne monte jamais bien haut sur les premiers tours, le temps de jauger ses partenaires, de s’imprégner de l’ambiance, de passer pour un frileux au jeu prévisible et surtout d’observer la fréquence des cartes. Ce soir, il ne pourra pas se le permettre longtemps car sa mise de fonds est faible. En fait, il ne s’était pas prévu un pécule important en euros. L’Europe ne l’a jamais vraiment attiré et comme ces dix dernières années il n’a eu aucun problème il s’est montré négligent. Par acquit de conscience lorsque l’Europe a changé sa monnaie, il en a fait une petite provision, en profitant au passage pour réactualiser son catalogue de faux passeports, mais, sincèrement, il ne pensait pas qu’il en aurait besoin.

Tant d’années ont passé, les régimes ont changé et avec eux les menaces, le mur de Berlin est tombé…

Le croupier distribue.

Nicholls reçoit un cinq de pique et un sept de trèfle. Une main bonne à jeter sur une table à huit mais il la conserve. Trois joueurs passent. Ceux qui ont en main des figures et as restent. Les mises triplent, Nicholls suit pour voir le flop. Dix de cœur, huit de carreau, six de trèfle. OK, il sent la suite parce que la distribution a été ordonnée et régulière de deux pas, une fois montante, cinq, sept, une fois descendante dix, huit, six. Le gars en face de lui ébauche un sourire. Il a probablement un as et un dix, il relance fort de sa paire. Nicholls se contente, après avoir marqué une hésitation, de suivre, il ne surenchérit pas. Si un deux sort au tournant, il y aura probablement un quatre à la rivière et, malgré ses cartes faibles, il devrait remporter la table. Un quatre de cœur sort au tournant. Inutile d'attendre la dernière carte pour être sûr de son coup, il a déjà sa suite : quatre, cinq, six, sept, huit. Il relâche sa concentration, ce serait idiot de perdre de l'énergie à provoquer quoi que ce soit de plus. Un as sort, les enchères montent, Nicholls suit tranquillement, le pli sera pour lui. Bingo.

Deuxième distribution. Nicholls mise peu, suit frileusement au flop et se couche ; il donne à penser que le premier coup était imputable à la chance. L'innocent aux mains pleines. En s'asseyant à une table, tout frais, tout vif, motivé, le joueur qui n'a pas encore eu le temps de se laisser affecter par l'énergie des autres domine la main. C'est relativement courant.

Nicholls commande un double scotch. Pour le jeu, pas pour le plaisir. Ses adversaires penseront que, l'alcool aidant, il relâchera sa garde. Il empestait le whisky lorsqu'il est entré dans l'arrière-salle du bar. Il en a fait monter une bouteille dans sa chambre à l'hôtel pour rester fidèle à son personnage, en a imbibé généreusement le col de sa chemise puis en a vidé la moitié dans le lavabo au cas où la nouvelle équipe de filature inspecterait les lieux pendant sa virée nocturne, enfin s'il y en a une, parce que ce soir, en partant, il n'a repéré personne. Peut-être sont-ils plus discrets ? Il aura l'occasion de s'en assurer en rentrant.

Troisième distribution, as de cœur, huit de trèfle. L'opportunité de commander un full au huit. Il ne monte pas sur la mise, suit simplement, et profite de son hésitation feinte pour porter son verre à la hauteur de ses yeux comme s'il admirait les ors de son scotch. En fait, il masque son regard fixe pour se concentrer tout entier sur sa manœuvre mentale. En reposant son verre, il fixe avec une intensité impressionnante l'emplacement où le croupier déposera une à une les trois cartes du flop comme si la lumière de ses yeux pouvait imprimer le tapis. Un gars a surenchéri, tous les joueurs suivent sans relancer. Le regard de Nicholls est redevenu normal, il vagabonde au-dessus des têtes des participants, un rien absent. Nicholls porte son verre à ses lèvres. Le croupier dispose les trois cartes sur le tapis. Deux et huit de carreau, valet de trèfle. Nicholls sourit. Il surenchérit et est relancé, les mises abondent. Le tournant vient avec un as de pique, les enchères montent, tous ceux qui ont un as en main se sentent forts. Nicholls se contente de suivre, il relancera à la rivière lorsque le huit qu'il attend sortira. Le croupier tourne la dernière carte, pas de surprise, huit de cœur. Nicholls relance et les enchères grimpent, seuls deux gars se sont couchés. Il remporte un très beau tapis triplant sa mise de départ. Il va devoir passer sur plusieurs mains, se coucher, perdre un peu, pour faire descendre le volume de ses gains, puis, lorsque certains vont commencer à fatiguer et que la table se videra, il pourra monter en puissance.

Il ne risque pas d'éveiller les soupçons quant à sa méthode, les accros des jeux sont bien incapables de comprendre ce qu'il provoque, mais il doit jouer la partie sans arrogance. Toujours donner l'impression de lutter à niveau égal avec ses derniers partenaires et surtout avec l'ultime, afin que celui-ci éprouve une sorte de respect pour lui quand, apparemment sur un coup de chance, il lui raflera la totalité de ses jetons. Au poker, un joueur qui mène et qui perd tout sur un ultime coup où lui-même a contraint son adversaire à tapis ne s'en prend jamais à l'autre joueur. Nicholls désire gérer le jeu sans susciter d'animosité. Il ne tient pas à avoir de démêlés à la sortie. Ce n'est plus de son âge, il n'a plus la condition physique. Il ne connaît pas ce tripot et il jouera avec prudence même s'il n'a pas envie d'y passer la nuit. Le réceptionniste lui a assuré que l'adresse est correcte. Apparemment, il l'a d'ailleurs bien aiguillé, la salle est digne de celle d'un casino, les croupiers qui tournent sur les deux tables ont l'air professionnel, les costauds à la porte font plus gardes du corps que videurs de boîte de nuit. "L'endroit est fréquenté par quelques politiques, il n'y a jamais de descente de flics et c'est très discret, de bon niveau." Ce qui avait achevé de convaincre Nicholls.

37

... Salut mon Greg, je devrais bientôt faire un saut par chez toi, as-tu une petite place pour moi ? Je suis en transit à Paris. Tu ne voudrais pas m'appeler à ce numéro 89 50 77 29 90 à 4 heures, heure française ? Tu devrais être réveillé. Je te laisse calculer, je ne pige rien aux histoires de décalage. Tu sais les problèmes que j'ai avec les horloges. Je te rassure, j'ai toujours l'air aussi ahurie quand on me demande de faire les synchros en TP...

Greg, en grimpant quatre à quatre les marches qui conduisent au labo, récite le message de Nicholls comme une litanie.

Rien d'inutile dans les propos de Nicholls, tout a un sens.

L'étudiant est en colère après lui-même. C'était évident. Si Nicholls prend des précautions pour le joindre, il ne va pas donner le numéro où il est possible de le contacter directement. Logique de base. Voilà pourquoi il fait référence dans son message à ses histoires de décalage horaire, d'horloge et d'air ahuri. Au départ, Greg avait supposé que Nicholls avait rajouté ces détails afin qu'il puisse comprendre avec certitude que le message ne venait pas de Vanessa. Mais Nicholls n'est jamais redondant dans ses explications. Les physiciens sont précis et concis. Lorsqu'ils fournissent une information c'est à dessein, elle a un sens, elle est utile, pas de fioritures, pas de poésie. *Je te laisse calculer, problème avec les horloges et air ahuri !*

Abruti ! Greg se traite d'abruti ! Facile pour lui de faire preuve d'intelligence devant un tableau noir. Moins évident dans les épreuves de la vie. Il se rend compte combien ses émotions ont gangrené son esprit mais il ne s'accable pas, ce serait une perte d'énergie. Il a commis une erreur, OK ! Il doit rester vigilant pour éviter de se fourvoyer à nouveau. Face à chaque problème qui surviendra il donnera plus d'importance à un paramètre qu'il n'avait pas à gérer en laboratoire : ses émotions. Leçon enregistrée.

Au sous-sol, dans la salle des essais, un minuscule espace style aquarium sert de bureau pendant les travaux pratiques. Au mur y trône une horloge. Un moulage design de plastique noir et blanc en forme de spirale, un cadeau d'un des étudiants de Nicholls. L'horloge est désagréable à fixer parce que les spirales contrastées créent une sensation de vertige. Les chiffres des heures sont comme aspirés par le vortex noir et blanc – le symbole de l'espace-temps happé par un trou noir – et ne sont plus à leur emplacement habituel. Le trois se trouve à la place du cinq, le huit presque au centre, le deux a dégringolé à l'emplacement du six, etc. Les aiguilles trottent d'une façon ordinaire mais les illusions d'optique créent des confusions. Nicholls adore tester ses nouveaux étudiants en leur demandant d'y lire l'heure. Ils affichent un air particulièrement ahuri lorsqu'ils n'y parviennent pas. Aucune moquerie dans l'intention de Nicholls, ce test est significatif pour lui. Pour celui qui a l'habitude de se concentrer sur l'essentiel et de ne pas se laisser distraire par la mise en scène, la position des aiguilles remplit son office. L'heure saute aux yeux. Rien de déstabilisant. En revanche, ceux qui ont tendance à se laisser happer par les apparences perdent pied et le vertige commence.

Pour Nicholls, un bon physicien ne doit pas se laisser séduire par le décor et doit rester attentif à l'essentiel, et il entend par essentiel, l'essence d'un phénomène, c'est-à-dire les forces en jeu et l'énergie mise en œuvre. La réalité est là, le reste n'est que costume. Le vieux prof ne s'investit pas outre mesure avec les étudiants qui se manquent sur cette horloge. Pas par mépris mais plutôt par objectivité. Il sait simplement qu'ils ne deviendront pas chercheurs en physique fondamentale. Ils feront peut-être de brillantes carrières dans l'ingénierie ou le design industriel, attirés plus par le développement technologique que par le monde des concepts.

Greg, cahier et stylo en main, s'est assis à une paillasse de la salle des essais et s'est mis à régler un spectrographe de masse. Il prend des notes au fur et à mesure qu'il paramètre la machine, feignant une manip parce qu'il craint d'être surveillé. Tout ce qu'il fait doit s'inscrire dans le cadre de ses activités ordinaires. De là où il est assis, en fait, il fait face à la fameuse horloge psychédélique qui, il en est sûr maintenant, lui servira de grille de décodage. Deux possibilités s'offrent à lui. Soit chaque numéro donné par Nicholls correspond à la position de la petite aiguille et il n'a qu'à relever le chiffre inscrit en dessous sur le cadran, soit le décodage se fait en sens inverse : le chiffre inscrit sur le support de l'horloge sera la base et la position de la petite aiguille, le résultat. Au final, deux combinaisons de chiffres, deux numéros à appeler. Aucune difficulté.

Greg, tout en intervenant sur le spectrographe de masse, retranscrit les chiffres du message. Le deuxième numéro semble être le bon, le premier ne donnant pas un indicatif cohérent pour Paris. Il ne lui restera qu'à rajouter les indicatifs internationaux.

01 43 55 31 17 4 heures. Le “4 heures” lui laisse un doute. Après-midi ou matin ? *“Tu devrais être réveillé”*, a pris soin de préciser Nicholls, il passera donc son coup de fil à 7 heures du matin, heure à laquelle en effet, il se réveille, ce qui correspondra en France à 16 heures.

38

Pas un souffle d'air dans la capitale, la canicule s'installe. Nicholls transpire en descendant le boulevard Maillot. Il vient de raccompagner jusqu'au Bois la jeune prostituée avec qui il est resté une heure comme ils en étaient convenus hier. Il est sur le point de passer à la hauteur de la cabine téléphonique dans laquelle il est entré seulement quelques secondes la veille, agissant comme si elle ne fonctionnait pas, une manœuvre destinée à mémoriser son numéro d'appel à la barbe des deux cow-boys à la française qui le surveillaient.

L'amie de la jeune prostituée se tient déjà dans cette cabine conformément aux instructions qui lui ont été transmises. Les quatre coups de 16 heures sonnent au clocher d'une église que Nicholls ne voit pas. Il a dépassé de trois pas la cabine lorsqu'il entend la sonnerie du téléphone retentir. Il sourit, satisfait, tout en continuant son chemin sans ralentir. Il hèle un taxi qui remonte vers lui et se retrouve assis à l'arrière avant même que la jeune femme dans la cabine ait fini de délivrer son message.

39

Dans la cabine située près des toilettes du *Dunkin'Donuts*, Greg vient de raccrocher. Il retourne s'asseoir devant son double chocolat et contemple son beignet d'un air perplexe. Il n'a jamais trop apprécié les pâtisseries huileuses et surtout pas de si bonne heure, mais il n'a pas trouvé mieux comme lieu public pour passer son coup de fil à 7 heures du matin. A l'autre bout de la ligne une personne a répondu, une femme d'origine française apparemment, qui, sans lui laisser le temps de placer un mot, a tenu des propos étranges bien que cohérents dans leur ensemble. Elle a largement insisté sur le fait qu'il devait faire une drôle de tête, qu'elle l'imaginait avec ses yeux ronds, qu'elle pouvait presque le voir comme s'il était à cent pieds au-dessus d'elle, les yeux élargis par l'étonnement. Elle n'avait pas tort. En effet Greg n'a cessé d'écarquiller les yeux en écoutant ses paroles : mimique réflexe comme si, en s'efforçant de donner plus de champ à ses globes oculaires, il pourrait mieux appréhender ce qui lui était signifié. La jeune femme lui a demandé expressément de venir la voir dès qu'il serait à Montréal, lui précisant de bien se couvrir parce que la caractéristique du climat québécois est d'être polaire, il ne fallait pas l'oublier. Puis elle a rajouté qu'elle lui ferait visiter la ville, et qu'ils se rendraient au stade olympique. Du haut de l'édifice, il choisirait lui-même dans quelle direction il préférait commencer sa visite. Pour finir, elle lui a donné son nouveau numéro de poste. "153 190. Je t'embrasse, à bientôt, mon petit chou."

Chou, hibou, genou, caillou…

Les bribes de la conversation en français se bousculent aux questions que Greg se pose en anglais.

Pourquoi un message en français ? Coder un message dans cette langue n'a pas dû être une tâche aisée pour le vieux prof. Pourquoi a-t-il employé un intermédiaire, enfin plutôt une intermédiaire ? Pour la cohérence de la conversation par rapport au contexte ? A l'évidence Nicholls ne peut pas s'adresser à lui directement. Craint-il que sa voix ne soit reconnue ? Greg se souvient d'un reportage sur les moyens technologiques des services d'espionnage dont ils avaient parlé avec Nicholls. En fieffés scientifiques ils avaient été épatés et plutôt envieux de la puissance des calculateurs dont disposent les services de renseignements. Les leurs, au labo de la fac, en comparaison, ont la même capacité que des bouliers chinois ! Le reportage évoquait un logiciel de reconnaissance vocale, un programme capable d'analyser, de trier et de stocker un nombre inimaginable de communications téléphoniques à la seconde. Après le 11 Septembre les fonds ont abondé dans ces registres-là pour lutter contre le terrorisme. Voix et intonations préenregistrées, mots clefs, cohérence des propos pour les messages codés, localisation des cellulaires, etc. Vu la vitesse à laquelle ces messieurs de la NSA ont réagi au départ de Nicholls, Greg est prêt à envisager ce genre d'hypothèse. Le vieux prof pourrait craindre que sa voix ne soit reconnue mais il est impensable qu'il puisse être lié de près ou de loin à des activités terroristes.

L'étudiant mord une deuxième fois dans son beignet. La prochaine fois qu'il s'offrira un petit-déjeuner en ville, ce sera chez *Cora Déjeuner*, au cœur de Montréal, au moins là, il fera le plein de fruits frais.

Montréal… *A priori*, s'il a bien compris, c'est là-bas qu'il devrait en savoir plus et cela paraît cohérent : Nicholls était au courant que Greg devait s'y rendre comme chaque été. L'étudiant y passe toujours ses vacances.

Le moindre détail dans les propos de la femme qu'il a eue au téléphone a son importance.

Prendre en compte les chiffres et prendre en compte les mots.

Greg avale une gorgée de son chocolat pour déglacer son palais englué de graisse froide et, également, pour donner le change au cas où on l'observerait. Il passe sa main sur son crâne en frictionnant du bout des doigts la racine de ses cheveux. Aérer les neurones, refroidir le système, il va tourner à plein régime. Regard insistant de la petite serveuse, il est toujours aussi craquant quand il fait ce geste. Il lui rend un sourire machinal, politesse automatique, il n'est pas d'humeur à séduire. Il sort un cahier à spirale de son sac à dos d'étudiant, se saisit d'un crayon à papier et se vautre sur sa table à la manière d'un premier de classe qui, de son coude, protège sa feuille des regards inquisiteurs d'un copieur imaginaire. En fait, cette posture lui permet de rapprocher son oreille du dictaphone qu'il a glissé sous sa serviette. Il a pris soin d'enregistrer la conversation téléphonique au cas où il ne pourrait pas en mémoriser tous les détails. Il ne le regrette pas.

En sciences, l'énoncé d'un problème correctement préparé doit contenir tous les éléments nécessaires à sa résolution. Lorsqu'un élève en prend connaissance, il doit saisir l'objectif de l'exercice : s'agit-il de redémontrer les étapes d'une théorie pour s'assurer qu'il la maîtrise, ou alors d'appliquer certaines lois de la physique à un cas de figure pour obtenir des gammes de résultats qui permettront d'autres travaux ? La première question que l'étudiant doit se poser devant sa feuille blanche est : sur quel sujet veut-on m'amener à réfléchir ?

Greg écoute le message une fois, une seule fois, en cherchant à y percevoir ce qui y est le plus net.

"Viens me rejoindre à Montréal."

Il interprétera donc tous les détails comme des éléments le conduisant à un rendez-vous à Montréal.

Montréal, le Québec... De bons souvenirs et d'innombrables cousins : la famille de son beau-père. Les grands-parents de ses demi-frères l'ont toujours accueilli et considéré comme un de leurs propres petits-fils. Toute la famille – et elle est grande, le mari de sa mère est le cadet d'une famille de cinq garçons – se retrouve régulièrement dans les provinces du Nord dans une propriété sur l'île aux Coudres. Parties de pêche sur le Saint-Laurent, nuits à la belle étoile dans le grand champ lorsque la maisonnée débordante de neveux et nièces ne parvient plus à offrir un lit à tout le monde, fous rires et feu de camp.

Généralement, Greg passe toujours une semaine à Montréal à son arrivée au Québec avant de faire le tour des cousins, puis une semaine encore avant son départ, chez l'oncle Henri le plus âgé des cinq. Il adore l'ambiance de la ville l'été.

L'étudiant dépèce les éléments du message. Deux lui semblent formatés : cent pieds et le numéro de poste pas assez long pour être un numéro de téléphone. Il les note et les retranscrit avec la grille de la fameuse horloge psychédélique de

Nicholls, mais plus par acquit de conscience que par intuition. Nicholls ne donne aucune indication sur un décalage d'heure donc Greg doit pouvoir utiliser les chiffres directement. Il se met à lister les éléments bizarres : insistance sur les yeux écarquillés, l'inconnue l'a répété trois fois, il s'agit forcément d'un élément important. Puis, l'allusion au climat polaire, l'adjectif semble exagéré, l'été est clément à Montréal, et, enfin, le stade olympique d'où il pourrait choisir son point de départ de visite. Il est vrai que lorsqu'on veut donner une vue d'ensemble de la ville à quelqu'un qui la découvre l'édifice s'y prête. Les architectes ont érigé une superstructure de béton suspendue qui offre un panorama d'envergure sur la ville. Mais les ingénieurs ont mal fait leurs calculs, et chaque année la ville doit réinjecter du béton afin que l'édifice ne s'effondre pas. Greg, en physicien qui se respecte, éprouve toujours une appréhension lorsqu'il emprunte les ascenseurs qui conduisent les touristes à son sommet.

En réfléchissant aux liens que peuvent avoir ces éléments entre eux, l'étudiant griffonne sur sa feuille. Aller à l'essentiel, réduire les mots superflus qui n'ont été là que pour la cohérence nécessaire à la conversation, réduire jusqu'au symbole si cela est possible, jusqu'au phrasé mathématique. Greg dessine la forme du stade olympique, un cercle entamé d'un trait représentant la superstructure de béton de la tour. Le point de départ pour lui se transforme en un O majuscule, le point O de l'origine qui matérialise l'intersection entre deux axes d'un plan. L'étudiant n'a pas besoin de réfléchir plus avant, “climat polaire” se traduit immédiatement pour lui en “coordonnées polaires”, celles que l'on utilise en mathématiques pour simplifier certains calculs de trajectoires.

En coordonnées polaires, la position d'un point sur un plan se détermine avec deux chiffres, le premier donnant la longueur d'un rayon, le second l'angle de ce rayon avec un axe d'origine.

Facile.

Le stade olympique de Montréal avec sa forme caractéristique peut jouer le rôle du point et de l'axe d'origine. Le rayon et l'angle pourraient être alors les deux composantes du numéro de poste : 153 et 190. 190 pour les degrés mais 153 quoi ? Mètres, centimètres, millimètres ? Greg a besoin d'une vue de la ville de Montréal, ou d'un plan. Un plan touristique ? Un plan de métro ? Nicholls a forcément donné une indication. Il lève les yeux de son cahier et sourit. La femme au téléphone a insisté sur le fait qu'elle l'imaginait avec ses yeux ronds, qu'elle pouvait presque le voir comme s'il était à cent pieds au-dessus d'elle, les yeux élargis par l'étonnement ; oui, c'est ce qu'elle disait en français. Et en anglais écarquiller les yeux : c'est Goggle ! Google Earth ! Ce dont il a besoin comme plan, c'est d'une vue satellite à cent pieds de hauteur de la ville de Montréal ! Exactement le type de cliché que fournit ce fameux site : Google Earth !

40

— Se repérer, Sachs. Oui se repérer est l'essentiel de notre problème.

Sachs écoute Alessandra avec attention. Elle lui a demandé de venir la chercher à l'institut. Elle veut lui présenter Yannick, avec qui elle est en train de boucler son projet, lui faire découvrir le lieu où elle travaille, les personnes qu'elle fréquente au quotidien.

Sachs était impatient de la retrouver. La veille, elle lui a demandé de partir en fin de soirée. Elle voulait passer la nuit seule, dormir, récupérer dans l'intention d'être en forme et disponible pour son travail avec Yannick. Dans la semaine tout au plus, ils devraient enfin aboutir. Sachs l'a quittée à regret, partagé entre le désir de respecter ses demandes et une jalousie naissante.

— Lorsqu'on souffre de cécité, apprivoiser le quotidien n'est pas vraiment difficile. Il s'agit de s'organiser, d'adapter ou de s'adapter. Avec un peu de volonté et parfois d'imagination nous pouvons pratiquement utiliser tous les objets, les ustensiles et les outils.

Alessandra est venue chercher Sachs à l'entrée de l'immeuble. Elle le précède dans le dédale des couloirs marchant d'un pas vif comme si de rien n'était. Le carrelage au sol et le revêtement des murs sont de texture et de surface différentes suivant les lieux. Les rendus acoustiques se modifient très nettement d'un espace à un autre. Même un voyant y est sensible. Entre les étages, les portes coulissantes s'ouvrent automatiquement devant eux. Une personne qui observerait la scène de l'extérieur n'y verrait qu'une femme dynamique entraînant un homme dans une visite guidée de locaux ordinaires.

— Comme tu peux le remarquer, Sachs, tout ici est conçu pour faciliter notre cheminement.

Le long des murs, à hauteur des mains, sont fixées des bandes de matériaux composites. Elles ne sont pas là pour la décoration même si elles en donnent l'impression. En fait elles jouent le rôle de rail de guidage, portent des indications par leur texture et leur relief et sont incrustées de signalétiques en braille.

Une porte s'ouvre, une demi-douzaine d'enfants sortent en chahutant.

— Bonjour, les enfants. Alessandra. Je suis avec un visiteur.

Les enfants répondent tour à tour en se nommant eux aussi, comme Alessandra vient de le faire. Le plus grand, qui a l'air le plus espiègle également, un très beau garçon aux traits fins, ajoute à l'intention de Sachs en singeant une révérence :

— Bonjour, monsieur le visiteur.

Gloussement général de la marmaille qui, au ton de l'acteur, n'a rien perdu de la scène.

— Bonjour, les enfants. Sachs Given. Ravi de vous rencontrer.

— Bonjour Sachs Given, répondent-ils en chœur.

— Le cours s'est-il bien passé ? demande Alessandra.

En réponse, un méli-mélo de “ouais”, “bof”, “super”, “c'est pas des vacances !”.

— Certains ont vraiment accroché, d'autres papillonnent encore, commente le professeur qui a passé la tête par la porte.

Sachs regarde les bambins s'éloigner, à peine surpris de ne pas les voir tâtonner. Ils sont aussi à l'aise qu'Alessandra. Il remarque juste qu'ils se déplacent tous du même côté du couloir. Jusqu'à ce qu'il les croise il n'avait pas réalisé qu'il existait un sens de déplacement dans ces locaux, chacun tient sa droite.

— Nous sommes à l'étage musique, explique-t-elle. Les enfants que nous venons de croiser sortent de leur cours de piano. Ils apprennent sur clavier, nous avons des petits synthétiseurs. Nous les sensibilisons énormément à la musique, tant à sa pratique qu'à son histoire. C'est à la fois pour solliciter leur ouïe, bien évidemment, mais également pour développer leur intellect : ouvrir leur esprit à de nouveaux concepts. Pour moi, Sachs, toute évolution est liée, étroitement liée, à la conscience de l'expérience que nous faisons de notre vie dans ce monde. Si nous choisissons de nous transcender, elle sera une illumination. Et en tant qu'aveugle je me permets le terme : illumination… La musique mais également l'histoire de la musique et des musiciens leur permettent de suivre, dans leur registre de perceptions, le chemin de génies. Les génies sont toujours en avance sur leur temps, ils bravent l'inconnu, l'inconnu des pensées, l'inconnu des concepts. Nous pouvons les choisir comme modèles car ils naissent aveugles parmi les aveugles, mais, parce qu'ils ressentent le monde différemment, ils embrassent une vie d'exception.

Alessandra, en disant ces dernières phrases, s'est arrêtée devant une baie vitrée à l'intersection des deux bâtiments principaux qui composent son institut. La lumière inonde son visage et, comme au premier soir sur la plage, l'œil du peintre est ravi par la grâce de sa posture. Il la contemple.

Comment cette femme peut-elle être à la fois prégnante et insaisissable ?

41

Greg remonte l'avenue Jeanne-d'Arc. Il a atterri à l'aéroport de Montréal moins d'une heure auparavant. Son billet open lui a permis de prendre le premier vol au départ de San Francisco. Il est arrivé limite à l'embarquement – deux heures sont nécessaires pour descendre de Davis – mais il a attrapé son avion.

Au culot, en débarquant dans la zone wi-fi de l'aérogare, il a demandé à une jeune fille pianotant sur son portable si elle pouvait se connecter pour lui sur le fameux site de Google Earth. A l'aide d'une feuille à petits carreaux de son cahier, il a improvisé dans l'avion un rapporteur en papier et a préparé les trois possibilités d'angle qu'il a retranscrites avec les données du message. Une première sur les chiffres tels quels, une deuxième avec le codage de l'horloge dans un sens, une troisième avec le codage en sens inverse. A l'écran, il a ajusté la vue à cent pieds de hauteur puis a superposé ses angles de papier. Il a pu utiliser les chiffres directement. Avec les retranscriptions de l'horloge psychédélique, le rayon, qui est la première des deux coordonnées polaires, était trop grand et sortait du cliché satellite. Donc cent quatre-vingt-dix degrés et cent cinquante-trois millimètres. Ces coordonnées pointaient l'avenue Jeanne-d'Arc, et plus exactement une maison avant l'intersection avec le boulevard Saint-Joseph. Il a ciblé le point concerné et a envoyé un zoom sur la zone pour mémoriser quelques repères (disposition des rues, végétation, volume des bâtiments). Greg a béni le fameux logiciel et a imaginé la satisfaction des espions de tous bords lorsqu'un tel outil a été mis sur le marché.

L'étudiant tourne sur sa gauche deux pâtés de maisons après le bâtiment au toit blanc. Un quartier vivant, cosmopolite, jeune qu'il a fréquenté souvent avec ses cousins et cousines. Les bars sont sympas, branchés sans être agressifs. Un peu trop de vitrines de sex-shop à son goût, mais les Canadiens ne sont pas pudiques encore moins puritains et surtout pas hypocrites. Greg les apprécie aussi pour ça.

Il a compté six arbres et sept voitures garées en continu sur le cliché. Il doit donc remonter sept places de parking à partir de l'angle de la rue. Sur sa droite, une maison avec un escalier monumental. OK, il ne s'est donc pas trompé, elle ressortait très nettement sur la vue satellitaire. L'architecture baroque de l'entrée jure avec le style des autres façades. Tout autour, des petites structures, mi-maisons, mi-immeubles, des constructions de deux ou trois étages, avec un rez-de-chaussée à moitié en sous-sol, comme dans les rues de New York. Des escaliers d'acier donnent un accès direct au premier niveau. La rue est agréable, et les murs de briquettes rouges font rêver à la ville de Toulouse qu'il aimerait bien visiter. Une de ses cousines, Lison, une musicienne mariée à un Cubain, est partie s'installer là-bas. Elle l'avait entraîné dans des ruelles du quartier un après-midi d'été pour lui donner une idée de l'ambiance de sa vie en France.

Quatrième arbre, cinquième place de parking, le rythme cardiaque de Greg s'accélère. Il continue à marcher sans ralentir. Il n'a pas hésité une seule seconde ce matin, il n'hésitera pas maintenant.

Sixième arbre, septième place de parking.

Au premier niveau, une agence de voyages.

L'étudiant, sans même réfléchir à ce qu'il va pouvoir trouver, faire ou dire, monte deux à deux les marches de l'escalier métallique et pousse la porte d'entrée. Un carillon retentit. Un homme derrière un guichet, en train de donner des explications à un couple de clients, relève la tête, sourit en guise de bienvenue puis reprend son exposé. Greg se dirige vers un présentoir et entreprend de feuilleter quelques brochures. La porte d'un bureau s'ouvre. Une jeune femme au visage clair et aux lèvres impertinemment rouges raccompagne un client d'un âge certain. Politesse d'usage, je vous souhaite un bon voyage. Tintement du carillon. La porte s'est refermée. Greg sent le plancher qui vibre légèrement au pas mal assuré du vieillard dans l'escalier. Il imagine comment ses enjambées ont dû résonner dans l'agence lorsqu'il a grimpé les marches métalliques avec énergie. Dans son dos, la jeune femme s'est rapprochée.

— Monsieur Greg Squirrel ?

L'étudiant réprime un tressaillement en entendant son nom.

Il se retourne, les lèvres rouges lui sourient.

— Valérie Leboisjoli, enchantée. Je vous attendais.

42

— Viens je t'en prie, je veux te présenter Yannick et Frédéric qui nous assiste.

Alessandra a pris Sachs par la main pour l'inviter à entrer dans son "espace de travail" au dernier étage de l'institut. C'est ainsi qu'elle qualifie la salle qui lui est réservée. Sachs découvre une pièce spacieuse, lumineuse, traversante de l'immeuble d'est en ouest. Deux bureaux, bien classiques, encombrés de documents et de matériel informatique, se font face dans le coin droit. Ils sont attribués apparemment à Frédéric, un jeune gars à l'allure dynamique, voyant, lui, sans aucun doute, qui vient à leur rencontre en souriant.

— Frédéric Thomas, enchanté.

— Frédéric est un élève ingénieur, il est en stage chez nous, explique Alessandra, il est nos yeux et une bonne partie de notre tête.

Du fond de la salle, derrière un amoncellement de platines et de matériel audio disposés sur deux longues tables de réunion, un grognement s'élève.

— L'ours que tu entends là-bas derrière, c'est Yannick, Yannick Delmas, notre chef de projet.

Alessandra entraîne Sachs jusqu'à son "ours" assis derrière une platine, un casque audio sur les oreilles. Un homme imposant, aux mains épaisses, plutôt grizzly qu'ours en peluche, une force de la nature. Même assis il est impressionnant. Elle lui en avait parlé lorsqu'elle avait évoqué les personnes avec qui elle fait équipe. Il est devenu aveugle trois ans auparavant par accident. Tout en écoutant Alessandra, Sachs s'était demandé comment il ferait face, lui, s'il venait à perdre la vue brutalement. Aurait-il la force de se relever ? De la force, cet homme-là en a à revendre, l'énergie bout en lui. Sa cécité le réduisant soudainement à l'impuissance a dû être vécue comme un drame. Alessandra effleure le poignet de son "ours" du bout de ses doigts dans un geste délicat qui rend Sachs instantanément jaloux. L'homme relève la tête, fait glisser son casque sur son cou. Il sourit.

— Yan, je suis avec Sachs Given.

A l'annonce de la jeune femme, le sourire de l'ingénieur s'est suspendu, ce qui n'échappe pas à Sachs. L'homme tend sa main énorme dans le vide. Sachs se penche avec précipitation par-dessus la table encombrée pour la lui saisir.

— Monsieur Given, bonjour.

— Monsieur Delmas, répond Sachs dans une grimace.

L'ingénieur lui broie les doigts. Sachs a cru qu'il était moins à l'aise qu'Alessandra dans sa cécité, mais non, l'homme l'a sciemment obligé à se pencher par-dessus la table.

Apparemment il n'est pas le bienvenu. Message reçu.

43

— Bienvenue à Montréal, monsieur Squirrel, vous avez fait bon voyage ?

Greg hésite un instant à répondre. Quelques secondes de flottement. Le rouge des lèvres qui l'hypnotise, le trouble qui le prend.

— Excusez-moi, je vous précède.

Greg suit la jeune femme à travers l'agence de voyages jusqu'à son bureau.

— Je vous en prie, asseyez-vous.

Valérie Leboisjoli a refermé la porte derrière elle. Greg n'ose pas reculer son siège, ses genoux cognent le bureau de la demoiselle. Trop grand dans ce siège trop petit, l'impression de se sentir coincé malgré lui.

Il n'a toujours pas dit un mot.

La jeune femme continue à lui sourire tout en cherchant un dossier. Elle porte un carré mi-long à la coupe impeccable et ses cheveux noirs de jais donnent l'impression d'un cadre. Blanche-Neige au look revisité. Bonne fée ou sorcière ? Leboisjoli ? Jardin enchanté, forêt maléfique ? Derrière elle, sur le mur, une vue aérienne d'un château compliqué. Un tour-opérateur vante les beautés autrichiennes. A sa droite une série de photos somptueuses de treks aventureux dans la taïga russe et les plaines mongoles. Les randonnées en skidou et chiens de traîneau autour de

Mont-Tremblant, la guignolesque station de ski québécoise, font pâle figure à côté.

— Vos billets sont prêts, votre oncle est un homme généreux, c'est un beau voyage qu'il vous offre là…

Greg s'apprête à ouvrir la bouche pour l'interrompre.

— Non, ne protestez pas, ne dites rien, pas de fausse modestie. Il m'a dit que vous le méritiez, vous êtes un étudiant très brillant. Je le connais personnellement vous savez, c'est un ami de mon père, et je sais que c'est un homme qui n'exagère jamais. Il n'a pas le compliment facile. Voilà donc : vous embarquez demain sur un ferry côtier qui vous emmènera jusqu'à Sept-Iles. Là-bas vous rejoindrez votre petit groupe, vous êtes une douzaine, accompagnateur compris. Départ en avion pour Schefferville. Choisissez le côté hublot. A l'arrivée vous survolerez le lac Michikamau, c'est simplement sublime. Et puis une fois sur place, trek eskimo, chiens de traîneau, une portion en skidou pour rejoindre la côte du Labrador.

Un flot d'explications coule des lèvres rouges. Etapes, animations, qualité des prestations, horaires de retour, possibilité d'options. La jeune femme ponctue ses propos du bout de son stylo en pointant les photos d'une brochure.

— Voilà, je crois que je vous ai tout expliqué, enfin, ce que vous avez besoin de savoir. Mais vous aurez le temps d'étudier cela à tête reposée, je vous le conseille d'ailleurs. Je vais préparer votre pochette, ajoute-t-elle en se levant. Pouvez-vous me donner votre passeport et votre permis de conduire ? Je dois en faxer les photocopies à l'accompagnateur sur place pour les assurances.

Greg, toujours muet, ouvre son sac et lui tend ses papiers. Valérie Leboisjoli sort du bureau laissant la porte entrouverte. L'étudiant se penche sur son siège pour la suivre des yeux. Elle actionne la photocopieuse, recharge du papier, se saisit d'une pochette aux couleurs de l'agence, vérifie et ordonne une dernière fois les billets et les glisse à l'intérieur.

— En première page de votre dossier j'ai placé le récapitulatif du parcours et des horaires de départ. Tenez, je vous offre notre portefeuille aventure, un produit développé par notre tour-opérateur pour les treks à caractère sportif. Vous pouvez le passer à votre ceinture ou le porter autour du cou sous vos vêtements, il est léger, discret et surtout il présente l'avantage d'avoir un compartiment étanche. J'ai placé vos papiers d'identité à l'intérieur.

44

Dans son espace de travail au dernier étage de l'institut, Alessandra a bandé les yeux de Sachs. Elle le conduit jusqu'à l'entrée de la vaste pièce, et se tient derrière lui. Yannick s'est muni d'un dictaphone pour enregistrer ses commentaires au fur et à mesure de l'expérience. Frédéric, l'élève ingénieur, fixe autour de l'avant-bras de Sachs un appareillage électronique et insère un écouteur dans son oreille droite.

— Il suffit de presser le bouton sous votre poignet pour que l'écran tactile coulisse sous vos doigts.

Sachs tâtonne avec sa main gauche sous l'appareillage et enfonce l'interrupteur. Une sorte de boîtier compact de la taille d'un iPod à l'écran strié d'un motif étoilé s'avance sous ses doigts.

— Allez-y, prenez contact avec l'écran. Vous pouvez sentir en relief comme une roue de vélo avec ses rayons, douze rayons, exactement comme une horloge. Avec la pulpe de vos doigts, vous pouvez repérer le relief de chaque rayon.

Sachs acquiesce.

— Sentez-vous, au centre, comme une pointe ?

— Oui tout à fait.

— Bien. Dégagez vos doigts de l'écran un instant, j'active le repérage.

Léger grésillement dans l'oreille de Sachs, puis une voix aux tonalités standard de boîte vocale décline une position GPS : “43 degrés 5 minutes Nord, 5 degrés 50 minutes Est, 31 avenue de Lattre-de-Tassigny, Six-Fours-les-Plages, altitude 12 mètres.”

— OK. Maintenant, essayez d’effleurer l’écran du bout de vos doigts. Attention un seul doigt à la fois !

Sachs passe son index sur le mini-écran tactile, la voix formatée lui énonce “densité trois immobile un mètre trente-six”.

Il effleure de la pulpe de son majeur l’axe central, “densité six immobile huit mètres quarante” puis, comprenant le principe de repérage, il pose son annulaire sur le troisième rayon qui lui donnera l’indication de ce qu’il rencontrera sur sa droite, à trois heures, “densité trois immobile deux mètres neuf”.

Sachs se met à avancer en posant tour à tour le bout de ses doigts sur l’écran. Des pressions du majeur, de l’index et de l’annulaire lui permettent d’avoir une idée de l’espace libre devant lui dans un champ d’une quarantaine de degrés. Frédéric commente ses mouvements et ses initiatives à Yannick qui confie ses propres remarques à son dictaphone. Mais ni l’un ni l’autre des deux ingénieurs ne donne à Sachs plus d’explications. Ils veulent observer les réactions naturelles d’une personne au système pour évaluer son ergonomie. Sachs ignorait l’objectif de l’expérience et le principe même de l’appareillage qu’il porte. Il en appréhende le fonctionnement avec la même avidité qu’un gamin qui découvre un nouveau jeu vidéo.

Alessandra suit Sachs pas à pas sans faire de bruit, se fiant seulement à la chaleur de son corps. Sachs, qui se concentrait sur l’écoute des indications, se rend compte qu’elle avance avec lui. Il fait glisser son majeur sur l’axe central pour tester l’indication de présence de ce qui est derrière lui.

"Etre vivant mobile vingt-deux centimètres", lui annonce la voix. Sachs sourit de la description de celle qui l'émeut tant. Puis, retournant à son exploration, il fait glisser son index sur chaque rayon de l'écran pour passer en revue les différentes directions et localise la position de Frédéric et celle de Yannick. Apparemment, le système analyse les éléments qui se trouvent autour de lui jusqu'à une portée de vingt mètres. Il a l'impression de jouer à l'officier de quart au poste de navigation d'un sous-marin, qui, accidentellement privé de son écran, n'aurait plus que le son des échos lancinants pour discerner les obstacles. Il s'enhardit – ses échos à lui sont très explicites – et se déplace pour aller au contact des objets identifiés par le GPS amélioré. La densité trois semble définir les ensembles composés de bois, il s'agissait du bureau. Pour la densité six, le béton, il s'agissait du mur.

— Monsieur Given, je vais me taire puis me positionner dans la pièce, pouvez-vous essayer de parvenir jusqu'à moi ? lui demande Frédéric.

— OK.

Alessandra s'immobilise elle aussi. Yannick attend. Sachs, en quelques secondes, repère la position du jeune homme. Il part dans sa direction avec une démarche d'automate, contourne le bureau qui faisait obstacle entre eux deux et parvient jusqu'à lui sans heurter quoi que ce soit. Il n'a pas eu besoin de tâtonner. Frédéric lui ôte son bandeau et applaudit. Sachs n'est pas dupe. Ces applaudissements ne lui sont pas destinés mais viennent saluer le travail de l'équipe.

— Ne te réjouis pas trop vite, Fred. M. Given est un voyant, il est familiarisé avec des procédures qui ne font pas partie du monde des aveugles de naissance : les jeux vidéo, les écrans d'ordinateur... Ne serait-ce que la manipulation d'une souris.

Frédéric se tait. Cette dernière remarque, bien qu'objective, est chargée de rancœur. Malgré les progrès qu'ils font sur leur système, il sait que son ours de patron ne se laissera jamais aller complètement à la joie, il ne sera jamais satisfait. N'importe quel appareillage, si perfectionné soit-il, ne lui rendra pas ce qu'il a perdu. Mais pour ceux qui n'ont jamais vu, il offre une potentialité fantastique, l'élève ingénieur en est convaincu.

— Donc, si j'ai bien compris, le système que vous mettez au point est une sorte de GPS perfectionné ? interroge Sachs sincèrement intéressé mais également dans l'intention, en prenant la parole, de désamorcer la tension qu'il sent poindre dans la réflexion de Yannick.

— Oui, répond Frédéric. Exactement. Un GPS de haute précision pour piéton avec un repérage adapté au non-voyant. Le GE. G et E pour *global echolocation*, mais GE aussi pour les sonorités du mot "jeu", comme jeu vidéo.

Alessandra s'est rapprochée de Yannick. Elle désire commenter avec lui l'expérience et lui consacrer un peu d'attention. L'élève ingénieur, débordant d'enthousiasme, entraîne Sachs jusqu'à son bureau pour lui présenter le système et ses particularités plus en détail. Ils ont couplé le principe de localisation par satellite à un radar ainsi qu'un système d'analyse infrarouge. Le point de référence pour la localisation par satellite provient d'un appareillage miniaturisé fixé sur le fil de l'oreillette, afin de laisser libre l'avant-bras du sujet. Sachs avait bien remarqué au cours de l'expérience qu'il n'avait pas à se soucier des mouvements parasites de sa main.

— Nous utilisons un calculateur relativement puissant pour un appareillage portatif. A cause des calculs de stabilisation, qui sont permanents, entre la position du poignet du sujet d'où part tout le système de scan et le point considéré comme stable qui est au niveau de la poitrine, sur le fil de l'oreillette. Les données obtenues ressortent ainsi comme si le sujet était en train de scanner l'espace au-devant et autour de lui en laissant son avant-bras à l'horizontale. Mais en fait il peut le bouger librement. L'objectif de ce matériel est de lever un handicap, pas d'en substituer un à un autre. Imaginez si vous deviez rester le bras figé dans une position. La tête du sujet est un élément dont la distance par rapport au sol est relativement stable, mais on ne pouvait pas faire porter le système radar au niveau de l'oreillette, l'activité électromagnétique du cerveau pourrait en souffrir à la longue, et un casque n'aurait pas été franchement discret.

Frédéric illustre ses explications en lui montrant les photos de plusieurs prototypes qui ont été réalisés au cours des différentes étapes de recherche et de mise au point.

Globalement les ingénieurs n'ont pas rencontré de problèmes majeurs durant la conception, il ne s'agissait que d'adapter entre eux des systèmes déjà développés séparément dans les secteurs de la robotique et du positionnement par satellite. La question de l'autonomie a été plus délicate. Le calculateur intégré est friand en énergie et des batteries du type de celle des téléphones portables ne sont pas suffisantes. Il n'était pas réaliste de lester un individu de trois kilogrammes d'accus. Un collègue de Frédéric, en stage au CEA de Grenoble, leur a finalement amené la solution : une micro-pile à combustible, cinq fois plus autonome qu'une batterie lithium-ion et rechargeable en quelques secondes, comme un stylo plume, par de petites cartouches.

— Ces piles sont développées pour remplacer les batteries des ordinateurs, on les trouvera dans quelques années dans tous les téléphones portables, explique Frédéric, intarissable.

— Impressionnant, vraiment. Notamment en ce qui concerne la précision, je suis bluffé.

— En fait, il y a deux niveaux de précision. Au millimètre près dans les bâtiments référencés par l'utilisateur – son domicile et son lieu de travail par exemple – parce que nous plaçons des capteurs fixes dans l'environnement qui permettront une triangulation parfaite. Sinon, d'une façon générale, dans tout contexte, la précision sera de l'ordre de un à deux centimètres. C'est ce qu'on trouve déjà pour certains engins de travaux publics.

— Impressionnant, répète Sachs. Vous pensez pouvoir mettre votre système sur le marché rapidement ?

— A vrai dire nous ne sommes pas encore dans la phase de commercialisation. Nous avons déposé plusieurs brevets concernant des points de détails techniques. Mais il y a une chose essentielle qu'il nous reste à mettre en œuvre en ce qui concerne l'aspect cognitif. Alessandra et Yannick ont presque abouti. Maintenant que vous avez expérimenté l'appareillage de base, vous serez moins surpris. Vous voulez poursuivre l'expérience ?…

— Frédéric !

Yannick Delmas s'est levé de son siège pour que sa voix porte. Il a stoppé net l'élève ingénieur. L'ours sort ses griffes.

— Tant que le brevet n'est pas déposé, c'est hors de question !

45

— Une assiette de *pancakes*, la coupe de fruits frais, fromage blanc au coulis et deux œufs, s'il vous plaît, *sunny face*.

— Et comme breuvage, monsieur ?

— Ah oui ! Un thé nature. Merci.

Greg s'était promis un petit-déjeuner chez *Cora*. L'après-midi est bien entamé, mais, du point de vue de son estomac, ce sera malgré tout un petit-déjeuner. Les deux bouchées huileuses du beignet de ce matin ne comptent pas, et il n'a pas touché au plateau insipide qui lui a été proposé dans l'avion.

L'étudiant sort le dossier préparé par l'étrange Valérie Leboisjoli, mi-curieux, mi-agacé. Il aurait franchement apprécié d'en savoir plus. Jusque-là, il ne s'est pas trompé dans les interprétations des messages puisque le rendez-vous était le bon, puisqu'il était attendu. Mais à quoi rime un trek dans le Grand Nord canadien ?

— Pardon, monsieur, voici votre commande, je reviens avec le thé tout de suite.

— Merci.

Greg, tout en engloutissant une fourchetée de *pancake*, ouvre la pochette de l'agence. Il manque de s'étrangler. Il s'étouffe, tousse pour éviter la fausse route. La Blanche-Neige aux lèvres écarlates s'est trompée de dossier. Ce n'est pas le sien, ce n'est pas celui du trek dans le Grand Nord, mais à l'évidence celui d'un autre gars. Un certain Luc Pépin qui part demain matin pour… la France. L'étudiant déglutit, se redresse sur son dossier et passe la main dans ses cheveux.

La France ???

Il sort les billets pour vérifier ce qu'il croit comprendre, *le* billet en fait, un aller simple, un Montréal-Marseille direct. Il revoit la Leboisjoli près de la photocopieuse en train de manipuler les feuilles et les pochettes. Il plonge sa main dans son sac, sort le portefeuille qu'elle lui a offert, en extirpe le passeport. Luc Pépin. Nationalité canadienne. Réside à Saint-Jérome. Né le 19 septembre 1981 à Gaspé. Rien à voir avec lui sauf, évidemment, la photo sur le passeport ! Il s'agit bien de la sienne ! L'étudiant se souvient parfaitement dans quelles circonstances elle a été prise. A la fac, il y a deux ans, avec toute la promo de Nicholls. Ce portrait-ci a été choisi pour figurer dans l'annuaire des élèves ! Greg est stupéfait.

— Tout va bien, m'sieur ? Voilà votre breuvage.

— Ça va aller, merci beaucoup, répond-il dans une dernière quinte de toux.

L'étudiant avale une gorgée de thé brûlant, puis, calmement, vérifie le permis de conduire : même topo. Avec la même photo, il est Luc Pépin. Greg sourit et choisit l'humour pour tenter de dissiper une appréhension bien légitime. Il ignorait que Blanche-Neige avait également tourné dans *Mission impossible*. Sa pochette va-t-elle s'autodétruire dans trente secondes ? Il trinque dans le vide au talent de prestidigitatrice de sa sorcière du Bois Joli et croque en son honneur un quartier de pomme de sa salade de fruits.

Il est Luc Pépin et demain, donc, il s'envole pour la France.

46

Alessandra, avec délicatesse mais avec fermeté, a proposé à Frédéric de raccompagner Yannick chez lui. L'ingénieur a travaillé, comme tous les jours de la semaine passée, sans interruption depuis le matin. Tension, fatigue et impatience sont forcément au programme de la dernière ligne droite dans la réalisation d'un projet. Avec un zeste de jalousie, le cocktail devient détonant.

La jeune femme aurait pu se froisser du refus du "grizzly" de dévoiler la spécificité du GE à Sachs – il s'est montré grossier dans sa façon de s'y opposer – mais elle ne lui en veut pas. Ils travaillent ensemble d'arrache-pied depuis des mois, partagent des espoirs, des doutes, surmontent des obstacles. Ce programme est devenu la raison de vivre de Yannick, au sens propre, et Alessandra en est le vecteur. Le monde de cet homme s'est écroulé le jour de son accident et elle peut comprendre qu'il craigne de perdre celui qu'il se reconstruit.

Afin de laisser à Yannick le temps de ranger son matériel et surtout pour ne pas lui donner l'impression de le chasser de son bureau, Alessandra a entraîné Sachs dans la suite de la visite de l'institut. Il y découvre des salles de classe bien peu ordinaires : salles de bains et cuisines pour l'initiation à la vie pratique. Des programmes de cours surprenants : ordonnancement de placard, mémorisation numérique, harmonie vestimentaire, esthétique.

De l'étage, Alessandra lui demande d'observer une partie du parc. Elle lui explique que la surface asphaltée, qu'il avait au premier abord prise pour un parking alambiqué, est un terrain d'entraînement au déplacement piétonnier dans les centres urbains : feux de croisement et passages cloutés, trottoirs piégés de poubelles, de bancs, et de cabines téléphoniques... Plus loin sur la droite, une partie des jardins est aménagée pour le sport. Les élèves peuvent rejoindre la pinède de la Coudoulière par un circuit de footing aménagé. La piscine municipale est à cinq cents mètres et ils y disposent de créneaux horaires réservés.

— Dès que nos élèves se sentent autonomes dans leur quotidien, ils ne suivent plus qu'à l'occasion ces formations adaptées. Notre objectif est qu'ils puissent consacrer un maximum de leur temps à une scolarité normale, en braille bien entendu, mais normale. Nous proposons un cursus scolaire complet de la maternelle à la terminale.

Tout en regagnant le dernier étage, Alessandra explique à Sachs qu'un institut conçu et organisé sur le modèle de celui-ci va ouvrir ses portes dans la région de Toulouse pour la rentrée de septembre, et vu que les places y sont déjà toutes réservées, le projet d'en implanter un sur la capitale est au goût du jour.

— Pour la structure parisienne, nous envisageons une collaboration étroite avec le Conservatoire national de musique. Ce serait formidable pour nos étudiants. Ici nous nous appuyons sur des intervenants privés. Le niveau est bon, mais nos moyens sont malgré tout limités. Pourtant la formation musicale, dans le cadre du cursus scolaire que nous proposons, n'est pas en option : c'est un enseignement à part entière, une matière obligatoire.

Alessandra pousse la porte de son "espace de travail". La grande pièce est silencieuse. Yannick et Frédéric sont partis.

— Il existe, poursuit-elle, une grande différence entre – excuse-moi d'oser le terme en tant qu'aveugle – la "vision" que nous avons du monde et le monde. Oui, il existe une grande différence entre la représentation que nous avons de la réalité et la réalité. Les voyants – passe-moi encore une fois le terme –, "aveuglés" par leurs impressions optiques, ont plus de mal que nous à intégrer cette différence. Pour eux, ce qu'ils voient est ce qui est. Le sens de la vue est communément vécu comme un sens absolu, les autres sens sont considérés comme étant plus relatifs. *Je crois ce que je vois.* Tu connais l'adage. Ce que je sens comme doux sous mes doigts l'est en fonction de ma perception, de l'étalonnage de mes sens, de mon expérience. C'est relatif à ma personne, à ma sensualité, à ma construction psychologique, affective et émotive, aux expériences de mon enfance. On ne se fiera pas à une impression tactile comme on pourra se fier à une image, qui n'est pourtant elle aussi qu'une impression, une impression optique, et seulement une impression au même titre que les autres. Ce qui peut te sembler doux sous ta main ne l'est pas forcément pour quelqu'un d'autre. Par contre, ce que le voyant voit bleu est bleu pour lui. Est bleu pour lui et pour les autres. Est bleu dans l'absolu. Ce qu'il voit Est, et il croit que la réalité Est ce qu'il voit.

Alessandra, en prenant la main de Sachs, l'invite à la suivre jusqu'aux tables encombrées par le matériel audio derrière lequel grognait le “grizzly” tout à l’heure.

— Il m’a fallu du temps, tu l’imagines, pour comprendre la notion de couleur. On a essayé de me l’expliquer maintes et maintes fois, jusqu’à ce qu’un ami, un jour, parvienne à m’en exposer la nature. Patiemment il m’a expliqué le rayonnement électromagnétique. Il m’a parlé de la décomposition de la lumière blanche, de la déclinaison de son spectre, des nuances de l’arc-en-ciel.

Alessandra bascule un interrupteur, un léger grésillement signale la mise sous tension de deux colonnes de baffles derrière eux. Elle pose ses doigts sur le clavier d’un petit synthétiseur et monte la gamme.

— *Do, ré, mi, fa, sol, la, si.* Rouge, orange, jaune, vert, bleu, indigo, violet, chante-t-elle avec justesse. Ce que vous percevez comme étant la lumière blanche se décompose en fréquences électromagnétiques comme le son en fréquences vibratoires. Le son n’existe que grâce à l’interprétation de ton cerveau de ce qui se passe dans ton oreille. C’est important de bien comprendre cela. Sa réalité en tant que son n’existe que dans ton cerveau par le chemin de ton oreille. Dans l’absolu le son n’est que vibration. Il en est de même pour les couleurs. Les couleurs sont comme les notes de la gamme. J’ai pu mieux appréhender alors que le bleu d’un objet n’est qu’une impression d’optique, c’est-à-dire qu’elle existe seulement dans le cerveau par le chemin de l’œil. L’objet ne porte pas de couleur en tant que telle, il n’est qu’un support vibratoire.

Sachs s’est rapproché d’Alessandra pour qu’elle puisse sentir son souffle près d’elle, son attention tournée vers elle. Il replace d’un geste tendre une boucle rousse qui lui barrait la joue.

— La couleur n'existe pas sur l'objet en tant que telle, reprend Alessandra, comme la douceur n'est pas sur la fourrure. Elle n'est qu'une sensation qui appartient à celui qui la vit. Et sa réalité en tant que couleur n'est qu'une interprétation de notre perception par notre cerveau.

A l'invite d'Alessandra, Sachs s'est assis sur le fauteuil de bureau de Yannick. La stature du "grizzly" en a un peu déformé l'assise. Il fait face aux appareillages audio sophistiqués qui encombrent la table. Tout en parlant, Alessandra l'équipe à nouveau du prototype du GE.

— La représentation que nous avons du monde n'est pas le monde. Mais un assemblage de sensations que notre cerveau structure afin que nous puissions nous repérer dans ce que nous expérimentons comme réalité. Avant de comprendre ce que peut être une image, je considérais le sens de la vue, celui qui me manque, comme la panacée. Et je croyais qu'il permettait d'entrer directement en contact avec la réalité. Qu'il collait parfaitement à la réalité. J'ai intégré au final que la réalité est un maelström de vibrations bien plus étendues que ce que nous pouvons percevoir. Je me suis rendu compte, en comprenant le fonctionnement du sens de la vue, qu'il était comme les autres, aussi relatif que le sens du toucher ou celui de l'odorat. Finalement, que nous soyons voyants ou non, notre perception de la réalité n'est pas la réalité. Comprends-tu ?

— Oui, exactement comme un dessin abstrait n'est que le symbole du concept qu'il évoque. Ce que je peins n'est pas ce que je vois. Ce n'est qu'un signal comme un chemin d'accès à une réalité plus grande.

— Et ce que le voyant voit n'est pas ce qui est, renchérit Alessandra, seulement une représentation à laquelle il a été éduqué. Savais-tu que les Inuits ont plus d'une vingtaine d'adjectifs pour qualifier la texture de la neige ? Nous, sortis de trois – poudreuse, soupe ou verglas –, nous sommes un peu courts. Nous ne percevons pas ce que nous n'avons pas appris à percevoir. Si nous nous mettons à apprendre autrement, à percevoir et à concevoir autrement, le monde dans sa réalité profonde, qui est par essence vibratoire, ne nous est pas plus inaccessible que pour les voyants.

Alessandra débranche le câble de l'oreillette du prototype du GE et le connecte à un casque audio qu'elle ajuste sur la tête de Sachs. Elle lit du bout des doigts les inscriptions en braille des jacks de la platine compliquée qu'utilisait Yannick tout à l'heure, puis en connecte un au boîtier du GE sous l'avant-bras de Sachs. Elle lui demande de fermer les yeux.

— Lorsque j'ai enfin intégré que le sens de la vue n'était pas le chemin absolu, j'ai arrêté de pleurer sur mon sort et je me suis mise à croire que la réalité nous est accessible autant qu'aux autres, c'est notre façon de la représenter qui n'utilise pas les mêmes supports. La perception que nous avons du monde n'est pas le monde, mais elle permet d'évoluer dans le champ de sa réalité.

Alessandra fait basculer un interrupteur. Un déclic résonne dans le crâne de Sachs. L'écran tactile glisse sous sa main. La voix standard de boîte vocale annonce son positionnement GPS “43 degrés 5 minutes Nord, 5 degrés 50 minutes Est, 31 avenue de Lattre-de-Tassigny, Six-Fours-les-Plages, altitude 12 mètres”. Les doigts d'Alessandra frôlent dans une caresse le poignet de Sachs pour atteindre une commande sur le boîtier du GE.

— La perception que nous avons du monde n'est pas le monde, mais elle permet d'évoluer dans le chant de sa réalité, insiste-t-elle. Je voudrais te faire découvrir ce que Yannick, tout à l'heure, craignait de te dévoiler.

Au moment où la voix standard du GE annonce : "fonctionnement en mode musical" Sachs comprend que la jeune femme s'est répétée à dessein jouant sur l'homophonie des mots champ et chant.

Le chant de sa réalité…

47

Alessandra n'a pas proposé à Sachs de lui bander les yeux pour cette expérience mais il n'a pas envie de les ouvrir. Il repense à la collection impressionnante de CD dans l'appartement de la jeune aveugle. Il comprend maintenant toute l'importance de l'enseignement musical dans le cursus de l'institut. Il devine où Alessandra va le conduire, ou plutôt comment elle va le conduire. Il pose le bout de son majeur sur l'écran tactile du GE et, comme il s'y attendait, ce n'est plus la voix standard de boîte vocale qui résonne à ses oreilles mais une coulée de notes graves. Sous son index, à onze heures dans le champ de son espace, les notes sonnent plus clair, comme sous l'annulaire. S'il parcourt un axe entier avec la pulpe de son doigt, les indications émises créent une véritable phrase musicale.

Sachs se lève de son siège pour se placer, dans la limite de la longueur des fils qui le relient à la platine, à côté de la table encombrée. Devant lui, l'espace est vide sur quelques mètres. Il se concentre sur les sons. Les battements rythmiques ont diminué leur fréquence. Il se tourne dans une direction, ouvre les yeux pour comprendre les relations entre les changements dans l'espace scanné par le GE et les modifications des phrasés musicaux. Tout a une signification. Note aiguë, note grave, accord majeur ou mineur, succession d'harmoniques, rythme, choix des instruments. Il ne parvient pas bien à assimiler toutes les nuances mais il appréhende à quel point, dans une seule mesure de quelques pulsations, se trouvent bien plus d'informations que dans un énoncé explicite de mots et de chiffres. Sachs se rend compte que lorsqu'il ne sollicite plus le GE du bout de ses doigts il entend malgré tout comme une mélodie, permettant à l'oreille de recevoir en continu une représentation de l'espace, le GE établit pour lui une véritable carte sonore dans un champ de trois cent soixante degrés.

Alessandra enclenche l'interrupteur d'un micro et sa voix parvient aux oreilles de Sachs à travers le casque.

— Le prototype n'est pas encore autonome en mode musical, et j'aurais préféré te faire découvrir le rendu des perspectives sonores en pleine nature. Les chants sont alors si beaux.

Sachs du bout de ses doigts expérimente chaque axe autour de lui. Il localise Alessandra. La boîte vocale n'annonce pas un "être vivant mobile" comme lors de la première expérience, mais une voix s'élève, une voix de soprano.

— Chaque dispositif du GE est paramétré en fonction du sujet qui le porte, de sa sensibilité. La représentation du monde autour de toi que tu perçois au travers de ce prototype du GE est la mienne. Tu découvres ma représentation du monde, tu éprouves ma sensibilité, tu vois avec mes oreilles.

Sachs se déplace en direction d'Alessandra, la voix de soprano pulse plus rapidement, et derrière elle, dans un battement sourd qui s'accélère, le mur émet son rythme lourd.

Ressentir par les sens de l'autre…

Alessandra n'a pas été poussée à faire expérimenter le GE dans son mode musical à Sachs par fierté technologique.

Ressentir par les sens de l'autre…

Union, fusion…

C'est le même désir, le même plaisir qui conduit à jouir en communion parce qu'on s'est approché de l'autre au plus intime de son esprit.

Sachs prend délicatement le visage d'Alessandra entre ses mains, il enfouit ses doigts dans ses cheveux pour respirer son parfum. Elle s'offre à ses lèvres, il l'enlace étroitement comme s'il tentait d'abolir l'espace qui sépare leurs corps.

48

Alessandra et Sachs sortent de l'institut main dans la main et leur attitude révèle plus leur complicité qu'il n'indique l'accompagnement d'une aveugle. Proches, insouciants, ils donnent l'impression d'un couple adolescent. Il lui propose de l'emmener dîner au restaurant.

— Avec grand plaisir, monsieur le peintre, taquine Alessandra, toutes ces émotions m'ont affamée. Veux-tu m'emmener chez mon chef préféré ? Je serai heureuse de te le présenter. Ce n'est pas très loin. Le restaurant s'appelle *La Parenthèse.* C'est aux Sablettes, esplanade Henry-Bœuf.

— Vos désirs sont des ordres, madame la chef d'orchestre.

Sachs surprend une grimace furtive sur le visage de la jeune femme lorsqu'elle prend place dans la voiture. Les meurtrissures de l'agression de l'autre soir. L'étourdissement du désir lui en a fait oublier la réalité. Il ferme la portière du côté d'Alessandra et prend le temps, en contournant le véhicule, d'observer la rue, de scruter le visage des passants. Peu de monde à cette heure dans le centre-ville de Six-Fours. Les estivants sont rentrés de la plage, ils douchent leurs enfants, les font dîner, se préparent à sortir. Un peu plus tard, ils envahiront les rues. Seules les cigales s'activent comme à la pleine journée. Non, rien ne lui paraît anormal.

Petite poussée paranoïaque ? Plutôt le besoin de vérifier qu'autour de lui le manège de la vie suit son cours, imperturbable.

Sachs referme la portière, s'isole du dehors et engage la conversation sur les performances du GE.

— Lors de la première expérience, j'étais un peu gêné par la teneur des informations. Trois mètres, densité sept, ce n'était pas très explicite pour moi, même si j'imagine que lorsqu'on en a besoin ces explications prennent rapidement du sens. Mais je suis stupéfait par le rendu du fonctionnement musical. Comment parvenez-vous à obtenir un résultat aussi harmonieux ? interroge Sachs.

— Techniquement tu veux dire ?

— Techniquement, conceptuellement.

— Pour la partie technique, il y a des subtilités informatiques que je ne saurais t'expliquer, c'est le domaine de Frédéric. Il fait équipe avec William un garçon que tu n'as pas rencontré, un musicien aveugle de naissance. Il est parti avant que tu n'arrives. En ce qui concerne le concept, cela est venu… comment te dire ?

Du coin de l'œil, tout en conduisant, Sachs observe Alessandra. Elle se tenait les bras croisés détendue dans le dossier de son fauteuil et maintenant elle se redresse légèrement, porte sa main droite à la hauteur de sa bouche, se soutenant le menton à la manière du *Penseur* de Rodin. Elle ne feint pas la réflexion. Elle cherche les mots précis. Sachs réalise encore une fois combien les postures et les gestuelles ne viennent pas d'un mimétisme visuel, mais de l'énergie intérieure dans laquelle la personne se trouve. Il en avait pris conscience lorsque, adolescent, il jouait dans une troupe de théâtre. Lorsqu'il ressentait profondément l'émotion que devait vivre son personnage, la posture suivait. Devant la toile et les pinceaux, le même processus est à l'œuvre. Il se plonge dans l'émotion et le dessin s'impose. Lorsque la tonalité intérieure est juste, la forme en découle naturellement.

— Naturellement. Oui, en ce qui concerne le concept, cela est venu naturellement, complète alors Alessandra.

Lorsque la tonalité intérieure est juste, la forme en découle, naturellement.

Sachs éprouve un plaisir extraordinaire à la coïncidence de leurs pensées.

— Naturellement, répète-t-elle. Je crois que c'est le propre de la musique de retranscrire une perception du monde. Elle nous amène à ressentir, décrire, partager des univers émotionnels, des univers spirituels. L'utiliser pour décrire un univers physique est encore plus simple et demande bien moins de génie, crois-moi, que n'en ont eu certains musiciens. Oui, naturellement est le terme qui convient. Je ne te cache pas que nous avons, nous-mêmes, été étonnés du rendu sonore que nous avons obtenu. Nous nous sommes engagés dans des mois de travail sans savoir si, au final, notre système serait exploitable. Nous craignions de nous retrouver, une fois le casque sur les oreilles, dans une cacophonie insupportable. Et en fait, sans vouloir minimiser le travail de nos collaborateurs, je pense que ce n'est pas le cas parce que nous avons utilisé tout simplement la musique dans sa fonction naturelle : retranscrire le monde, amener à y voyager. Les musiciens et les compositeurs sont des passeurs, ils nous transportent. Chaque émotion que j'ai vécue, chaque situation, je les ai toujours retrouvées dans une composition ou dans une autre. Ma CDthèque est en fait un grand catalogue des expériences de l'âme humaine.

Sachs balaie le registre de son iPod connecté au lecteur de son Audi, puis sélectionne un titre de Keziah Jones, *Rhythm Is Love*, en réponse au propos d'Alessandra. Il enclenche la lecture. La jeune aveugle sourit. Dès la première mesure, elle a reconnu le morceau qu'il vient de choisir. L'artiste demande à celle qu'il aime si elle veut bien le suivre, là-bas, plus loin que la raison, plus loin que les peurs. Le rythme est l'amour, chante-t-il, et le paradis juste un autre mot pour désigner ce sentiment que fait naître la musique.

49

Alessandra se fraie un chemin dans la foule compacte des badauds du marché nocturne des Sablettes. C'est elle qui guide Sachs. Elle traverse la marée humaine avec une telle détermination que, la plupart du temps, les gens s'écartent sur son passage. Il lui est aisé de marcher au milieu de la foule lorsqu'elle est canalisée. Elle n'a qu'à suivre son flot et, comme elle ne craint pas la proximité des visages dans la bousculade, elle avance, l'ouverture de la foule lui trace le chemin, presque comme si elle était portée au-dessus des têtes par d'innombrables mains.

A l'approche du front de mer où il devient moins nécessaire de jouer des coudes, elle échange les rôles et demande à Sachs de prendre le relais.

— Le restaurant est juste derrière la statue de la grosse femme.

Son chevalier servant lui prend le bras pour la guider.

— Jérôme, le chef, et Xavier, son associé, me sont très proches. Jérôme est un ami d'enfance, nous avons grandi dans le même institut, précise Alessandra.

A peine Sachs et Alessandra ont-ils contourné l'imposante sculpture de l'esplanade Henry-Bœuf que le restaurateur, apercevant la jeune aveugle, s'empresse de sortir sur la terrasse pour l'accueillir.

Comme Sachs l'a remarqué tout à l'heure entre les enfants et Alessandra dans les couloirs de l'institut, le restaurateur s'adresse à elle en s'annonçant par son prénom.

— Xavier. Bonsoir Alessandra, je suis heureux de te voir enfin.

L'homme, visiblement sincère, serre la jeune aveugle dans ses bras et chuchote à son oreille en l'embrassant :

— De quelle qualité dispose cet homme pour avoir réussi la prouesse de t'arracher à ton travail ?

— Celle de voir au-delà des formes et peut-être celle d'espérer en l'au-delà des limites, murmure Alessandra. Il est peintre. Puis, poursuivant à haute voix : Je te présente Sachs Given. Sachs, Xavier.

La réponse d'Alessandra plaît au restaurateur, comme l'allure de Sachs qu'il sonde de son regard bleu glacier. Espérer en l'inaccessible est pour lui un trait essentiel à la grandeur d'âme. Il serre la main de Sachs avec chaleur.

— Entrez je vous en prie, je vais vous installer à l'intérieur, vous serez plus au calme. Jérôme va être ravi que tu sois là, ma belle.

Alessandra et Sachs prennent place autour d'une petite table dans le fond de la salle. La décoration est élégante sans être empesée. Sachs apprécie les couleurs des murs, le choix de celles de la vaisselle en harmonie, chocolat, framboise, rehaussé du blanc élégant des nappages de lin. Il entremêle ses doigts à ceux d'Alessandra par-dessus la table, il se sent bien.

— Je suis impatiente que tu goûtes la cuisine de Jérôme. Il a l'art des saveurs et c'est lui qui souvent m'initie aux couleurs, explique-t-elle.

Une question taraudait Sachs depuis le début de leur rencontre, mais par respect ou par pudeur il n'avait pas voulu la lui poser. Est-elle aveugle de naissance où est-ce survenu par accident ? De naissance apparemment.

— En fait, tout d'abord, c'est Nathan, un ami passionné de sciences, qui m'a aidée à comprendre le concept des couleurs. Lui, Jérôme et moi étions inséparables lorsque nous étions ados. Nathan m'a expliqué que la couleur est une impression optique : elle est le fruit du décodage par notre cerveau des stimuli rétiniens, provoqués par le rayonnement électromagnétique qui est rejeté par l'objet lorsqu'il est éclairé par de la lumière blanche. Je sais, ce n'est pas très poétique comme définition, mais je la connais par cœur parce que l'explication scientifique de la nature des couleurs, la compréhension du fonctionnement de l'œil et du sens de la vue m'ont beaucoup "éclairée" !

Alessandra a mimé des guillemets. Sachs rit. Il est ravi par sa façon de jouer avec la vie. Elle est le clown savant le plus gracieux qu'il ait jamais rencontré.

— Bien sûr je n'ai pas tout compris de cette définition lorsque Nathan me l'a fièrement récitée, et, surtout, je n'ai pas compris l'importance du mot rejeté dans cet énoncé. Comment la couleur d'un objet est ce qui est rejeté par cet objet ? La couleur n'est-elle pas sur l'objet, n'est-elle pas une facette de l'objet ? Non. Mais comment me le faire comprendre ? Comment ouvrir l'esprit d'une personne à une dimension de la réalité qu'elle ne perçoit pas ? C'est un véritable défi, n'est-ce pas ? Mais mon ami Nathan était très motivé, un peu amoureux aussi, ajoute Alessandra en riant.

Xavier, le restaurateur, profite de cette pause dans le flot des paroles de la jeune aveugle pour les interrompre. Il présente la carte à Alessandra et en fait de même à Sachs avec un petit sourire en coin. Avant de l'ouvrir, l'œil du peintre s'attarde sur le photomontage de la couverture réalisée par Xavier lui-même. Il apprécie l'originalité et l'équilibre de la composition. Lorsqu'il l'ouvre, il sourit aussitôt à sa propre inattention. N'était-il pas incongru de tendre une carte à une aveugle ? Eh bien non, l'intérieur de la carte est vierge d'encre, mais pas de reliefs. Elle est en braille. Alessandra lit du bout des doigts les propositions du chef. Sachs attend les choix d'Alessandra, il les suivra.

— Ne dérogeons pas aux bonnes habitudes, dit-elle à l'attention de Xavier, je voudrais le fondant de légumes, le carré d'agneau et bien entendu le chocolat Juliette.

— Ce sera pareil pour moi, suit Sachs en redonnant la carte à Xavier avec un grand sourire.

— Où en étais-je ? reprend Alessandra. Ah oui ! Pour m'aider à comprendre cette notion de couleur, mon ami Nathan a cherché un exemple qui me serait accessible. Il a réfléchi un long moment, puis il a annoncé qu'il reviendrait le lendemain.

Le lendemain, en effet, il a tapé à la porte de la minuscule chambre d'Alessandra. Avec un cadeau pour elle. Il lui avait acheté un jouet d'éveil pour tout-petits. Une sphère en plastique percée de trous de différentes formes. Les enfants s'amusent à reconnaître les volumes et y glissent à l'intérieur tour à tour des cylindres, des cubes, des étoiles. Ces jeux sont toujours utilisés aujourd'hui à l'institut, pour se familiariser avec les volumes et les surfaces.

— La lumière blanche, m'expliquait Nathan, est composée de rayonnements électromagnétiques de différentes longueurs d'onde. La lumière blanche, si on la transpose au jeu d'éveil, c'est l'ensemble des formes dont dispose l'enfant dans sa boîte de jeu. Disons que le cylindre correspond à la longueur d'onde du rouge, que l'étoile correspond à celle du vert, que le triangle correspond à celle du jaune et ainsi de suite. Un objet que le voyant perçoit comme rouge aura toutes les entailles à sa surface sauf celles en forme de disque, il ne pourra pas accepter les pièces cylindriques, il acceptera toutes les autres formes, mais pas les cylindres, il les rejettera, il rejettera donc le rouge. Un objet vert aura toutes les entailles à sa surface sauf celles en forme d'étoiles, il les rejettera et ainsi de suite. Ce que perçoit l'œil comme étant la couleur de l'objet, c'est le rayonnement électromagnétique de la longueur d'onde rejetée. En ce qui concerne mon jouet, la couleur, c'est la forme rejetée qui reste dans ta main, elle n'est pas sur l'objet. Tu imagines combien la comparaison avec ce jeu m'a "éclairée". Je garde un souvenir fantastique de ce moment-là. Soudain je comprenais ce qu'était le blanc. L'objet n'avait aucune entaille, il rejette toute forme. Et je pouvais imaginer ce qu'est le noir. Un objet noir, lui, accepte toutes les formes, il avale tout. Il ne te reste rien dans les mains. Et cette compréhension-là m'en a ouvert quantité d'autres en cascade. Par exemple, pourquoi les astrophysiciens ont appelé trou noir cet événement de leur ciel qui absorbe tout.

Sachs discute avec Alessandra de la pertinence de cette comparaison. Bien sûr, lui aussi, il connaît la nature électromagnétique de la lumière, mais au quotidien il est vrai qu'en tant que voyant il assimile l'impression optique à la réalité de l'objet. Il aime beaucoup l'idée, dans le jeu d'éveil, que la couleur soit la forme qui reste finalement dans la main du joueur. Il se souvient des mots d'Alessandra tout à l'heure à l'institut qui lui avaient beaucoup plu. "La couleur n'existe pas sur l'objet en tant que telle, comme la douceur n'est pas sur la fourrure. Elle n'est qu'une sensation qui appartient à celui qui la vit."

Xavier les interrompt dans leur échange en apportant les entrées. Le fondant de légumes se présente sous la forme de deux mousses de couleurs et de textures différentes, superposées, dans un large verre conique. Du rouge et du vert. Sachs observe Alessandra qui prend plaisir à plonger sa cuillere dans la préparation parfaitement équilibrée et qui en savoure toutes les déclinaisons. Acidité de la tomate retenue par la saveur du poivron rouge, une consistance de gelée fraîche qui fond dans la bouche dès la première cuillerée. Les papilles confiantes se laissent aller alors à la caresse d'une mousse onctueuse d'avocat que le cumin allonge. Le palais fête toutes les sensualités.

— Hum… je ne m'en lasse jamais. Tu aimes ? demande Alessandra.

— Je serais bien difficile si je te disais le contraire. J'aime, oui. Et plus encore, ajoute-t-il en se rapprochant de son visage pour ne pas élever la voix, j'aime te voir prendre du plaisir.

Alessandra soupire en se mordillant la lèvre inférieure. Son souffle est chaud par-dessus les verres. Elle savoure un moment cet appel au désir, puis rassemble ses pensées dont elle a perdu le fil un instant, pour reprendre.

— En dégustant cette entrée, je m'approprie la notion de rouge translucide et, à travers l'onctueux de l'avocat, le vert fondant pastel. Nathan, avec le jeu d'éveil, m'a permis de comprendre le blanc et le noir, mais pour les autres couleurs, c'était vague. Jérôme s'est promis à cette époque qu'il trouverait le moyen de me les faire éprouver. Plus tard il est devenu cuisinier. Et aujourd'hui encore il élabore certains plats pour m'éclairer. Les nuances du vert, du plus foncé au plus clair, je les ai goûtées sur ses premiers hachis d'épinards.

Il a couru les marchés pour dénicher les feuilles les plus âpres jusqu'aux pousses les plus tendres. Il déclinait les amers jusqu'aux doux en dosant pour moi la crème. Aux kilos que j'ai pris à cette période-là, je peux te dire que le monde pour lui est plus pastel que sombre !

La suite du repas se déroule dans le même bonheur. Le cœur du carré d'agneau décline des rosés quasi obscènes, sa cuisson est parfaite. Au dessert, l'équilibre du chocolat Juliette, s'apparente à celui d'une funambule qui en guise de balancier jouerait avec un lambeau de nuage framboise.

— Ce dessert-là, il l'a composé pour moi, pour le jour de l'inauguration. Si tu observes autour de toi, tu devrais deviner pourquoi.

Sachs n'a pas besoin de lever les yeux pour comprendre. Lui qui excelle dans le mélange des pigments – il prépare lui-même toutes ses peintures – avait noté en s'installant que pour obtenir la teinte chaude du marron chocolat de certains pans de murs qui s'accorde si bien avec le rouge des autres, sans choquer l'œil, sans agresser la lumière, ils avaient dû mélanger à la base brune une pointe de rouge. Exactement comme le chef a dû mélanger de la framboise au cacao. L'acidité du fruit évite que le sucre nécessaire à contenir l'amertume du chocolat ne vienne saturer les papilles. Sachs est sous le charme, cela fait longtemps qu'il n'a si bien mangé et pour autant qu'il se souvienne, de toute façon, jamais en une aussi intelligente compagnie.

Le restaurant commence à désemplir, Jérôme abandonne ses fourneaux pour venir embrasser Alessandra. Sachs se lève à son approche pour le féliciter et marque un moment d'hésitation avant de tendre sa main. Sans réellement y réfléchir, il a présupposé que Jérôme était aveugle. La façon de

Xavier de se signaler à Alessandra, la carte en braille, les années communes en institut… Il s'attendait à ce que le jeune chef amorce le geste et serait allé à la rencontre de sa main tendue pour la lui serrer. Apparemment il s'est trompé.

Xavier les rejoint, il s'assoit avec eux autour d'une bouteille de tokay. Sachs, un peu en retrait, les écoute parler, les observe. Ils ne se sont pas retrouvés depuis un moment et ils ont beaucoup de choses à se dire. Soudain, dans leur conversation, un mot bouscule Sachs. L'institut, dans lequel ils ont passé tant d'années d'enfance ensemble, n'est pas un institut spécialisé pour les aveugles, mais un orphelinat.

50

Revenus du restaurant, Sachs et Alessandra se dirigent vers le hall de l'immeuble de la jeune femme. Dans la douceur de la nuit, pour la serrer contre lui, il a posé sa main sur sa taille et le creux de sa paume imprime ses courbes délicieuses. Tout au long du repas, l'ivresse des saveurs, les caresses furtives, l'osé des sous-entendus ont rendu le désir lancinant.

— Veux-tu que je te laisse ?

Pour toute réponse, elle s'abandonne dans un baiser qui fait trembler les mains de Sachs.

Alessandra, le souffle court, met du temps à trouver dans son sac les clefs de la porte du hall. Sachs sourit de la voir ainsi étourdie. C'est bien la première fois qu'il la surprend en train de tâtonner et, dans ces conditions-là, cela lui plaît. Il l'arrête dans son geste, non pas pour chercher les clefs à sa place, mais parce que la porte n'a pas été correctement refermée, elle est entrouverte, il suffit de la pousser. Dans l'entrée obscure, ils reprennent là où ils en étaient et chaque palier jusqu'à l'appartement d'Alessandra en est un d'érotisme. Lorsqu'il entame la montée vers le deuxième étage, Sachs murmure ses désirs à l'oreille de la jeune femme qui s'écarte soudainement de lui et retrouve en une seconde toute sa contenance. Elle se déporte dans la cage d'escalier, poussant de son bras Sachs derrière elle pour lui intimer d'en faire de même, comme si elle voulait s'effacer devant une personne qui descend et qu'elle ne veut surtout pas frôler. Tête baissée, elle monte avec empressement, subitement dégrisée.

— Alessandra ?

Elle se retourne, l'index posé sur les lèvres, tout en continuant à monter. Sachs ne comprend pas son attitude mais il obtempère et la suit. Arrivée devant la porte de son appartement, la jeune aveugle passe les doigts le long du chambranle comme pour en vérifier l'état avant d'introduire sa clef dans la serrure. Son visage se détend. Elle referme la porte sur eux et s'approche de Sachs.

— Excuse-moi, mais cette personne m'a fait froid dans le dos, il ne me semble pas que ce soit quelqu'un de l'immeuble...

— Quelle personne ? l'interrompt Sachs.

— L'homme qui descendait, que nous venons de croiser.

— Mais nous n'avons croisé personne dans la cage d'escalier.

Alessandra repousse imperceptiblement Sachs, s'adosse à la cloison, elle hésite un instant, se passe les mains sur le visage. Sachs reste silencieux, il lit dans sa posture qu'elle a besoin de réfléchir, de prendre du recul et c'est de lui qu'elle s'écarte, là, en s'appuyant contre le mur. Elle est certaine d'avoir croisé quelqu'un, peut-être que Sachs ne l'a pas vu dans l'obscurité. Elle n'a pas entendu les contacteurs, Sachs n'a pas actionné la minuterie. Elle n'a pas perçu non plus le grésillement discret des halogènes. La cage d'escalier n'était pas éclairée quand ils sont entrés. Ils sont restés dans le noir, ébats érotiques obligent. Elle est la seule aveugle dans l'immeuble et personne ne dévalerait l'escalier à cette heure-là sans allumer.

A la limite, si c'était un de ses voisins, il l'aurait saluée. A moins que, gêné par ce qu'il a deviné se passer, ce mystérieux voisin n'ait feint de les ignorer.

— Je t'assure que nous n'avons croisé personne, répète Sachs.

— J'avais tellement peur d'être surprise, et peut-être envie aussi, pour rajouter à mon excitation. J'ai dû rêver ! Pardon, lui répond-elle en se rapprochant à nouveau de lui pour l'embrasser.

Mais sa réponse comme son baiser manquent de conviction, Sachs le sent. Cet incident la dérange, elle est préoccupée. Il lui propose de préparer un cocktail. Alessandra se déchausse et inspire à pleins poumons en prenant contact avec son sol si riche en informations. Elle s'installe au salon, laissant le soin à Sachs de la préparation des boissons dans la cuisine.

Ce n'est pas la première fois que ce genre de situation a lieu : avoir l'impression, ou plutôt la certitude, d'une présence que personne d'autre qu'elle ne semble remarquer. Parfois le sillage de cette présence est agréable, d'autres fois, souvent même, beaucoup moins. Une sensation de froid, les prémices d'une certaine peur, en fait, qui court le long de son échine. Elle ne s'est jamais confiée sur ce genre d'anomalie. Son handicap et sa manière de percevoir le monde d'une façon si intense, si vivante la mettent déjà hors norme, elle ne voudrait pas, en plus, être traitée d'illuminée même si dans son cas le qualificatif est un peu déplacé. Elle rit à cette pensée lorsque Sachs la rejoint avec deux verres tintinnabulant de cubes de glace. Allez ! Elle n'a pas la tête à réfléchir, son corps qui attend, est à autre chose. Elle ne veut plus penser qu'à l'instant où, de nouveau, elle sentira les mains de Sachs sur sa peau. Elle tend le bras au-dessus du canapé pour se saisir de la télécommande de la chaîne stéréo mais ses doigts se referment dans le vide. Intriguée, elle se lève, tâtonne sur le meuble hi-fi avant de trouver le boîtier. Elle se retourne, se dirige vers le buffet, en palpe le dessus. Sachs remarque que les gestes d'Alessandra deviennent plus secs.

— Alessandra ?

— Il y a quelque chose qui ne va pas Sachs.

Alessandra, debout, face à son impressionnante collection de CD, parcourt nerveusement du bout des doigts les tranches étiquetées en braille.

— Sachs ! Allume toutes les lumières veux-tu ? Vois-tu des traces d'effraction ?

Sachs surpris se lève pour inspecter les montants des baies vitrées.

— Non, je ne vois rien de particulier.

Il retourne à la porte d'entrée, passe rapidement en revue les ouvertures des autres pièces.

— Quelqu'un est entré, Sachs, insiste Alessandra avec angoisse.

— Tu es sûre ? Je ne vois rien d'anormal.

— J'en suis sûre. Certaines choses ne sont pas exactement à leur place.

Un emplacement pour chaque chose et une mémorisation parfaite de ses gestes sont les garanties pour une aveugle de pouvoir se sentir toujours à l'aise dans son espace de vie. Ce début de relation avec Sachs l'a distraite et les événements de ces derniers jours l'ont déstabilisée. Elle est bien consciente que son attention peut en avoir fait les frais, ce qui expliquerait que la télécommande de la chaîne ne soit pas exactement à sa place, mais en ce qui concerne le classement des CD, il y a un problème, elle en est certaine. Dans sa CDthèque si les artistes sont classés par ordre alphabétique, les albums d'un même musicien sont ordonnés, eux, par ordre de préférence. Un ordre strictement personnel à Alessandra et encodé avec précision grâce à ses techniques numériques de mémorisation. A l'évidence, certains albums ont été dérangés.

Alessandra ouvre le tiroir d'un meuble où elle range ses papiers, son passeport, son argent liquide. Rien ne manque, mais elle a l'impression que malgré tout, là aussi, ses affaires ont été déplacées. Elle parcourt une fois encore du bout des doigts les colonnes de CD pour s'assurer qu'elle ne se trompe pas. Non, il y a bien trois ou quatre interversions. Qui a bien pu pénétrer chez elle, et pour chercher quoi ? Pourquoi avoir pris tant de soin à ne laisser aucune trace ? Un viol invisible. L'angoisse serre les muscles de son dos. Impression désagréable, comme celle dans l'escalier, tout à l'heure.

— La porte du hall était ouverte lorsque nous sommes arrivés. Est-ce habituel ? demande Sachs.

— Non. Même dans la journée si un visiteur veut entrer, il doit appeler sur l'interphone.

La sonnerie du téléphone les fait sursauter. Alessandra visiblement tendue hésite un instant avant de décrocher.

— Mademoiselle Nicolaïev ? interroge une voix grave dans le combiné.

— Moi-même.

— Ici l'agence de télésurveillance. Nous enregistrons une alerte à l'institut de l'Hélianthème. Les alarmes se sont déclenchées à minuit douze minutes. Les services de police ont été avertis. Ils seront sur les lieux dans moins de quatre minutes. Pouvez-vous vous rendre sur place ?

51

La lumière bleue des gyrophares valse sur les murs de l'institut. Le hall du bâtiment principal est éclairé. Une équipe de deux policiers, accompagnée de Patricia qui a été prévenue au même moment qu'Alessandra, est partie patrouiller dans les étages. Sachs, qui tient la jeune aveugle par le bras, lui décrit la situation. Au pied des bâtiments, deux autres policiers en uniforme balaient avec leur lampe torche les fenêtres du rez-de-chaussée, tandis qu'un troisième fait le planton devant la grille d'entrée. Dans l'immeuble d'en face, une dizaine de fenêtres sont éclairées et quelques curieux sont au balcon. A cette époque de l'année, l'internat est fermé, il n'y a plus de pensionnaire et le gardien de nuit est en vacances. Tous les bâtiments de l'institut étaient vides. Deux silhouettes pressées se rapprochent de l'entrée. A la faveur d'un lampadaire, Sachs reconnaît Yannick, accompagné de Frédéric, l'ingénieur stagiaire. Le "Ha ! Vous êtes encore ici, vous" du "grizzly" en dit aussi long sur son humeur que sur son plaisir à se retrouver de nouveau en compagnie de Sachs. Alessandra, anxieuse, ne relève pas. Elle est pressée de rejoindre le dernier étage. Elle craint, comme les autres, pour le prototype du GE. Patricia se trouve déjà à l'intérieur de leur bureau-laboratoire avec l'enquêteur quand Alessandra, Sachs et Yannick guidé par Frédéric y pénètrent.

— Non, nous n'avons pas de caisse, ici, ni même d'argent liquide, répond Patricia sur son ton d'administratrice sévère.

Le coup de fil de la société de télésurveillance l'a tirée du lit et elle a juste pris le temps d'enfiler une tenue de sport pour venir. Sans maquillage, les cheveux retenus dans une courte queue de cheval, son visage paraît plus rond et elle aurait presque quelque chose d'enfantin, si elle ne portait ses redoutables lunettes à monture carrée, noire cette fois-ci, assortie à son jogging de prix.

— Ni de coffre ? insiste l'enquêteur.

— Non, non, le service comptabilité est en vacances, répète-t-elle en laissant poindre son agacement.

Elle ne va tout de même pas laisser ce bedonnant aux cheveux blancs insinuer qu'elle gère mal les affaires de l'institut.

— Notre seule richesse, concède-t-elle, se compte en matériel électronique et en équipement informatique, bien entendu.

Sachs, après un rapide coup d'œil, a l'impression que la pièce est exactement comme ils l'ont laissée en partant. Frédéric est en train d'inspecter le matériel avec minutie et il a allumé les ordinateurs pour vérifier l'intégrité des disques durs. Apparemment tout est en ordre. Yannick tâtonne avec fébrilité sur ses précieuses platines. Il manque de se prendre les pieds dans les fils et comprend que le câblage du prototype du GE a été modifié pour être testé en mode musical. Il appelle Alessandra auprès de lui. Sachs qui est resté avec Patricia pour écouter l'enquêteur n'a pas besoin de tendre l'oreille pour savoir ce que Yannick lui demande.

La radio du policier grésille. Les gars aux lampes torches semblent avoir trouvé quelque chose.

Sachs l'accompagne au rez-de-chaussée pour savoir ce qu'il en est.

Des traces de chaussures sous la fenêtre d'un couloir dans la partie administrative du bâtiment principal. Deux hommes ont sauté, tassant légèrement la terre sous leur poids. Le sol est sec et il ne livre rien d'autre que les empreintes d'impact.

Confirmation. Il est possible de soulever la fenêtre de l'extérieur, elle n'était pas verrouillée. L'enquêteur appelle l'entreprise de télésurveillance et leur demande l'emplacement des détecteurs qui ont enregistré les mouvements suspects. Un seul. Dans un couloir parallèle à celui de la fenêtre par laquelle les intrus seraient sortis. Sachs et le policier suivent les indications de la société de télésurveillance et le repèrent en quelques minutes. Il est intégré à la bouche de climatisation du couloir. L'enquêteur fait venir ses deux équipiers et leur demande de courir, à son signal, jusqu'à la fenêtre, de la soulever et de sauter dans le rez-de-jardin. Chronomètre en marche, il attend d'entendre le claquement de la fenêtre qui se repositionne. Un peu plus de huit secondes. Il explique à Sachs que le test est concluant. Huit secondes, c'est le laps de temps qui s'est écoulé à partir de la demande d'identification faite par le service de télésurveillance, qui a été suivie d'un tambourinement de pas, puis par un bruit mat que l'on entend très nettement sur la bande d'enregistrement avant que le silence ne revienne.

— Une demande d'identification ? Je ne comprends pas bien. Les caméras n'ont pas filmé les cambrioleurs ?

— Non, monsieur, répond l'inspecteur sur un ton condescendant. C'est un système de surveillance à distance, pas de vidéosurveillance. Il n'y a pas de caméra, seulement des détecteurs de mouvements et des micros. C'est nettement plus discret. Les boîtiers se camouflent facilement, et on n'a pas besoin de lumière pour filmer. C'est très efficace pour dissuader les cambrioleurs. Ils font systématiquement demi-tour lorsque l'agent de sécurité, par micro interposé, leur demande de s'identifier. Vraisemblablement, ce soir, ils n'ont pas eu le temps de visiter grand-chose ici. Nous pouvons conclure que leur trajet à l'intérieur de ce bâtiment se résume à un aller-retour fenêtre jusqu'à ce point du couloir. Environ huit secondes pour le retour, probablement moins de trente pour l'aller, ils n'ont pas dû rester dans les locaux plus d'une minute. Ce soir, le premier véhicule, celui des municipaux qui faisaient leur ronde, est arrivé sur les lieux cinq minutes chrono après l'appel.

L'enquêteur, apparemment fier de la pertinence de ses déductions, ressert son speech à Alessandra et son équipe.

— Ce week-end vous savez, nous avons reçu de nombreuses plaintes. Les commerçants du centre-ville se sont fait visiter. Des bandes de jeunes voyous qui descendent du nord comme chaque année. Des jeunes, on le sait parce que, quand ils écartent des barreaux au cric, l'espace par lequel ils se faufilent n'est pas bien large. Je n'y passerai pas moi, précise-t-il en se tapotant la bedaine. Presque des minots ouais… Mais agiles et surtout rodés. Ils ne cassent rien, ils ne prennent pas de risques, ils font main basse sur les fonds de caisse, uniquement le liquide, comme ça, à part en cas de flag, ils ne peuvent pas se faire coincer. Chaque été c'est pareil. Dans quelques jours, ils séviront dans une autre agglomération. Ne vous faites pas de souci, ils ne reviendront pas, conclut-il sur un ton qui se veut rassurant.

Sachs est resté en retrait pendant les explications du policier. Il n'a pas rejoint la petite équipe de l'institut. Ce n'est pas tant pour ménager Yannick que dans l'intention de laisser du champ à Alessandra. Prendra-t-elle l'initiative de préciser qu'elle a été agressée deux jours auparavant et que son appartement vient d'être également visité dans la soirée ?

Elle garde le silence.

52

Patricia a raccompagné l'enquêteur jusqu'au rez-de-chaussée pour se charger de verrouiller le hall, tandis qu'au dernier étage Yannick et Alessandra se préparent à une séance de brainstorming conduite par Frédéric.

Le sujet : mettre en sécurité les prototypes du GE et les fichiers informatiques durant les absences de l'équipe.

Le cahier des charges : privilégier une procédure souple en évitant les prestataires extérieurs et les intermédiaires.

— Et zéro de budget, précise Patricia en les rejoignant.

Alessandra et Yannick se sont installés dans le sofa qui occupe le coin gauche de la grande pièce, mais tous les deux dans une posture très dynamique, les fesses au bord de l'assise, les idées prêtes à bondir. Frédéric a tiré face à eux un tableau blanc. Il a dégainé deux feutres, pour noter les idées, les classer, les éliminer, les relier. Patricia s'installe sur une chaise près d'Alessandra. Sachs, adossé à la baie vitrée derrière le canapé, silencieux, les observe les bras croisés. Les suggestions commencent à fuser.

— Coder les chemins d'accès informatique.

— Remiser le proto comme du matériel sans intérêt dans le magasin général.

— Fabriquer un leurre.
— Enlever le disque dur.
— Enlever des pas au programme de base.
— Dématérialiser le disque dur.
— Brouiller les pistes.
— Cacher un élément du proto dans un cryptex.

Apparemment Frédéric, malgré ses études accaparantes, a le temps de lire des romans à la mode. Sachs s'en fait la remarque en souriant. Les propositions continuent de pleuvoir, le tableau blanc de l'étudiant est presque noir. Sachs est impressionné devant leur spontanéité, leur capacité à se mobiliser, à fonctionner en équipe, mais, tout bien réfléchi, il n'en est pas surpris. Leur travail est de trouver et mettre en place des solutions pour soutenir l'autre, aider l'autre, l'accompagner. Ils sont solidaires et unis comme les doigts d'une même main.

Sachs change de position pour se dégourdir les bras.

— Ha ! Je vous avais oublié ! grogne Yannick qui vient de l'entendre remuer.

Les doigts d'une même main ou les doigts d'un même poing.

Afin d'éviter une discussion sur la légitimité de sa présence – après tout, ils sont en train de réfléchir à une solution de sécurité qui concerne l'équipe dirigeante de l'institut dont il ne fait pas partie, et ce n'est pas deux jours seulement de relation avec Alessandra qui lui donnent un droit de regard sur quoi que ce soit –, Sachs, avec diplomatie, se propose de faire un tour d'inspection dans les bâtiments pour voir s'il ne remarquerait pas quelque chose d'anormal qui aurait pu échapper à la vigilance des policiers. Il se flatte de ses progrès en transmission de pensée, il a pu lire dans la tête du “grizzly” deux mots du genre “excellente initiative” !

Dans les longs couloirs de l’institut, Sachs se laisse conduire par les chuchotements du silence. Il n’a pas éclairé. Il est attentif aux échos de ses pas, de sa respiration, du balancement de ses bras. Les différences de matériaux aux murs et au sol renvoient comme un solo de batterie en sourdine qu’il rythme, lui, au gré de ses mouvements.

Au rez-de-chaussée il poursuit son exploration sans lumière. Il y voit malgré tout, la lune est pleine et son halo diffuse au travers des fenêtres mais il préfère se laisser conduire par son sens du toucher. Il a remarqué en parcourant les étages que les aspérités des matériaux suivent une certaine logique. Au centre du bâtiment, les textures sont plus fines, plus fragiles. Plus on se dirige vers la périphérie du bâtiment et plus les grains deviennent grossiers. La construction a été pensée comme un corps, un corps humain : vers l’extérieur l’épiderme est plus épais, à l’intérieur le contact plus intime, les sensations plus subtiles. Là-haut au dernier étage, Alessandra, Patricia, Yannick et Frédéric travaillent dans la tête. Qui loge à l’étage du cœur ? se demande Sachs en souriant. La salle de musique, sûrement. Il repense aux rires des enfants. Il reprend son périple avec encore plus d’attention.

Tout est symbole dans cet univers. Comble de la frustration pour un peintre, Sachs n’avait jamais envisagé les choses sous cet angle : les aveugles ne seraient-ils pas finalement les personnes les plus sensibles à l’art abstrait ?

Par nécessité ?

Oui, tout est symbole dans cet univers, tout a été pensé pour que l'autre se repère, chemine et finalement s'éveille. S'éveille à une réalité dont une dimension échappe au sens. C'est la définition que l'on pourrait donner d'un temple, se dit Sachs, ou celle de la quête intime d'Alessandra…

Sachs s'arrête un instant, il s'arrête sur ses pensées.

Alessandra le trouble, le trouble profondément, plus que ce qu'il envisageait…

Il inspire en conscience, envie de reprendre le contrôle, et pour donner le change il repart avec minutie dans ses vérifications. Il passe ses doigts sur chaque pourtour de fenêtre pour s'assurer de l'intégrité des états de surface, vérifie chaque position de loquet. Rien à signaler. Dans le hall d'entrée, il se tient un moment debout derrière les grandes baies vitrées. Presque toutes les fenêtres de l'immeuble voisin sont éteintes maintenant. Les curieux sont rentrés. L'intermède est terminé, les policiers sont partis. Ont-ils pris la peine d'interroger les locataires ? Probablement pas. Pour l'enquêteur, l'affaire, si tant est qu'on puisse la nommer ainsi puisque rien n'a été dérobé, semble résolue.

Sachs s'assoit dans un fauteuil confortable de l'espace accueil. L'œil du peintre photographie la façade de l'immeuble d'en face, un bâtiment HLM somme toute assez laid, mais que la lumière de la lune redessine à la craie. Au deuxième étage, rougeoiement d'une cigarette. Malgré l'heure, les balcons n'ont pas tous été désertés. Insomnies d'été.

Le vrombissement velouté d'un huit cylindres en ligne détourne Sachs de son évaluation des perspectives. Une superbe BMW 745 longe le HLM, carrosserie luisante. Touche de fusain appuyée qui détonne dans le tableau. A l'avant, deux gars à la mâchoire large qui se tiennent trop droits. Le dos de Sachs se noue. L'homme au balcon a jeté son mégot. Les feux arrière de l'impressionnante berline s'évanouissent dans la nuit.

Sachs se lève pour retourner dans le couloir du rez-de-chaussée qui aurait été emprunté par les intrus. Fort probable qu'il y ait un rapport entre la visite de l'appartement d'Alessandra et celle de l'institut. Y en aurait-il un aussi avec les agresseurs du casino ? Ils étaient jeunes également, jeunes et sveltes. Intéressés par l'argent liquide. Mais l'hypothèse des voyous agiles, qui écartent des barreaux au cric, ne colle pas avec la fouille de l'appartement. L'argent liquide était accessible et ils ont eu bien plus le temps d'y faire main basse que de manipuler les CD. Que cherchaient-ils dans ces CD ? Alessandra y cache-t-elle des sauvegardes informatiques ? Seraient-ils tombés sur des papiers de l'institut qui les auraient amenés à tenter leur chance ici ? Sachs a du mal à retenir cette piste. Toutes les fenêtres d'Alessandra étaient verrouillées, il l'a vérifié lui-même, ils n'ont pu entrer que par la porte. Non, pour ce genre de boulot, les petites frappes qui font les tiroirs-caisses n'ont pas la carrure. Et Sachs, maintenant, est obnubilé par celle des costauds à la BM. Il veut vérifier quelque chose. Il déverrouille la fameuse fenêtre, enjambe le mur, saute et utilise son portable comme lampe de poche. A cet endroit l'obscurité est pleine, la masse d'un grand pin ne laisse filtrer aucun rayon de lune. Effectivement, pénétrer par ici, même si on est très habile, est bien plus discret que de se risquer à jouer avec le barillet du grand hall en face des balcons des HLM. Sachs éclaire au sol la trace d'impact de son saut, la terre est tellement sèche – il n'est pas tombé une goutte depuis quatre mois – qu'on devine à peine la trace de ses semelles alors qu'il pèse plus de quatre-vingts kilos. Rien à voir, sous la fenêtre incriminée, avec les empreintes 47 fillette profondes de bien un millimètre. Non, décidément, les jeunes voyous ne font pas le poids et pour Sachs la conclusion de l'enquêteur ne tient pas !

53

Dans sa chambre d'hôtel, climatisation à fond, Nicholls contemple d'un air satisfait deux ordinateurs portables flambant neufs. Beau boulot. Il est content de lui et les tapote comme on flatte un animal de compagnie pour lui témoigner son affection. Oui, pas si rouillé que ça le vieux prof, même rudement efficace. Saigner à blanc ses derniers partenaires au poker a été un jeu d'enfant, à tel point que pour suivre ils en sont venus au troc.

— Deux MacBook, les gars, en informatique c'est le *nec plus ultra*, et on est quittes.

Bienheureux de s'en tirer à si bon compte (les enjeux avaient dépassé les vingt mille euros), ses infortunés partenaires ont envoyé un coursier jusqu'à la société de matériel informatique la plus proche qui leur a rapporté sa commande dans les meilleurs délais. Nicholls n'a même pas eu à sortir de la salle de jeu. Il a raflé son matos au nez et à la barbe de sa petite équipe de chiens de garde. En revanche, ensuite, les choses ont été moins faciles. Il a eu du mal à leur fausser compagnie pour descendre sur Marseille. Course poursuite en taxi et partie de cache-cache dans les grands magasins parisiens, ce n'est plus de son âge. D'ailleurs, il n'est pas certain de les avoir semés. Peut-être se sont-ils simplement faits plus discrets. Bon, de toute façon, il ne changera pas ses plans, il n'interviendra pas directement afin d'éviter qu'ils ne puissent établir des liens, Greg, et seulement lui, approchera. Il n'y dérogera pas.

Nicholls s'installe sur son lit et ouvre un des deux MacBook. 12 h 50. Il est temps pour lui de se connecter par le wi-fi de l'hôtel sur son site habituel de poker en ligne. Il s'inscrit sous un pseudonyme passe-partout, winner2006, choisit un mode gratuit, mise limitée à deux jetons, tables de poker pour les primo-débutants où tous les abrutis du Net défilent. Il fait dérouler la liste des tables ouvertes. Une table ovale garnie de joueurs virtuels s'affiche sur son écran panoramique ultra-brillant de 13 pouces, une petite merveille cette définition. La joueuse avec qui il a rendez-vous est là, ponctuelle. Toujours ponctuelle. Valérie Leboisjoli est bien la fille de son père ! Il a du mal à imaginer son visage derrière l'écran. Elle a dû changer depuis tout ce temps. Il n'a que le souvenir d'une enfant. A-t-elle gardé ses cheveux longs ? Ils étaient d'un noir si profond qu'ils en avaient des reflets bleus, comme ceux de sa mère. Elle doit être un peu endormie à cette heure, il est encore tôt à Montréal. Il lui sourit par-delà le Net et se manifeste dans la fenêtre du tchat par les codes habituels. Il joue deux, trois mains, pour faire vrai, agace les joueurs par ses commentaires.

— Bien joué winner2006, ta main arrive à l'heure.

— J'ai beaucoup de chance, poupée.

— J'en aurais eu plus avec un dix et un sept.

— On peut pas tout avoir, princesse.

— Il y a quelques minutes deux dix auraient fait mon affaire.

— C'est le jeu. Merci pour tout. *Ciao*, beauté, je vais travailler.

Echange banal entre joueurs, pas de risque d'être repérés sur la toile. Bien plus discret que les forums de discussion très surveillés depuis le 11 Septembre malgré la tâche incommensurable que cela représente. C'est Nicholls qui a eu l'idée d'utiliser les tchats des sites de jeux pour transmettre des communications inter-réseaux, un jour où par hasard il s'est retrouvé face à un grand joueur d'échecs – un vieux Russe –, dont il avait reconnu les bottes. Valérie Leboisjoli lui a transmis les informations qu'il attendait : Greg arrive donc à dix-sept pour les heures et vingt pour les minutes. Le temps que l'étudiant sorte de l'aéroport et arrive à l'hôtel, Nicholls a cinq bonnes heures pour modifier les portables. Cela devrait être suffisant.

54

— Tu es toujours avec nous ? interroge Patricia à l'intention d'Alessandra.

Un long bâillement est la seule réponse qu'elle parvient à lui donner. La jeune aveugle était à la limite de l'assoupissement.

— Un café ne serait pas de refus Pat, avec quelques jours de congé, tu n'aurais pas ça en réserve ? plaisante Alessandra en tentant de mobiliser ses forces.

Au dernier étage de l'institut, l'équipe s'est retrouvée pour plancher à nouveau sur un système de protection pour le GE. Cette nuit, malgré leur énergie et leur volonté, comme ils ne trouvaient rien de satisfaisant, ils sont partis se coucher espérant que le repos serait bénéfique. Le "grizzly" s'est proposé de rester au bureau et Frédéric n'a pas voulu le laisser seul. Il ne l'a pas dit ainsi. Il a seulement prétexté qu'il se sentait en pleine forme et qu'il avait envie de tester une clef informatique qui lui trotte dans la tête depuis quelque temps. Promis, il rentrerait dès que le sommeil le gagnerait. Mais personne n'a été dupe. Et ce matin, Patricia, certaine que le stagiaire serait encore là, est arrivée avec du café et des croissants pour les deux hommes. Yannick ronflait sur le canapé et Frédéric s'était improvisé un matelas d'ascète avec des cartons dépliés de boîtes à archives.

En attendant le café, Alessandra, visiblement fatiguée, s'enfonce dans le canapé. Elle ferme les yeux, réflexe de détente musculaire. Elle n'a pas besoin de baisser ses paupières pour s'isoler dans l'intimité de son esprit mais elle le fait pour les autres. Langage explicite du corps : ne pas déranger. Elle s'évade un instant. Inutile de partir loin dans le temps, ni de dérouler des kilomètres d'imaginaire. Ses pensées vont vers Sachs.

Sa délicatesse…

Elle se souvient, savoure, imagine, l'espère encore, la fantasme, l'attend.

Hum… sa délicatesse.

Dans son attitude d'abord, quand il lui a proposé de l'amener chez lui pour y passer la nuit en évitant de préciser qu'il craignait pour sa sécurité chez elle. Dans son silence ensuite, en ne commentant pas celui qu'elle a choisi, elle, de garder face à l'enquêteur. Il aurait pu la questionner, voire la harceler. Pourquoi ne révélait-elle pas que son appartement venait d'être visité également ? Et pourquoi cette distance par rapport aux autorités ? Et pourquoi ne voit-elle pas ? A-t-elle vu, déjà ? Que lui est-il réellement arrivé ? Et pourquoi l'orphelinat ? Et pourquoi ?…

Sa délicatesse…

Il émane de Sachs dans l'attention qu'il lui porte une grande sensibilité.

Dans l'espace de ses intentions, elle pourrait éclore, fragile.

Peut-être…

Elle se mord la lèvre en repensant aux plaisirs, aux caresses, et au jeu des pinceaux, cette nuit, auquel elle a livré sa peau. Les couleurs étaient tiédeurs et viscosités, les arabesques des pastels, volupté. Il l'a dessinée, peinte, colorée, enluminée…

Peut-être que…

Peut-être qu'elle pourrait se laisser aller.

Tout simplement se laisser aller.

Tout laisser aller.

Est-ce cela l'amour ? Avoir tant confiance en l'autre qu'il devient possible de baisser ses barrières les plus intimes, d'oser montrer de soi ce que nous seuls sommes incapables d'affronter de nous-mêmes ?

Sa force apparente est sa faille, Alessandra ne s'est jamais autorisée à se laisser aller.

Qu'y a-t-il derrière le voile ?

Un ange, un démon ?…

Une petite fille ?…

Elle ressent au fond d'elle la petite fille.

La petite fille et la peur…

55

Greg, *alias* Luc Pépin, a passé sans inquiétude la douane à l'aéroport de Marseille-Marignane. Tout s'était très bien déroulé à Montréal, et là, dans le Sud, la nonchalance des contrôleurs s'est avérée fidèle à sa réputation. Un vague coup d'œil sur le passeport, une moue dédaigneuse en signe d'autorisation, Greg aurait pu parier que le gars n'a même pas lu le nom qui y figure. Dix minutes plus tard, l'étudiant, installé à l'arrière d'un taxi, roulait en direction de Marseille. Dans le package soi-disant offert par son oncle se trouve une réservation pour une chambre dans un hôtel de La Ciotat. Malgré la chaleur, il a descendu la vitre de sa fenêtre pour les odeurs de la Méditerranée et les stridulations des cigales.

— Jolie croisette, la plage est belle et la baie superbe, vous allez passer un bon séjour, et ce qui ne gâche rien, en ce moment l'eau avoisine les vingt-huit degrés, a commenté le chauffeur en prenant connaissance de l'adresse.

Greg a discuté un peu durant le trajet, prenant du plaisir à converser en français même si les intonations provençales du chauffeur l'ont parfois laissé perplexe. Les aperçus de Marseille à l'arraché au travers des rampes autoroutières lui ont donné envie de la ville complexe, mosaïque de contrastes, pieuse sous le regard de la Bonne Mère, vulgaire avec ses tags pornos, blanche, enserrée dans ses plis de calcaire, bleue, ouverte sur la mer, active et dynamique, lascive et archaïque. Pourtant pressé d'arriver à l'hôtel, Greg était malgré tout déçu de voir le taxi s'engouffrer dans le tunnel du Prado qui l'a privé sans crier gare des fenêtres de la cité phocéenne.

— Chambre 133, premier étage à droite en sortant de l'escalier. Je vous appelle le garçon d'étage, monsieur Pépin.

Greg aurait eu l'entrain de grimper l'escalier deux à deux jusqu'à sa chambre, curieux, excité, impatient d'être arrivé à son point de rendez-vous, mais malgré tout la fatigue se fait sentir. Le voyage, le décalage, les émotions. Il affiche un air las.

— Merci, pas besoin.

— Vous êtes sûr, monsieur Pépin ?

— Oui, oui, ça va aller. J'ai juste ce sac. Merci.

En empruntant l'escalier, l'étudiant découvre la plage qui s'étend d'un bout à l'autre de la baie. Un maillot à enfiler, une route à traverser et la grande bleue est à lui. Enfin, plutôt, à partager. A partager avec une horde de touristes dont les enfants crécellent plus fort que les cigales qui ornent les branches des grands pins.

A peine Greg a-t-il poussé la porte de sa chambre qu'il suspend son élan. Il allait dans un réflexe adolescent, mâchoire ouverte, prêt à bailler, se jeter à plat dos sur le matelas pour en tester le moelleux.

Mais le lit est déjà occupé.

56

— Я не хогу. Я больше не хочу видеть темноту.

Sachs a lâché ses pinceaux. Il s'est rapproché du canapé où Alessandra s'est assoupie. Elle s'agite comme l'autre nuit, la première nuit où il l'a tenue dans ses bras. Les mêmes gestes, les mêmes postures, les mêmes mots… La même douleur…

Les mains tachées, il n'ose pas la toucher.

Il a été surpris quand elle l'a appelé en début d'après-midi.

— Puis-je te rejoindre, Sachs, s'il te plaît ?

— Oui, bien sûr, Alessandra. Donne-moi un quart d'heure, le temps de me changer. J'étais en train de travailler dans l'atelier.

— Non, ne t'interromps pas. Je te rejoins à l'atelier, ça ne te dérange pas ? Je ne veux pas t'empêcher de travailler, je me ferai toute petite, je te promets.

Elle est arrivée les paupières gonflées, elle avait pleuré. Elle semblait heureuse de le rejoindre, mais gênée aussi, le pas mal assuré. Fragile… Non, plus paniquée que fragile. On aurait dit une enfant, une enfant égarée. Elle lui a simplement dit qu'elle avait besoin de se reposer. Sachs a souri et sans relever a interprété le verbe reposer au sens de "se reposer sur lui". Du bout des doigts, il a remis en place quelques boucles rousses indisciplinées qui roulaient sur son visage, puis, il a arrangé les coussins du canapé afin qu'Alessandra s'y installe le plus confortablement possible. Il lui a relevé les jambes sur l'assise, elle s'est couchée en chien de fusil. Un baiser sur le front comme on le fait à un enfant.

Il a eu du mal à poursuivre le tableau qu'il avait entrepris n'ayant de cesse de lever les yeux de sa toile pour contempler sa belle endormie.

— Я не хогу. Я больше не хочу видеть темноту.

Sur quoi bute-t-elle dans son cauchemar ?

Elle donne l'impression de lutter. De lutter contre quoi en fait ? Contre les personnages d'un rêve qui l'effraient – elle tente de se protéger – ou contre le souvenir de ses agresseurs ?

Les doigts de Sachs se crispent sur le pinceau. Il ne quitte pas des yeux Alessandra qui, toujours aux prises avec les fantômes de son cauchemar, se recroqueville sur elle-même.

Sachs arrache à sa palette du noir.

L'orage menace sur la toile.

Sans s'en rendre compte, dans une synchronisation cathartique, il s'est mis à respirer au même rythme qu'Alessandra, ou plutôt à suffoquer dans les mêmes heurts, et sa main commence à s'animer sur la toile.

Et il se met à peindre la bataille.

57

Un MacBook blanc, flambant neuf. Voilà ce qui occupe le lit de la chambre de Greg et qui le met en émoi tout aussi efficacement que l'aurait fait un 90-60-90 en bikini aux yeux verts.

Un waouh ! plus tard suivi d'un léger coup de talon à la porte de la chambre pour qu'elle se referme et l'étudiant est déjà à genoux face à l'ordinateur portable qui grésille de satisfaction à l'effleurement de ses touches.

L'option de visioconférence démarre automatiquement avec la mise en route de l'ordinateur. Greg reste bouche bée. A l'écran, c'est Nicholls qui sourit.

— Content de te voir.

— …

— Ça va, Greg ?

— Hum… oui, pardon, je…

— Bon, nous n'avons peut-être pas tant de temps que ça devant nous. Je te remercie pour tout ce que tu as fait et pour ta confiance. Pour la suite écoute-moi bien.

— La suite ?… Attendez, monsieur. Avant tout j'ai besoin que vous m'expliquiez ce qui se passe.

— C'est ce que je vais faire. Mais écoute-moi d'abord. J'ai besoin que tu approches une personne, une jeune femme. Je n'ai pas son nom, mais je sais où on peut la trouver, j'ai besoin de tous les renseignements que tu peux me donner sur cette fille.

— Attendez, monsieur, c'est quoi ça ? Vous me servez votre blabla et le MacBook s'autodétruira dans trente secondes ? C'est ça ? On joue à quoi là ? Non ! Je veux des explications ! C'est quoi ce cirque ?! Pourquoi la NSA est à vos trousses ? Valérie Leboisjoli à Montréal, c'est qui ? Et surtout, vous ! Vous monsieur, vous êtes qui ?!

— OK, OK ne t'énerve pas, Greg. Moi, je suis le prof que tu connais, la seule chose que tu ignores me concernant, c'est une partie des applications de mes recherches et l'identité des personnes pour qui je les ai conduites. Certains de mes travaux ont été commandités et directement utilisés par le gouvernement. Ce n'est pas plus compliqué. Quand j'avais une trentaine d'années, j'ai développé un système de clef quantique. Les militaires étaient intéressés par les applications possibles sur les missiles. Les Russes étaient en avance là-dessus. J'ai eu la chance de travailler avec deux grands cerveaux de l'époque, des transfuges. Je te passe les détails, ils n'étaient pas comment dire… transfuges vraiment volontaires. Cet aspect-là pour moi comptait peu. Je voyais seulement que je pouvais travailler avec les plus éminents cerveaux de l'époque. Par omission, par inconscience, par prétention, j'ai… disons facilité des choses dont je ne suis pas fier. A cette époque un savant russe, Vladimir Lossonossov, m'a aidé mais à une condition : que je m'occupe de sa fille, parce que, lui, il n'en avait plus pour très longtemps. Cancer généralisé, radioactivité, je te passe les détails… Les scientifiques prenaient beaucoup de risques à l'époque, puis, j'en suis convaincu maintenant, même si je ne voulais pas le voir avant, mais une fois qu'on avait obtenu ce qu'on voulait d'eux, je pense que les traitements qu'on leur administrait n'étaient pas vraiment… disons… à but curatif. Je ne suis pas fier d'avoir participé à cela même si c'était indirectement. Bref, j'ai une dette. L'âge, les remords, la conscience, ce que tu veux, j'ai une dette. Et la fille, la fille de cet homme dont je te parle, je crois l'avoir retrouvée. Enfin, c'est plutôt toi qui l'as retrouvée pour moi.

— Ça fait beaucoup d'infos d'un coup, là. Je ne vous suis pas. J'ai retrouvé qui ?

— Ta proposition de week-end ! Tu te souviens ? Vins et peinture dans la Napa Valley. Vignobles californiens, chefs français, et la peinture pour prétexte. C'était une super idée. Ton invitation m'a touché. J'étais partant, enthousiaste, vraiment ! J'ai jeté un œil sur le site et, de liens en liens, je suis tombé sur la Popey's Gallery de San Francisco, photos du peintre verre à la main. L'artiste en question se nomme Sachs Given. Retiens bien ce nom. Sur les photos ce peintre était en compagnie d'une jeune femme. Je suis sûr qu'il s'agit de la fille de ce savant. La ressemblance est stupéfiante !

— Et alors ? Pourquoi tout ça ? Vous ne pouviez pas contacter le peintre, remonter jusqu'à la fille, comment vous pouvez être sûr que…

— Je ne peux pas tout t'expliquer maintenant ce serait trop long. Je ne peux pas approcher cette fille moi-même parce qu'il ne faut pas qu'on puisse la relier à moi. Bien que la guerre froide soit terminée depuis des années, l'organisation pour laquelle je travaillais n'a jamais cessé de me surveiller. D'autres pays pourraient être intéressés par les recherches de cette époque et depuis le 11 Septembre je suis de nouveau l'objet d'une surveillance très active, comme les autres scientifiques de mon équipe, même si nous ne sommes plus très nombreux maintenant, surtout ceux qui ont eu des états d'âme. Mais il faut retrouver cette fille, j'ai des choses à lui dire. Les photos que j'ai vues sur le Net venaient d'être prises à l'occasion d'un vernissage de ce Sachs Given à Sanary sur le port, c'est à une vingtaine de kilomètres d'ici. Toi, ils ne t'ont pas repéré. C'est pour ça que j'ai pris toutes ces précautions pour te joindre et que je t'ai fait transiter par le réseau canadien. Essaie de voir cette fille, essaie de savoir qui elle est, où elle habite, ce qu'elle fait. Approche-la dès ce soir. Ne lui dévoile rien, mais prends des renseignements. J'attends. Dès que tu en sais un peu plus, reviens ici, connecte-toi sur le MacBook. Uniquement pour la visioconférence surtout pas sur le système wi-fi, aucune connexion Internet. OK ? Tu m'as compris ?

— Oui, je crois, oui. Mais pourquoi uniquement ici ?

— Pour la visio, nos deux ordis sont reliés par ondes radio ce qui nous évite d'être repérables sur le Net. Le système ISM, je t'en avais parlé, tu te souviens ? J'ai bricolé les portables. C'est bon ? Tu as compris ?

Si les ordinateurs sont connectés en ondes radio, Nicholls est à proximité. Probablement dans un rayon de moins de cent mètres. Greg se lève et entrebâille le rideau en se cachant derrière le montant de la fenêtre. Attitude de criminel en cavale.

Le décor derrière le visage du prof sur l'écran ne livre aucun indice mais il espère apercevoir sa silhouette courbée sur un écran à l'arrière d'un taxi, ou contre le mur de la terrasse, ou n'importe où… Malgré toutes les explications du vieux prof il aimerait bien se retrouver face à lui. La réalité qu'il lui assène paraît tellement ahurissante que

Greg a besoin de tangible, de voir Nicholls en chair et en os, besoin de maîtriser un tant soit peu les événements, de se sentir observateur, au moins un instant, plutôt que marionnette.

Cavalcade dans la coursive, l'écran se plombe, la communication est coupée. L'étage au-dessus. Ça se bouscule. Crissements sur le gravier, souffle court dans l'escalier. Deux gars dans le jardin qui prennent l'hôtel à revers. Nicholls devait être au second.

Réfléchir. Agir. Vite.

1. Protéger le système qui le relie à Nicholls.
2. S'éloigner sans se faire repérer.

Greg se déshabille, enfile son maillot, s'ébouriffe les cheveux. Lunettes de soleil, casquette de guingois. Il respire un bon coup. OK.

Il sort sur le palier, pieds nus, une serviette de bain à la main et, plaqué contre lui sous son coude, un magazine dans lequel il a dissimulé le MacBook. Démarche nonchalante du touriste en partance pour la bronzette. Il descend l'escalier, se fait doubler par un gars musclé, récepteur à l'oreille qui parle dans sa manche. Greg entre dans la boutique de l'hôtel. Un sac de plage kitch au format de son précieux magazine. Parfait. Et de l'huile solaire pour donner le change. Du coin de l'œil il observe la belle BM devant l'entrée qui n'a pas coupé son moteur, ça discute sec au volant, les deux gros bras semblent avoir fait chou blanc.

58

Les coups secs des pinceaux de Sachs abîment la toile. Il a superposé des esquisses noires à la peinture qu'il avait entreprise. Le cauchemar d'Alessandra imprime ses gestes.

C'est une enfant qu'il voit, là, c'est une enfant qu'il entend, sa voix module comme si elle régressait, c'est une enfant qu'il peint. A la façon qu'elle a de remonter contre le cadre du canapé et de se courber, on dirait qu'elle tente de se cacher, acculée, dans un espace étroit, bas, sous une table, sous un bureau, "je me ferai toute petite". Oui elle a dit ça, elle l'a annoncé, "je me ferai toute petite". Sachs, pinceau dans une main, fouille de l'autre dans le tiroir de la grande table qui lui sert de plan de travail. Il en sort un dictaphone et l'enclenche. "Je me ferai toute petite." Pourquoi n'y a-t-il pas pensé plus tôt !? Enregistrer ses mots. Elle pourra les comprendre au réveil, ils lui livreront peut-être une clef.

— Я не хогу. Я больше не хочу видеть темноту.

Elle agite ses jambes comme si elle cherchait à éloigner à coups de pied ce qui l'effraie. Une enfant, une enfant acculée.

Comme l'autre nuit, elle porte la main à sa bouche, secoue sa tête. Sachs au fusain crayonne le geste. La main droite devant sa bouche, elle secoue la tête. Non ! Non ! *Нет ! Нет !* La main gauche levée devant ses yeux pour se protéger. Non ! Non ! *Нет ! Нет !* Les gestes de Sachs s'accélèrent, son regard est en mouvement incessant de la toile à Alessandra, d'Alessandra à la toile, comme s'il cherchait, en passant du sujet à l'image de plus en plus vite, à rapprocher les deux réalités, à les relier, à les fondre. Mon Dieu ! Tout d'un coup l'esquisse, photographie de l'inconscient enfoui, révèle l'évidence. Sur son dessin, Alessandra a les yeux exorbités. Et la main gauche qu'elle a levée à la hauteur de son front, c'est pour ne plus voir, ne plus voir ce qui s'approche d'elle et qu'elle tente de repousser.

Sachs en a la certitude : Alessandra à ce moment-là de son enfance voyait.

59

Greg a traversé la route qui sépare l'hôtel de la plage en se gardant bien de passer devant la BM des deux costauds. Il ne va pas se risquer à les narguer, il ne faudrait pas qu'il croise leur regard plusieurs fois. L'étudiant a profité d'un groupe de midinettes. Deux trois mots, elles ont roucoulé et il a joué au renard dans le poulailler. Avec une facilité déconcertante d'ailleurs, Luc Pépin est un bien meilleur dragueur que Greg Squirrel.

Quelques minutes après son installation sur la plage, la BM est partie, tranquillement. Il avait imaginé un départ sur les chapeaux de roues, le feulement des huit cylindres, démonstration de puissance pour se soulager de la rage d'avoir loupé sa proie... Non rien de cela. A plat ventre sur sa serviette, derrière ses lunettes, Greg a eu tout le loisir de les observer. Les deux gars ont échangé quelques phrases, sans manifester un seul signe de nervosité, puis ils se sont installés, semblant attendre des instructions qu'ils ont dû recevoir. Sans un mot le conducteur a enclenché la première. Lorsque la BM s'est engagée sur la route, un frisson a parcouru le dos de Greg. Les pneus de 225 de large épousaient la chaussée, comme si le ruban d'asphalte venait s'enrouler autour d'eux, amoureusement. Un chat qui fait le dos rond à son maître. Attention ! Même s'ils n'ont pas obtenu ce qu'ils venaient chercher, ce sont eux qui commandent aux événements.

60

— Ça va sœurette, t'es sûre ?

— Oui, ne t'inquiète pas. Je suis tellement contente que tu sois là.

La jeune mère, pourtant sincère, a presque répondu dans un soupir. La chaleur, la fatigue, la foule. Incroyable, cette foule ! Elle ne s'est pas rendue à Sanary pour le marché nocturne et les festivités estivales depuis qu'elle a le petit. Et avec le second arrivé… Mais bon, elle avait envie de sortir, pour marquer le coup, pour faire la fête. Elle est tellement heureuse que sa sœur ait pu finalement obtenir ses congés et la rejoindre à Toulon. Elle essaie d'orienter le landau afin que le nouveau-né ne soit pas aveuglé par les spots de la terrasse du café où elles se sont plus réfugiées qu'installées à vrai dire. Sur le port, les gens se marchent dessus. Impressionnant !

Yvette a à peine eu le temps d'écouter sa sœur lui répondre. D'un bond, elle a rattrapé Gabriel, l'aîné, incapable de rester en place. Digne petit-fils de son grand-père. S'il ne s'appelle pas Leguennec, il en a tous les traits ! Toujours à vouloir aller voir ailleurs ce qui s'y passe ! Du haut de ses trois ans, il avait la ferme intention de tirer sur la toge du mime pour vérifier sa réalité de statue romaine. Immobile, sur les marches de l'église, un artiste épouvante le badaud qui se laisse surprendre.

Numéro bien rodé, un acolyte surgit alors de la foule et singe dans son dos le touriste piégé qui, pour éviter de se faire remarquer de plus belle, tente de modérer sa réaction de surprise ce qui la rend encore moins naturelle. Il devient alors l'attraction malgré lui, le spectateur acteur, l'arroseur arrosé. Les timides sourient et rapetissent, les susceptibles soufflent et bombent le torse.

— Ces dames prendront ?

— Deux Gambetta limonade et une grenadine pour le petit, merci.

Un "coup de soleil peau qui pèle" s'est fait piéger. Sa compagne, sentant les regards converger, réajuste son tee-shirt sur ses bourrelets. Le second mime les prend en chasse aussitôt. Ça commence à pouffer, à glousser, les éclats de rire vont bientôt fuser. Yvette sourit. Doué le type. Le touriste piégé se tord le cou pour tenter de voir ce qui se passe dans son dos. Les gens s'arrêtent, se retournent pour regarder. Un cercle prend forme que plus personne n'ose traverser. Yvette rit au brio de l'artiste et aussi et surtout à la mine des passants. Ils veulent bien se payer la tête du touriste mais, malgré tout, ils gardent leurs distances, craignant de devenir à leur tour le dindon de la farce. Le regard d'Yvette balaie la foule des curieux puis achoppe sur un visage presque au-dessus de tous les autres. Mignon, le garçon. Finesse des traits, clarté du regard, une fragilité qui doit rendre sensible sa virilité. Le cœur d'Yvette aurait volontiers fait un bond dans sa poitrine, si son cerveau de flic, exigeant toutes priorités, ne s'était pas mis automatiquement en alarme. Ce grand gars a l'attention visiblement attirée par autre chose que les jeux des mimes. Comportement différent dans une foule homogène… Pickpocket prêt à passer à l'action ? Yvette, pour regarder dans la même direction que sa “charmante anomalie”, s’échappe de l’espace du bar et joue des coudes pour grimper deux marches du parvis de l’église. Son suspect semble faire une fixette sur l’immeuble juste à droite. Une galerie d’art au rez-de-chaussée, habitation à l’étage. Pour autant qu’elle puisse en juger de là où elle est, rien d’extraordinaire.

— Tu es en vacances, mademoiselle Yvette Leguennec, tu es en vacances, alors arrête ton char. Si tu veux draguer, ne cherche pas de faux prétextes, se dit-elle tout bas histoire de s’aiguillonner un peu.

Pas si simple pour elle le rapport aux hommes. Dans son métier, elle doit presque en être un. Et dans sa vie comme dans son lit, elle craint qu’ils ne cherchent qu’à la dominer. Les minets sans consistance, s’ils ne l’effraient pas, la laissent sur sa faim. Cruel dilemme. Pour éclore en tant que femme, elle a besoin d’un homme, mais autour d’elle elle ne voit que des mâles. Un petit coup d’œil pour confirmer que celui-là pourrait être différent. Elle s’apprête à lui offrir son plus beau sourire mais il ne le verra pas, il a l’air paniqué. Elle se retourne vers la galerie pour comprendre ce qui l’affole et affiche elle aussi, instantanément, les mêmes yeux exorbités.

61

Dans la foule autour du mime, un autre homme regardait en direction de la galerie, plus âgé, plus petit que celui qui a tant capté l'attention d'Yvette. Elle ne l'avait pas remarqué mais elle aurait dû le voir, et même en fait ne voir que lui ! C'est celui qu'elle a filé à Paris ! Andrew Nicholls !

Pour le coup, le pouls d'Yvette s'est sérieusement accéléré et ce n'est pas Cupidon qui a tiré mais deux gars, costume sombre, un mètre quatre-vingt-dix, cent kilos, costauds, cheveux courts, oreillette. Elle aurait dû remarquer l'oreillette ! C'était sûrement une charge hypodermique à la façon qu'a eue le vieux de s'affaisser. Il n'aurait pas réagi ainsi à une décharge électrique. Les deux hommes le soutiennent et l'emmènent vers le port. Yvette est certaine ! Ces deux costauds ne sont pas de la maison, ils n'ont pas l'allure. A Paris, comme ici, ils ne disposent pas de ce genre de matériel, et qui aurait pu ordonner une intervention en pleine foule ?! Au milieu des gosses ?!

Yvette n'a qu'un quart de seconde pour réfléchir : soit les deux costauds sont bien ceux de l'équipe pour qui elle faisait le sous-marin à Paris il y a deux jours à peine et elle n'a pas à s'en mêler. Soit, "le client" vient d'être soufflé par une autre organisation, et alors là, ça devient chaud, rudement chaud. Ça l'est déjà apparemment pour sa “charmante anomalie”, ce grand gars qu’elle soupçonnait être un pickpocket. Il transpire de peur, livide. Il s’est tassé dans la foule pour ne pas se faire remarquer. De toute façon le choix s’impose de lui-même : elle ne parviendra pas à temps jusqu’aux costauds et si elle y arrivait, dans l’hypothèse où leur procédure est justifiée, elle pourrait créer un incident en attirant l’attention sur eux. Dans l’autre hypothèse, le même sort que Nicholls pourrait lui être réservé et elle n’est pas armée. Eh bien voilà, finalement elle trouve un prétexte pour aborder son charmant suspect. Un peu moins charmant de plus près d’ailleurs, maintenant qu’il a perdu toutes ses couleurs.

— Ça va ?

Il a fait un bond.

— Holà ! Tout doux. Excusez-moi mais vous allez bien ? Désolée de me mêler de ce qui ne me regarde pas, mais j’ai cru que vous alliez faire un malaise.

Greg, interloqué, ne sait plus quoi répondre, quoi faire, quoi dire…

Déjà, se souvenir de qui il est, ce serait bien.

Luc Pépin. Ici, ne pas oublier : il est Luc Pépin. LUC PÉPIN. Greg est choqué en fait. S’amuser aux espions est une chose, mais ce qu’il vient de voir n’a plus rien d’un jeu. Ils ont porté atteinte à l’intégrité de Nicholls. Greg est secoué.

Luc Pépin. Donc ici, il est Luc Pépin, ici, à Sanary, France, à 21 heures il est Luc Pépin. A Davis, Californie, il est Greg Squirrel et il est 12 heures.

— Marseille 21 heures, Sofia 22 heures, Tbilissi 23 heures, Bichkek 2 heures du matin, Vladivostok 6 heures du matin, se met à marmonner Greg.

— Ho ! Ho ! Ça va ? Vous ne voulez pas vous asseoir un moment. Je suis avec ma sœur, là. La jeune femme attablée avec le bébé.

— …

— Je passais par là pour draguer, je vous ai vu… Non, je plaisante ! essaie Yvette pour ramener Greg sur terre. J'ai vraiment cru que vous alliez tourner de l'œil. Je le pense encore, vous êtes blanc comme un linge.

— Oui… Je… Pardon. Oui, vous avez raison… Euh… m'asseoir… un verre…

62

Sachs soupire. La galerie n'a pas désempli depuis la fin de l'après-midi et il a sans cesse été sollicité. Dans le flot des visiteurs, peu nombreux ont été les véritables amateurs et encore plus rares les acheteurs potentiels, l'heure est maintenant aux curieux rougis par le soleil et il va inviter Paul à prendre la suite. Depuis qu'il les a rejoints – une petite heure à peine – son agent n'a pas quitté Alessandra, confus de ne pas s'être rendu compte de sa cécité lorsqu'il a fait sa connaissance dimanche soir.

— Je m'excuse encore, Alessandra, vraiment dimanche lorsque nous avons parlé de ce tableau qui me trouble tant, je...

— Ne vous excusez plus, l'interrompt-elle en posant sa main sur le poignet de l'agent. Je n'ai rien fait pour vous mettre sur la voie et, pour être sincère, je dois reconnaître que je m'en suis un peu amusée.

— Mais vous m'avez parlé de ce tableau véritablement comme si vous le voyiez.

— Non, j'ai écouté comment, vous, vous le voyiez. Et c'est de ça que je vous ai parlé.

— Oui évidemment, oui. Vous êtes attentive aux autres. Je m'en sens d'autant plus inexcusable.

Paul a recouvert de sa main celle de la jeune aveugle avec délicatesse, geste doux pour lui signifier que désormais il fera attention à elle.

— Ne soyez pas embarrassé, vraiment. Vous me feriez de la peine si vous l'étiez car cela signifierait que vous me considérez comme une handicapée. Je ne vis pas ma cécité comme un handicap, seulement une différence. En fait, différence est un mot encore trop fort, il s'agit seulement d'une question de références.

— Une question de références ?

— Oui, aveugle ou pas, au niveau de notre conscience nous percevons ce que nous vivons à peu près de la même façon. Fermez les yeux Paul et imaginez une scène de bien-être.

L'agent se prête au jeu instantanément.

— Dites-moi ce qui vous vient à l'esprit.

— Un paysage méditerranéen, des chaises longues, une piscine, la terrasse d'un vieux mas surplombant des vignes, l'ombre d'immenses pins. La mer au loin. Un verre à la main.

— Je pourrais vous décrire exactement la même chose. La chaise longue parce que je m'y suis alanguie, la piscine et le clapotis des skimmers. Dans l'odeur de la terre, la rugosité des ceps et le sucré des raisins, et même la profondeur de l'horizon. Le souffle de l'air n'est pas le même lorsque la vue est dégagée. Je pourrais vous dépeindre exactement le même tableau si je choisis, pour exprimer ce que j'ai à l'esprit, des mots dans un cadre de référence visuel. Parce que nous évoquons tous deux la même chose en fait, une scène de bien-être. Ce qui fait la différence entre vous et moi, ce sont les mots que nous choisissons pour en parler. Ce n'est pas en images que vous ressentez, mais c'est par les images que vous vous représentez les choses et que vous vous exprimez.

Sachs s'est avancé vers Alessandra et Paul. Dans le bruit ambiant, Alessandra ne semble pas l'avoir entendu approcher.

— Savez-vous Paul d'où vient le mot image ? poursuit-elle. Il a d'abord eu le sens latin de statue, le radical *im* serait à la base du verbe imiter. Image découle d'*imago* qui s'entend au sens de représentation, portrait, fantôme et apparence par opposition à la réalité. L'image n'est pas la réalité, elle est la représentation que nous en avons. A l'origine les mots ont été pensés par des hommes qui avaient conscience de cela. Notre quotidien saturé d'images, d'apparences et de paraître est bien éloigné aujourd'hui de ces considérations.

Sachs est stupéfait. La scène que jouent dehors les mimes sur le parvis de l'église illustre les propos d'Alessandra. Image, statue, imiter, le passant pris au piège des apparences, celles qui l'ont trompé, celles qu'il veut sauvegarder… Sachs est cueilli à nouveau par un trouble qu'il a du mal à définir. Comme l'autre soir dans la chambre d'Alessandra, quand le rideau semblait se soulever dans une parfaite synchronicité pour parvenir jusque dans la main de la jeune aveugle. Coïncidences, oui bien sûr, mais d'une telle harmonie qu'elles en sont troublantes. Les objets viennent à elle, les situations viennent à elle. Son rapport au réel est comme… inversé. Oui, c'est cela inversé. Comme si son état d'être créait le jeu de la réalité autour d'elle. Elle est et il se passe. Et non pas l'inverse. Est-ce que, de la même façon, ce trouble qu'elle porte au fond d'elle, ce cauchemar sur lequel elle bute, génère l'étrange de ce qui se présente en ce moment dans sa vie ?

— Oui, vous avez raison, c'est difficile pour nous de décoller l'image de son objet et l'étiquette de l'homme, acquiesce Paul sous le charme de l'intelligence de la jeune femme. Mais, Alessandra, est-ce que la notion d'image mentale vous est totalement étrangère ?

— Si je n'étais pas aveugle de naissance, il est probable que j'utiliserais des images pour certaines de mes représentations mentales. Peut-être qu'en fait, malgré tout, je le fais d'une certaine façon, mais je ne peux pas les repérer, parce que je n'ai pas de point de comparaison.

Non, Alessandra, pense Sachs, non, tu as un point de comparaison parce que moi je sais qu'il existe un moment de ta vie où tu voyais.

63

— Me permets-tu de te l'enlever ? demande Sachs à Paul en prenant Alessandra par le bras.

— Je n'ai guère le choix, je crois, répond l'agent. Tu t'en vas ?

— Oui, j'en ai marre. Je te laisse t'occuper de la suite, tu veux bien ?

Un léger haussement d'épaules agrémenté d'un sourire en guise de réponse. Puis, quelques secondes après, un soupir de déception. Les touristes, ce soir, ne seront pas qu'une partie de plaisir. La foule semble agitée dehors, Paul du coin de l'œil a entrevu deux gars en costume sombre qui ne se gênaient pas pour bousculer les gens sur leur passage.

Et puis, il aurait bien eu envie que Sachs l'invite à les rejoindre à la fermeture.

Boire un verre, en leur compagnie.

Pincement au cœur, sentiment de jalousie.

Sachs ne lui a rien dit encore d'Alessandra, et pourtant il a l'air accroché. Paul se froisse lorsqu'il a l'impression que Sachs le tient à l'écart des événements de sa vie. Il ne limite pas son rôle d'agent, son rôle d'interférent, à la sphère professionnelle de Sachs. Il est l'ami un peu exclusif, la fée Clochette, le protecteur. Il est l'organisateur lorsque Sachs est l'artiste, le comptable lorsque Sachs dépense, le soucieux lorsque Sachs flambe. Lui travaille avec les nombres, Sachs avec les couleurs. Il est le point d'ancrage de l'artiste illuminé et Sachs a pris l'importance d'un compagnon de vie, celui avec qui il peut s'afficher sans qu'on soupçonne quoi que ce soit de cette homosexualité qu'il refuse d'accepter. Sachs est son compromis, essentiel à son équilibre : il lui permet de vivre à demi ce qu'il est en réalité.

Sachs a entraîné Alessandra à l'étage, les pièces à vivre de son appartement sont juste au-dessus de la galerie, au premier et au second niveau. Il a consacré le dernier à son atelier. Exposition sud et est comme les étages en dessous, mais les plafonds en soupente sont ouverts par de grandes verrières et il a pu y supprimer pratiquement toutes les cloisons. La lumière y est fabuleuse. De là-haut le port devient un jardin où les mâts des bateaux poussent, fleuris de voiles et de drapeaux. L'île des Embiez, au loin, retient la mer entre ses terres.

Malgré toute l'intensité des perceptions d'Alessandra, Sachs éprouve un sentiment de tristesse à l'idée qu'elle ne puisse apprécier la beauté de ses fenêtres sur le large.

Il y a quelques instants, lorsqu'elle expliquait à Paul qu'elle n'utilisait pas d'images mentales parce qu'elle était aveugle de naissance, les mots dans la bouche de Sachs lui ont brûlé les lèvres mais il s'est contraint à les garder pour lui. Il n'a pas encore évoqué avec elle ce qu'il pense avoir découvert. Il ne lui a rien dit du tableau, ni de l'enregistrement de ces phrases en russe qu'elle ne cesse de prononcer pendant ses cauchemars. Elle a pleuré lorsqu'elle s'est réveillée sans trop pouvoir expliquer pourquoi. Un trop-plein d'émotions. Elle s'en est excusée, n'appréciant pas que Sachs puisse la voir ainsi. Anna, la secrétaire de la galerie, les a dérangés à ce moment-là, elle avait besoin de Sachs et il a laissé Alessandra seule.

— Laisse-moi t'aider, Sachs, insiste Alessandra.

— Non, tu vas t'asseoir, et je vais tout préparer. Je ne peux pas prétendre égaler les talents de cuisinier de Jérôme, mais ce ne devrait pas être mauvais. J'ai des habitudes de célibataire, certes, mais de célibataire gourmet. Et en fait plus souvent gourmand que gourmet je l'avoue, c'est bien pour ça que je m'astreins au VTT.

— Je vais mettre la table alors, insiste Alessandra.

— Non. Je te laisserai le faire quand je t'aurai présentée à mes placards. Comme je ne les ai pas prévenus à l'avance et qu'ils sont timides ils ne se sentent pas prêts à se laisser palper l'intime ! plaisante Sachs.

Alessandra rit et se résigne. Il l'invite à s'asseoir à la table de la cuisine et lui propose un grand verre de jus d'agrumes qu'il vient de presser.

Il n'a pas usé de l'humour dans le but de l'amuser mais plutôt dans celui de détourner son attention ou, disons, de la contourner. Son empressement à aider cache sa crainte d'être envisagée comme une handicapée.

— Tu sais, cet après-midi, tu n'avais pas à t'excuser de ta fragilité, lui dit-il en lui effleurant la main par-dessus la table. Je peux comprendre que tu n'aimes pas que l'on te voie pleurer. Mais tu n'imagines pas le cadeau que tu me fais en te montrant ainsi. Je n'ai pas le même don que toi Alessandra, pour percevoir les choses et les gens. Ma sensibilité n'est pas aussi instantanée. Par contre, lorsque j'ai le pinceau en main, mon regard change. Je ne vois plus la personne qui m'inspire comme je la perçois dans le quotidien ordinaire. La moindre tension que je repère sur le visage me espoirs, ses attentes, ses peurs aussi. … des rides me racontent bien des che- … vie et leur inflexion me révèle les portes, les … ntités de portes qu'elle a définitivement fermées et parfois celles, souvent rares, qu'elle tient encore ouvertes. Le visage tourné vers moi n'est qu'un point de départ. Je vois à la fois ce que la personne a été et ce qu'elle va être. Son passé comme son futur semblent jaillir de cet instant. Et mon regard de peintre me permet d'approcher un peu plus son âme. Oh, je ne vis pas cela avec tout le monde, non, il faut que le sujet s'y prête. Mais plus ça se passe, et plus ma toile s'éloigne du figuratif et se décline vers l'abstrait. L'abstraction seule peut nous renvoyer à des niveaux si profonds de réalité.

Sachs a posé son verre sur la table pour prendre entre ses mains celles d'Alessandra.

— Nous connaissons tous deux un chemin qui nous mène à la réalité profonde. Toi par nécessité, moi pour l'art. Tu me l'as fait remarquer toi-même, nous étions au casino. J'étais heureux d'être venu te retrouver et à la fois démuni car je me sentais impuissant face à ta cécité. Toi, tu m'éclairais en soulignant comment nous ressentons les choses au même niveau de profondeur. Te souviens-tu ?

Alessandra acquiesce dans un murmure. Bien sûr elle se souvient, et même exactement des mots qu'elle a prononcés : *nous avons un point commun.* Ces mots étaient des avances. Des avances claires. Alors oui, elle se souvient.

64

Marie adresse à sa sœur Yvette un regard interrogateur, mais somme toute discret par politesse, lorsqu'elle revient à la table accompagnée.

— Je vous présente ma sœur, Marie. Voici Gabriel, son grand, trois ans, et Arthus, le petit dernier. Moi c'est Yvette. Et vous ?

Un "gueu" s'étouffe dans la gorge de l'étudiant qui se met à tousser pour donner le change. Moins évident que ce qu'il pensait en situation. On peut fantasmer ses réactions, s'entraînant mentalement au jeu du mensonge, mais sous le coup de l'émotion difficile de garder l'esprit vif. Greg s'éclaircit la voix à nouveau et respire un bon coup.

— Luc Pépin, je suis canadien, énonce-t-il d'un trait.

— En vacances alors ? lance Yvette sur le ton de la conversation mais malgré tout dans une intention d'interrogatoire.

— Oui, je viens d'arriver, en fait, et euh… la foule, la chaleur, ça m'a étourdi. Le décalage aussi je suppose. J'ai atterri il y a quelques heures à peine.

— Vous êtes étudiant ?

— Oui, non ! euh… en fait je viens de… euh… finir mes études. Ah ! excusez-moi ! Je n'ai pas les idées en place.

— Un Coca, vous voulez un Coca ? Ça vous fera du bien. Bougez pas, restez là, je vais attraper le garçon.

Yvette était déjà debout avant même de finir sa phrase, elle se faufile entre les tables en direction du comptoir et, en attendant que le barman s'intéresse à elle, sans lâcher des yeux la table où son "Pépin" de dernière minute s'efforce de reprendre ses esprits, elle compose le numéro de son coéquipier sur son portable.

Boîte vocale.

En quelques mots elle lui fait un topo de la situation.

— … je reste sur la piste d'un suspect. Luc Pépin. Canadien. Dans les vingt-cinq ans. Un mètre quatre-vingt-quinze. Quatre-vingts kilos, yeux verts, coupe courte, cheveux clairs. Renseigne-toi, grouille, j'attends.

Elle n'a même pas eu besoin de camoufler ses gestes et de ranger discrètement son téléphone, son Canadien ne cesse de regarder dans la direction opposée, apparemment aimanté par l'immeuble à la galerie. Mais derrière l'épais rideau de touristes, il ne voit pas grand-chose.

Yvette revient avec le Coca frais. Greg tout en s'efforçant de sourire cherche quelle attitude adopter.

Mentir le moins possible.

Holà ! Pourquoi en fait ?

Cette jeune femme en face de lui n'a rien à voir dans l'histoire, se dit-il. Seulement rester cohérent. Cohérent.

Il remercie pour le soda et en descend la moitié d'un trait.

Cohérent. Rester cohérent.

— Excusez-moi. Accordez-moi quelques instants pour que je retrouve mes esprits sinon je crois que je vais avoir du mal à tenir une conversation, j'ai dû faire une hypoglycémie. Saleté de bouffe dans l'avion, je n'ai rien mangé de la journée.

— Vous voulez un autre Coca ? propose Yvette.

— Oui, volontiers. Mais c'est à moi de vous offrir à boire, cette fois-ci, vous prendrez quoi ?

Ah ! Même à bout, il est galant. Un bon point monsieur le Canadien, pense Yvette.

— Vous auriez dû vous reposer plutôt que de sortir, le relance-t-elle.

— Je ne reste pas si longtemps que ça en fait, alors, je voulais profiter. A l'hôtel ils m'ont dit que la promenade le long du port ici était toujours très animée. Je suis servi.

— C'est le moins qu'on puisse dire. Vous reprenez des couleurs. Tout à l'heure vous étiez livide. J'ai cru que vous aviez vu un fantôme.

— Euh… oui… c'est un peu ça. J'ai cru reconnaître une fille que j'ai connue.

— Quelle coïncidence ! insiste Yvette un rien sarcastique.

Rester cohérent, surtout rester cohérent.

— Non, ce n'est pas une coïncidence. Ça n'a rien d'une coïncidence. C'est… disons plutôt une obsession. En fait ce n'est pas elle, ça ne peut pas être elle. Comment vous dire ? C'est un visage qui me hante, une copine de fac qui est décédée. C'est récent et quand je suis fatigué j'ai tendance à la voir partout.

Hum… Bon acteur, doué. Il cherche à m'attendrir et à m'embarrasser pour que j'évite de lui poser des questions, se dit Yvette. Il va obtenir l'inverse, j'ai horreur qu'on me balade.

— Et donc, vous avez entraperçu quelqu'un qui lui ressemblait, là-bas, près de la galerie ?

— Oui, c'est exact.

Oui, c'est exact ! Greg se mord la lèvre. Mais pourquoi a-t-il répondu ainsi : Oui, c'est exact !

Une réponse d'accusé au cours d'un interrogatoire ! La forme de sa question aussi, avec ce "Et donc" d'introduction ! Difficile de rester aux commandes quand on n'a pas la conscience bien nette. En plus, cette fille a une façon d'insister, de le regarder, il se sent sondé… Greg passe sa main dans ses cheveux en lui souriant. La bouche d'Yvette s'amollit un peu. Toujours efficace ce geste ! Il ne lui est donc pas indifférent. Bien sûr que non, sinon, elle ne l'aurait pas invité à se joindre à elles. Les Françaises draguent-elles toutes de cette façon-là ? Directe ? Etrange. Cette femme lui fait peur et l'attire à la fois. Sentiment ambigu. Elle s'est inquiétée pour lui, il devrait en être touché et opter pour la confiance. Mais quelque chose le retient.

Il se laisse aller à la dévisager. Après tout, Luc Pépin n'est pas timoré. Il a joué au dragueur tout à l'heure pour traverser la route devant la BM, pourquoi ne pas continuer ? Un petit minois charmant cette Yvette, bien qu'ambigu. Ambigu, oui, décidément cet adjectif lui colle à la peau. Sans maquillage elle fait un peu mec. Ce n'est pas sans charme. Cela signifie que, avec elle, les choses ne sont pas aisées à acquérir, et malgré ses attitudes avenantes elle n'est pas facile à conquérir. Pour découvrir son vrai visage, il faut le vouloir, ou le mériter, ce qui, comme tout défi intellectuel, ne déplaît pas à Greg. Des seins en pomme hauts sous le tee-shirt qui ne lui déplaisent pas non plus. Soutien-gorge à bretelles larges, modèle plutôt sportif. Elle l'est d'ailleurs, sportive, à n'en pas douter. Les bras sont musclés, la cuisse bien dessinée. Assise comme elle l'est, l'étoffe de son jean large moule ses formes. Ventre plat et une taille bigrement fine. Allure tonique. Probablement plus âgée que lui de quelques années. Hum… Le sourire de la belle s'est un peu crispé. Elle tique. Elle a vu que Greg était en train de passer la revue de détail. Jeu de pouvoir inversé. Le sucre du soda a fait son effet, les neurones de Greg sont reconnectés.

— Tatie, tu viens zouer avec moi ?

Le petit neveu commence à s'ennuyer sur sa chaise. Envie aussi d'attirer l'attention, sa mère n'en a que pour le bébé. Et Yvette, depuis l'arrivée de Greg, ne s'intéresse plus beaucoup à lui.

— Oui, Gabi, dès que tu auras fini ta grenadine. Allez, bois ! Vous êtes descendu où, Luc ?

— Un hôtel à La Ciotat. Et vous, vous êtes en vacances ?

— Marie habite à Toulon, moi je suis venue la rejoindre pour juillet.

— Parisienne ?

— Euh... oui, ça se voit tant que ça ?

— A part Marseille, Lyon et Paris, je n'ai pas beaucoup de noms de villes françaises à mon répertoire. Je suppose que les Marseillais ne viennent pas en vacances si près. Et vu la proportion de métropolitains, c'est mathématique, j'avais deux chances sur trois ! J'aime beaucoup les mathématiques.

— Bien vu.

— Merci. Et sinon, vous, à part prévenir les évanouissements, vous faites quoi dans la vie ?

— L'administration. Mais vous auriez pu le supposer. Même calcul que précédemment. En France, pratiquement un actif sur deux est fonctionnaire. Vous n'aviez pas de grandes chances de tomber à côté.

— Tatie, tatie, implore le petit Gabriel qui s'impatiente. T'as ton pistolet, dis ? Tu veux pas me le prêter, dis ?

— Gabi, ça suffit ! gronde immédiatement Marie.

La sœur d'Yvette n'avait pas participé à la conversation une seule fois, comme si elle restait en retrait pour ne pas gêner la fonctionnaire. Fonctionnaire… musclée… bigrement curieuse et ambiguë. Greg sourit.

— De police ? N'est-ce pas ? Fonctionnaire de police ?

65

— Viens.

Sachs a emmené Alessandra dans l'atelier.

— Viens, insiste-t-il. Je veux te montrer ce que j'ai peint cet après-midi pendant que tu dormais.

Il la conduit devant le tableau et vient se plaquer tout contre elle dans son dos. Il fait glisser ses bras le long des siens. Tel un marionnettiste qui anime une poupée, il lui saisit les poignets pour guider ses mains, paume à plat sur la toile fixée au chevalet.

— Dis-moi ce que tu sens.

Alessandra imprime sous sa peau les reliefs de la peinture.

— Comme deux couches superposées, deux tonalités. Un fond moins épais déjà très sec, et, par-dessus, une peinture si épaisse qu'on la croirait au couteau. Par endroits elle est à peine sèche, je vais barbouiller ton tableau.

— Aucune importance, je l'ai peint pour que tu l'explores. Je l'ai peint pour toi et par toi. J'ai peint ce que je voyais de toi quand tu étais en proie au cauchemar.

A ces mots, Alessandra ôte aussitôt ses mains de la toile. Sachs resserre son étreinte, son corps comme un étau. Il la cloisonne pour éviter qu'elle ne se dérobe. Il la soutient, il la tient, il l'entoure, il la conduit.

Il ne la lâchera pas.

Elle repose ses mains sur le tableau.

Ce rêve est revenu depuis l'agression de dimanche, il avait disparu il y a bien longtemps. Un rêve récurrent, un cauchemar d'enfant. Elle l'a fait jusqu'à son départ définitif des institutions des pays de l'Est. Dans le maigre dossier qui lui a été transmis, la première mention d'un placement en orphelinat est celui de Kiev. Puis plusieurs fois elle a été déplacée. Plus de six fois dans son souvenir. Dans la même région ? Des structures éloignées les unes des autres ? Elle n'en a aucune idée. Ils droguaient les enfants pendant les transferts. Lorsqu'elle se réveillait l'environnement avait changé. Mais dans ses papiers il n'est mentionné que le premier, l'orphelinat de Kiev, et le dernier, à Kichinev en Moldavie, tout près de la frontière roumaine. Elle avait été parquée, oui on peut le dire ainsi, parquée avec les enfants malades, ceux dont on n'espérait plus rien, dont on attendait la fin parce qu'il n'y a pas de moyens pour les soins. On l'avait mise dans l'aile des sidéens, pensant que sa cécité était due à un stade terminal. Un mouroir pour ces enfants de la honte souvent abandonnés par leurs propres parents. Une organisation humanitaire dans le cadre d'une action pour le droit à la dignité avait rapatrié certains enfants pour qu'ils soient soignés. Elle s'est retrouvée hospitalisée en France. Un lit pour elle avec des draps, une chambre chauffée, des repas plusieurs fois par jour, des attentions douces et des voix aux intonations maternelles. Comme elle avait aimé ses voix ! Comme elle s'y était accrochée ! Il ne lui avait pas fallu deux mois pour comprendre le français et à peine plus pour qu'elle commence à le parler. Les cauchemars en russe avaient cessé à cette période. Elle avait sept ans.

Sachs invite les mains d'Alessandra à caresser la toile.

— Ici, un espace bas, et, là-dessous, une petite fille qui se débat.

Le corps d'Alessandra se crispe. Elle tente à nouveau de soustraire ses mains au tableau. Sachs la maintient.

— Je suis là. Je ne te lâcherai pas.

— J'ai peur Sachs.

Les larmes coulent de ses yeux.

— Je ne veux pas.

— Tu ne veux pas quoi, Alessandra ?

Elle tente de se reprendre, elle gonfle son ventre à chaque inspiration pour allonger son souffle et éloigner la panique.

— Quand j'étais enfant, à l'orphelinat, je faisais un rêve récurrent. Ce cauchemar a ressurgi après l'agression. Les traumatismes enfouis je suppose.

— Décris-moi le cauchemar.

Alessandra tremblante se concentre sur sa respiration.

— Je me débats parce que quelqu'un s'approche de moi, je ne veux pas qu'il s'approche.

— Pourquoi tu ne veux pas qu'il s'approche ?

Des spasmes sillonnent les muscles d'Alessandra. Sachs a besoin de toute sa force pour lui maintenir les bras.

— Pourquoi tu ne veux pas qu'il approche ?

— Je ne veux pas, non, je ne veux pas.

La voix d'Alessandra s'est mise à moduler les inflexions de celle d'une enfant.

— Je ne veux pas, non !

Ses jambes tressautent, prêtes à lancer des coups de pied. Sachs resserre son étreinte.

— Non, je ne veux pas, non ! Je ne veux plus avoir mal à la tête, non je ne veux pas.

Elle allait rajouter “maman” ! Elle allait appeler au secours sa mère, elle allait l’appeler en russe ! Et ce cri du fond de sa mémoire, et ce cri du fond de son désespoir, elle le retient. Sa conscience revient immédiatement au présent. Elle cherche à reprendre le contrôle en bloquant le circuit de l’air dans ses poumons. Son ventre se durcit, elle ne se laissera pas envahir par le souvenir. Elle ne respire plus que par le haut de son corps. Sachs, le buste plaqué contre son dos, perçoit immédiatement la différence. Elle s’est volontairement coupée de son ressenti. Elle se met à parler avec calme comme si rien ne l’avait bouleversée.

— C’est un rêve comme le font tous les non-voyants, tu sais. Le moment où, pour eux, tout a basculé. L’inconscient y revient sans arrêt comme s’il pouvait changer le cours du temps et réorienter la réalité. Enfant je ne rêvais que de voir. Dans les orphelinats soviétiques c’était pour moi synonyme de survie. Quand j’ai été rapatriée en France et que je me suis sentie en sécurité, j’ai accepté ma cécité.

— Le moment où, pour eux, tout a basculé ? Qu’est-ce que tu entends par là ?

— Le moment où la personne est devenue aveugle, répète-t-elle agacée.

— Donc dans le cas d’une cécité qui survient par accident ou par maladie, c’est ça ? précise Sachs.

— Oui.

— Je ne suis pas sûr de bien comprendre Alessandra. C’est un type de rêve que font également les aveugles de naissance ? Parce que c’est ce que j’ai cru comprendre, n’est-ce pas ? Tu es aveugle de naissance ?

66

— Oui, de police, confirme Yvette. C'est cela, fonctionnaire de police. J'espère, Luc, que ça ne vous met pas mal à l'aise ?

— Non, au contraire, du coup je me sens plus en sécurité, et…

— Et ? reprend Yvette pour l'inviter à terminer sa phrase.

Greg lui offre un sourire un tantinet mystérieux puis lui répond en la regardant droit dans les yeux.

— Et je dois bien vous avouer que cela vous rend encore plus attirante.

L'étudiant est lui-même surpris de son aplomb.

La vida es un carnaval.

Le bar d'à côté a monté le volume. Le refrain de la chanson d'Isaac Delgado est repris en chœur par des danseurs de salsa qui échangent leur cavalière dans une *rueda* endiablée. Greg sourit. Le monde tourne, les jeux de la vie restent inchangés. Le refrain le rattrape.

Oui, "*la vida es un carnaval*". En tout cas, un masque vient de tomber.

Greg s'absorbe dans la dégustation de son Coca pour se donner quelques instants de réflexion.

Il devient donc évident que ce n'est pas le hasard qui a poussé Yvette à établir un contact. Il est repéré. Mais pourquoi n'a-t-il pas droit au même sort que Nicholls ?

Nicholls !…

Oui, “*la vida es un carnaval*” et il y a un masque qu’il n’avait pas discerné. Nicholls lui a menti tout à l’heure, il en est sûr. Incroyable qu’il n’ait pas compris ! Valérie Leboisjoli, la sorcière enchantée qui offre des vacances de rêve… Comment Nicholls a pu connaître et utiliser un réseau pour le faire sortir du pays avec des faux papiers s’il est du côté du gouvernement ? Dans le puzzle du scientifique qui a des remords, cette pièce n’a pas sa place. Impression de vertige, comme si son corps se vidait de son sang, instantanément. Greg cherche une contenance en finissant son verre mais il a l’impression de se dégonfler comme un ballon de baudruche. Confiance sapée.

67

Sachs a desserré son étreinte et Alessandra s'est retournée pour lui faire face. Elle est toujours dans ses bras mais, à la tension de son corps contre le sien, il sent qu'elle ne s'y abandonnera pas.

— Il faut que je te dise quelque chose, Sachs. Quelque chose d'important.

— Je t'écoute.

Elle s'écarte de lui, se donne du temps pour trouver les mots.

— Il est rare qu'une relation entre un voyant et un non-voyant fonctionne. Sais-tu pourquoi ?

La colère est perceptible dans sa voix.

— Non, répond Sachs.

— Dans le couple voyant-aveugle, le voyant n'a pas fait le travail d'acceptation que la vie, nous, nous contraint à mener si nous voulons qu'elle soit supportable. Alors, le voyant est toujours à l'affût d'un moyen qui nous guérirait de notre cécité. Je ne peux pas répondre à la question que tu m'as posée. Est-ce que je suis aveugle de naissance ? Je ne sais pas. Pour être sincère, je ne sais pas. Mes parents n'ont pas vécu assez longtemps pour me l'expliquer. J'avais trois ans lorsqu'on m'a conduite pour la première fois dans un orphelinat. Je n'y voyais pas. En France les diagnostics étaient sans appel, cécité fonctionnelle, probablement congénitale. Pour eux je n'ai jamais vu. Pour moi, est-ce que j'ai vu avant cet âge ? Je ne peux pas le savoir Sachs. J'ai peut-être des souvenirs visuels qui interviennent dans ma structure mentale, mais comment veux-tu que je le sache ? Je ne peux pas comparer. Il est essentiel que tu comprennes que, aujourd'hui, je ne souffre pas de ma cécité.

— J'entends tout ce que tu me dis. Tout. J'entends. Mais aujourd'hui, répond Sachs en insistant sur ce mot qu'il reprend, aujourd'hui, il se passe dans ta vie des choses qui ne se sont pas passées avant. L'enlèvement, l'agression, les effractions… C'est chaotique autour de toi en ce moment, et également à l'intérieur de toi. Aujourd'hui, les larmes, toutes ces larmes que tu as tant retenues, sont en train de forcer le barrage de ton inconscient. Ne rate pas le rendez-vous.

Les épaules d'Alessandra s'affaissent imperceptiblement. Elle sait que Sachs a raison, elle sait que le discours qu'elle vient de lui tenir n'était destiné qu'à l'écarter, elle, de sa propre émotion. Elle n'est pas dupe du jeu de pouvoir qu'elle a tenté de mener. Elle était prête à repousser Sachs pour se soustraire aux souvenirs qui surgissent de son passé.

Ce passé qui la rattrape.

Dans les sombres de sa mémoire, il existe peut-être des verrous qui l'empêchent de se laisser aller.

Oui, son passé la rattrape. Ou peut-être est-ce elle qui y revient ?

Trouver les clefs qui y sont restées pour poursuivre le chemin ?

Les larmes coulent à nouveau le long de ses joues.

— Je peux te faire écouter, Alessandra, ce que tu répètes dans ton cauchemar, j'ai enregistré ta voix. Je n'ai pas pu comprendre. Tu t'exprimes en russe. Veux-tu entendre ?

Alessandra acquiesce, elle cherche à s'asseoir. Sachs la conduit jusqu'au canapé. Elle tremble. Il enclenche le dictaphone. Au premier mot rien qu'à l'intonation de voix, Alessandra, livide, se recroqueville dans les coussins.

— Я не хогу. Я больше не хочу видеть темноту.

Sous ses paupières fermées, ses globes oculaires s'agitent en tous sens.

— Я не хогу. Я больше не хочу видеть темноту.

Son dos se tasse encore, elle cherche à s'enfoncer dans le cadre du dossier, elle lève ses mains vers ses yeux, dans un geste conforme à l'esquisse sur le tableau de Sachs.

— Я не хогу. Я больше не хочу видеть темноту.

Un cri déchirant. Alessandra a rouvert les yeux brusquement.

68

Sous certains aspects un interrogatoire est comparable à une partie de poker. Le véritable joueur joue l'adversaire plutôt que les cartes surtout lorsqu'il n'a pas d'atout en main. Ce qui est le cas d'Yvette à sa table de bar. Alors elle lit son adversaire, elle est attentive au moindre signe de sa part. Pendant que son "Luc Pépin" sirotait son Coca, elle s'est repassé la scène autour du mime. Flash-back de quelques secondes. En fait lui et Andrew Nicholls regardaient bien dans la même direction avant que les deux gros bras ne fassent leur apparition. Ce n'est pas l'action qu'ils ont menée sur Nicholls qui a attiré l'attention du Canadien. Il regardait déjà dans une autre direction, vers cette galerie, sur laquelle, maintenant, il s'efforce de ne pas se retourner. Pourtant il en a très envie. Tout son corps le dit. Epaule, buste, bassin, cuisses invitent sa silhouette à un même mouvement qu'il refrène.

Pour Yvette, ce gars est courageux mais il n'a rien d'un dur. Trop émotionnel. Il a déjà manqué défaillir tout à l'heure et, là, il n'a pas l'air très bien. Il l'a joué au bluff mais lui non plus n'a rien en main. Elle relance.

— Ça vous dit, Luc, d'aller faire un tour à la galerie d'art, juste au coin ?

Il se retourne promptement – la corde d'un arc qu'on vient de lâcher – et joue l'étonné. Il fait mine de découvrir l'existence de la galerie. Yvette a misé juste.

— Euh… Ah ! Oui ! Juste là ? Oui, pourquoi pas ?

69

Sachs a pris Alessandra dans ses bras, elle est secouée de sanglots. Encore sous le choc, elle ne parvient pas à articuler correctement.

— Là. C'est fini, je suis là. Ça va, tout va bien. Ça va aller maintenant. Tu veux de l'eau ? Je vais te chercher à boire ?

Elle acquiesce d'un signe de tête. Sachs s'empresse et descend à la cuisine.

Dès qu'elle entend les pas décroître dans l'escalier, Alessandra se lève. Elle se dirige vers le chevalet et cherche les palettes. Ses doigts s'enfoncent dans la peinture et du bout de l'index droit elle trace des lettres.

Elle écrit ses maux.

Légende au tableau.

JE NE VEUX PLUS LE NOIR DANS MES YEUX.

Fracas de verre brisé. Alessandra sursaute.

Sachs, de stupéfaction en lisant la phrase, a lâché la carafe qu'il tenait à la main. Alessandra n'ose plus bouger, elle est pieds nus, le verre, gerbe d'étincelles glacées, a égratigné ses chevilles.

— Ne bouge pas, Alessandra, je vais ramasser.

A la recherche du balai, Sachs se prend les pieds dans des cadres tendus de toile vierge, il trébuche.

Il n'ose plus penser. Il n'a pas vu Alessandra en train d'écrire, il n'a pas vu comment elle a procédé.

Il ne sait pas qu'elle peut le faire en guidant de l'index de sa main gauche, qui va servir de repère, celui de sa main droite. L'index gauche se déplace horizontalement et le droit lui tourne autour, monte et descend. C'est un apprentissage nécessaire que tout aveugle se doit de faire s'il veut acquérir une certaine autonomie dans la vie courante. Ils apprennent à signer de cette façon. Mais Sachs n'a pas eu le temps de l'observer. Alors il se demande, là, si elle voit.

— "Je ne veux plus le noir dans mes yeux." Voilà ce que je dis en russe dans mon cauchemar, Sachs. "Maman, dis à papa que je ne veux plus le noir dans mes yeux. Non, papa, s'il te plaît, je ne veux pas."

Et tandis que Sachs à ses pieds ramasse le verre brisé, les larmes d'Alessandra lui coulent sur la nuque.

70

Même si Paul aime les enfants, un môme aux doigts collants n'est jamais le bienvenu dans une galerie. Par politesse malgré tout, il s'exécute dans un sourire pour aider la jeune mère à passer son landau par-dessus la contremarche du perron.

— Waouh !!!

Le petit Gabi est en extase. Pas d'affolement, ce n'est pas une révélation artistique qui le prend, seulement les dimensions de l'écran plasma qui suscitent son admiration. Il court s'installer dans le fauteuil design qui lui fait face. Des images d'autres expositions de Sachs passent en boucle. Les petits pieds commencent à tambouriner d'impatience sur le cuir rouge. Alors quand est-ce que ça commence ?

Greg s'est mis à flâner devant quelques toiles mais très vite lui aussi il se laisse attirer par les images de l'écran plat. Expo à San Francisco, circuit dans la Napa Valley, une boucle est bouclée : il retrouve les informations qu'il avait glanées sur Internet pour proposer un week-end à Nicholls. Première bascule des dominos qui l'ont entraîné jusqu'ici. Au moins sur ce point, le vieux prof ne lui a pas menti.

Le portable d'Yvette vient de jouer du vibrato dans sa poche. Elle se place en retrait derrière un pilier.

— Yvette, c'est Jo.

— Peux pas parler.

— Peux-tu écouter ?

— Ouais, vas-y.

— Ton Luc Pépin est bien canadien. Je te confirme, né le 19 septembre 1981. En règle. Pas de casier. Rien de particulier. Il était bien sur le vol de cet après-midi, Montréal-Marseille. Ta descrip est conforme, à part la taille, tu l'as pas vu un peu trop grand ? C'est un mètre quatre-vingts.

— Date des données ?

— Passeport de septembre 2005.

Yvette fait la moue. A vingt-quatre ans on ne grandit pas de quinze centimètres et elle est certaine de son estimation, parce que, elle, elle les fait, les un mètre quatre-vingts. Il la dépasse d'une tête.

— J'suis sûre pour les un mètre quatre-vingt-quinze.

— Bon, et pour Andrew Nicholls, t'es sûre que c'était lui ?

— Sans aucun doute, Jo.

— Ben j'peux rien dire de plus. Le patron s'est fait souffler dans les bronches. En fait le service mystère qui devait prendre le relais s'est fait larguer. Le vieux les a semés comme un pro en pleine ville, ils ont perdu sa trace et ils étaient furax. Ça nous est retombé dessus parce qu'il y a une information qu'on a loupée pendant la filature. La putain qu'il a fait monter, tu te souviens ? On ne l'a pas interrogée.

— On était en filature, je vois pas pourquoi on aurait dû le faire.

— Ouais, bien sûr, mais comme ils ont perdu la trace du vieux, ils ont épluché notre rapport et, forcément, ils ont essayé tous les débuts de pistes possibles. Ils ont retrouvé la pute.

— Et alors, résultats des courses ?

— On a pris le ragoût, et il y aura de beaux restes pour toi, je te le dis, car, interrogatoire ou pas, le boss t'a mis la boulette sur le dos.

— Quelle boulette ?

— Sa nationalité ! Selon lui t'aurais dû te rendre compte qu'elle était d'origine russe !

— On avait au moins une chance sur deux pour qu'elle le soit, les Blanches viennent presque toutes de l'Europe de l'Est maintenant, je vois pas où ça pose un problème. En plus, je l'ai pas entendue causer, la fille.

— Selon lui t'aurais dû ! Bon on a arrangé le coup en insistant sur le fait que si ces cons ne s'étaient pas fait semer notre filature n'aurait pas été passée au peigne fin. Alors écoute ma poulette, profil bas. Ça serait bien qu'ils nous oublient un peu. De toute façon, sur le coup du Ricain, c'est tout le service qui est grillé. Ils ne nous remettront pas sur cette affaire. Et puis même si ça n'a pas l'air évident comme ça, là, tu es en vacances. Allez, va faire la fête, Yvette !

71

— Dans ce rêve, répète Alessandra debout au milieu du verre brisé, dans ce rêve, on veut me forcer à boire quelque chose qui me donne horriblement mal au crâne. Oh, oui ! Je me souviens de ça. Oh Sachs si tu savais ! Une douleur terrible derrière les yeux.

Alessandra a posé ses mains sur la tête de Sachs toujours penché à ses pieds. Elle a posé ses mains pour se raccrocher à lui, s'appuyer, se retenir, ne pas perdre pied. Elle ne se rend pas compte que ses doigts serrent son crâne comme si elle voulait lui faire ressentir la violence de sa réminiscence.

— C'était comme une roue de torture installée dans la base de mon cerveau qui enroulait sur eux-mêmes mes nerfs optiques pour m'arracher les yeux de l'intérieur, oh oui ! Je me souviens de ça !

Sachs se relève lentement et les mains d'Alessandra glissent sur son visage qu'elle ne lâche pas. Il n'ose pas la questionner directement. Il ne sait toujours pas, là, si elle voit. Son regard est fixe, elle n'accommode pas, mais sa façon de tenir le visage de Sachs entre ses mains montre à quel point elle cherche à être entendue, à être comprise. Le souffle de Sachs est court. Conscient qu'un rien pourrait refermer la porte des souvenirs jusqu'alors enfouis, Sachs cherche comment reformuler ce qu'elle vient de dire pour l'inviter à aller encore un peu plus loin.

— C'était un médicament, c'est cela ? Un médicament que ton père te donnait pour te soigner de ces douleurs.

Les bras d'Alessandra se tétanisent, ses iris font des aller-retour incessants entre le bas et la ligne médiane de son regard.

— Mon Dieu !

Les bras d'Alessandra sont tombés le long de son corps, son regard est parti vers le haut, la bouche entrouverte, elle a l'air hébétée, abasourdie par ce qu'elle vient de réaliser. Ses épaules se relâchent comme si toute la tension coulait hors de son corps.

— J'ai vu ! Sachs, j'ai vu !

Mais quand ? Là ? A l'instant ? Avant ?

— J'ai vu Sachs ! J'en suis certaine ! J'ai vu quand j'étais enfant. Tu ne comprends pas ?

Alessandra a porté la main devant sa bouche, elle est stupéfaite.

— Oui, j'ai vu sinon je n'aurais pas pu écrire ça !

Le sang de Sachs bat à tout rompre dans ses tempes. Voit-elle ? Vient-elle de voir ? Alessandra se retourne sur la toile qu'elle se met à caresser du bout des doigts.

JE NE VEUX PLUS LE NOIR DANS MES YEUX.

— Est-ce que tu comprends Sachs ? Est-ce que tu comprends ? J'ai vu, Sachs. Entre deux et trois ans, je voyais. C'est une évidence. Un enfant né aveugle n'a pas la notion de couleur et encore moins de noir à cet âge, ce n'est pas concevable. Souviens-toi, le jeu des formes que je glissais dans des entailles. Je n'ai compris la notion de couleur et je n'ai pu appréhender l'idée du noir que quand j'avais dix-sept ans ! Certains aveugles ne sont même jamais capables de le concevoir. Est-ce que tu comprends ? La petite fille de trois ans qui prononce ces mots-là ne peut le faire que si elle a vu !

72

Le petit Gabi a les paupières lourdes devant l'écran plasma qui poursuit inlassablement sa boucle. En revanche l'esprit de Greg vient de se mettre en arrêt sur image. Il a reconnu dans le clip l'artiste en compagnie d'une jeune fille, celle qui a fait disjoncter Nicholls. Une belle rousse, élancée, gracile. Il l'a entraperçue tout à l'heure lorsqu'il est arrivé près de la galerie avant d'apercevoir Nicholls et de voir les deux gros bras fondre sur lui. Elle était au bras d'un homme que Greg n'a pas détaillé, mais dont l'allure semble conforme à l'artiste qui est présenté.

La vidéo exécute son manège, les images qui intéressent Greg passent à nouveau. Elles ont été tournées ici, dans la galerie, il reconnaît la décoration et les tableaux. Il essaie de mémoriser tous les détails. Les barrettes chinoises dans son chignon, le vert de sa jupe, la finesse de ses membres, taches de rousseur, lunettes teintées.

Yvette a l'air occupé au téléphone alors il s'approche de Paul Turbaud.

— Excusez-moi, mais ? La vidéo qui passe ? Elle a été tournée pendant le vernissage il y a quelques jours ?

— Oui, monsieur. Ici même, dimanche soir.

— C'est incroyable… je crois avoir reconnu une personne. Mais c'est bête, je n'ai pas son nom, je crois que je l'ai croisée à un colloque scientifique à Moscou. C'était un nom russe, Losso… Lossonossov peut-être, je ne suis pas sûr, je n'ai pas retenu. Mais son visage ! Une femme d'une grâce… Elle est difficile à oublier.

— Ha ! Vous devez parler d'Alessandra, Alessandra Nicolaïev ?

— Alessandra Nicolaïev ? Oui, c'est cela, Alessandra Nicolaïev ! C'est incroyable, le hasard ! La croiser en France, le monde est décidément bien petit.

— Oui mais vous arrivez trop tard. Elle est déjà fiancée, ajoute Paul à la fois pour plaisanter mais aussi pour protéger Sachs.

— Le contraire serait étonnant. Une si belle fille. Et puis vous savez, je ne me faisais guère d'illusions. Mais ça me ferait plaisir de la revoir. Vous ne savez pas si elle doit repasser par ici ?

— Probablement, laissez-moi vos coordonnées, je lui ferai part de votre passage.

— Euh… oui… hésite Greg quelques secondes, le temps d'évaluer si c'est une imprudence. Je suis descendu à l'hôtel en fait, mais je crains que mon nom ne lui dise rien. Peut-être me reconnaîtra-t-elle en me voyant mais… Remarquez… Pourquoi pas ?

— Allez-y je note.

— Luc Pépin au *Mire Baie* chambre 133, dites lui que je l'ai connue en Russie et que j'y ai rencontré son père, elle devrait me remettre.

73

Alessandra rit et pleure à la fois. Fourmillements dans sa tête, sous son crâne, sous la membrane fine qui recouvre son cerveau. Chatoiement de neurones, valses de clefs, souvenirs en trousseaux.

Défragmentation, reprogrammation.

— J'ai lu, Sachs. J'ai lu dans ma mémoire plus loin que je ne suis jamais allée.

Les souvenirs abondent, elle voudrait raconter.

Par où commencer ? Tant d'effervescence ! Elle s'assoit, se relève, s'assoit à nouveau, étrangle un sanglot dans un départ de rire. Sachs lui attrape les poignets pour qu'elle cesse de s'agiter.

— Que ressens-tu, Alessandra ? Décris-moi !

— D'abord un lien, Sachs. Oh oui ! Un lien ! Avec ma mère, avec mon père, leur souvenir est donc vivant en moi ! Et ils étaient donc vivants lorsque j'avais trois ans ! Je n'ai eu aucune information sur eux, je ne connais même pas mon véritable nom. Alessandra Nicolaïev est un nom qui m'a été donné dans une institution. Je suis née à la fin des années 1970, transférée d'un pensionnat à l'autre, c'était la misère en Russie, les dossiers n'ont pas suivi, ou peut être ont-ils été détruits. Je ne sais pas. Je ne sais pas quand mes parents sont morts, je ne sais pas comment.

Les larmes roulent sur ses joues.

— Là, Sachs, je découvre que je porte un souvenir d'eux vivant en moi. C'est presque insaisissable, mais c'est là, c'est là au fond de moi. Je peux prendre appui, tu comprends, explique-t-elle en riant. Il y a un début, il y a un pourquoi, il y a un sens ! J'ai une origine… même si…

Elle blêmit.

— Même si ?…

Elle ne répond pas, l'air absent. Sachs s'affole, culpabilité, responsabilité, après tout c'est lui qui l'a poussée. Il craint que le choc émotionnel ne fasse basculer sa raison. Il presse ses mains entre les siennes.

— Alessandra, il faut que ta conscience reste au contact de la mienne, Alessandra, réponds-moi.

Son menton tremble.

— Mon père, Sachs… Oh non ! Ce n'est pas un médicament qu'il me donnait. C'était un poison qui provoque la cécité.

74

Même opération que pour l'entrée en scène. Paul, tout sourire, dans le sens de la sortie cette fois, aide la sœur d'Yvette à soulever la poussette.

— Au revoir, messieurs dames, bonne soirée.

Dès que l'équipée s'est éloignée, il troque son masque souriant pour un front soucieux.

— Anna, nous allons fermer.

— Déjà, monsieur Turbaud ? Mais il est à peine 22 heures.

— Oui, je sais.

— Quelque chose ne va pas monsieur ? s'inquiète la secrétaire.

— J'en ai marre. Eteignez s'il vous plaît, la lumière les attire. Entre nous, il n'y a que des bourrins ce soir. Je vais fermer la grille.

"Peut-être me reconnaîtra-t-elle en me voyant", Paul se remémore les mots de Luc Pépin et il se mord les doigts. En plus il lui a donné son nom ! Un bleu ! Il s'est fait avoir comme un bleu ! "Peut-être me reconnaîtra-t-elle en me voyant." C'est évident : cet homme ne connaît pas Alessandra ! Paul aurait pu se dire qu'elle a joué le même tour à ce jeune type qu'à lui, à savoir celui de dissimuler sa cécité et d'entretenir la méprise. Mais il y a les ecchymoses sur la peau de lait d'Alessandra, sa fébrilité lorsqu'elle est arrivée en tout début d'après-midi pour retrouver Sachs, ses paupières gonflées d'avoir pleuré lorsqu'elle est descendue de l'atelier. Alors les questions de ce grand échalas ne lui disent rien qui vaille, il est venu à la pêche aux renseignements.

— Sachs ?

Paul a décroché le combiné de l'interphone.

— Oui, Paul, un problème ? répond Sachs étonné que son agent le dérange.

— Je crois. Quelque chose de bizarre. Nous avons eu la visite d'un gars qui a laissé ses coordonnées. Il voudrait qu'Alessandra le rappelle. Il dit l'avoir rencontrée en Russie et connaître son père.

Sachs n'en croit pas ses oreilles et il a besoin de s'accorder un temps de réflexion avant d'expliquer à Alessandra ce qu'il vient d'entendre.

Que se passe-t-il ?

Se retrouve-t-il pris dans le dessein hallucinant d'escrocs imaginatifs ou dans le fonctionnement d'une réalité qui lui échappe ? Jamais il n'a vu des liens aussi tangibles entre le cheminement intérieur d'une personne et les événements qui surviennent. Alexandra extrait un souvenir de ses parents du plus profond de son inconscient et, dans l'instant qui suit, un homme mystère vient lui donner des nouvelles de son père ? Elle est quoi ? Une comédienne hors pair ? Une artiste géniale qui aurait le pouvoir de rendre vivants autour d'elle les personnages de son tableau ? Mais elle est quoi ?! Une Grande Marionnettiste ? De son cœur partent des fils qui animent les hommes comme des pantins ?

Sachs se sert un verre, un whisky plutôt tassé. Puis il en sort un second pour Paul à qui il vient de demander de monter.

75

— *Hôtel de la Corniche*, bonsoir. Helena à votre service. Que puis-je pour vous ?

— Bonsoir. Lieutenant Yvette Leguennec. Nous voudrions savoir si un certain Luc Pépin a pris une chambre chez vous.

— Restez en ligne, lieutenant, je consulte le fichier.

Le pied d'Yvette bat la mesure. Elle n'en démord pas. Pour elle, son Canadien a rapport avec son affaire même si le passage à la galerie ne lui a rien appris. Elle ne le lâchera pas comme ça. Ils ont fait un petit tour sur le port. Sa sœur Marie commençait à fatiguer, le petit Arthus à brailler. Yvette n'a pas trouvé le moyen d'obliger son prétendu suspect à rester. Malgré le charme qu'elle a pu déployer, il ne lui a pas proposé de venir le rejoindre dans sa chambre d'hôtel. Et en ce qui concerne le nom de l'hôtel où il serait descendu, elle en est quasi sûre, il lui a menti. Plus elle essayait de le questionner et plus il se fermait.

— Non, lieutenant, le nom de ce client n'apparaît pas dans nos fichiers.

— Vous êtes sûre ?

— Certaine, il y a autre chose que je puisse faire pour vous ?

— Non. Je vous remercie.

Soupir. Yvette referme son portable d'un geste sec manquant de peu d'y coincer le nez d'un jeune adolescent qui se tient juste derrière elle dans la file d'attente aux caisses du parking. Il s'était rapproché pour écouter. Une jeune flic en civil, en pleine enquête qui plus est, fantasme assuré.

Yvette souffle. Encore un qui n'a pas de monnaie ! Elle n'est pas encore à l'extérieur du parking ! Après la queue à la caisse, l'attente est longue dans les allées pour atteindre les barrières de sortie. Sa sœur lui avait dit que Sanary avait la cote, elle n'en imaginait pas l'ampleur. Ils en ont au moins pour une heure !

Elle essaie un second numéro d'hôtel sur La Ciotat.

— *Le Mire Baie*. Réception, je vous écoute.

— Lieutenant Yvette Leguennec. Nous voudri…

— Ah enfin ! Je désespérais qu'on me rappelle. Franchement, je ne voudrais pas critiquer l'efficacité, mais depuis 18 heures on aurait eu largement le temps de se faire trucider !

— Excusez-moi. Mais… Vous êtes ?

— Monsieur Delasalle. Le directeur.

— Très heureuse, monsieur, et excusez-nous si nous avons tardé, rebondit Yvette immédiatement, prêchant le faux pour savoir le vrai, avec la surpopulation estivale, nous aussi, nous sommes débordés. Mais je vous écoute.

— Comme j'ai dit à votre collègue, même si nous n'avons pas eu de dégâts, je pense qu'une visite de votre part rassurerait tout le monde et peut-être que vous trouverez certains indices, je ne sais pas…

— C'est possible. Mais pouvez-vous me récapituler les faits ?

— Encore !

— Comme c'est moi qui vais me charger de votre affaire, ce serait mieux, je vous assure. Je vous écoute.

— Deux hommes ont fait irruption dans l'hôtel, explique le directeur sur un ton qu'il veut posé. Ils ont semé la panique à l'étage, une sorte de course poursuite dans les coursives. Ils sont partis comme ils étaient arrivés. Un local à lingerie a été mis sens dessus dessous. Nous n'avons rien compris, ils ont bousculé un ou deux clients et sont repartis.

— Hum, hum... Arrivés et partis comment ?

— Une grosse berline, garée devant le hall, une BMW d'après ma réceptionniste. Personnellement je ne les ai pas vus.

— Elle vous les a décrits.

— Oui, mais je l'ai déjà dit à votre collègue.

— Je comprends, mais, vous savez, les descriptions notées sont moins riches en renseignements que lorsque le témoin s'exprime directement.

— Elle a décrit deux hommes. Ils l'ont impressionnée car ils étaient en costume sombre. C'est ça d'ailleurs qui nous affole. Ce n'est pas le genre de petits voyous qu'on croise habituellement sur la plage. On aurait dit un règlement de compte entre mafieux. Je ne veux pas ça pour mes clients ! Après coup, ma réceptionniste a eu vraiment peur ! Une balle perdue ! Vous imaginez ?! J'ai dû la renvoyer pour ce soir. En plein été, à deux jours du 14 Juillet ! Vous vous rendez compte ?!

— Oui, je comprends. Elle a dû avoir peur. Une balle perdue, dites-vous ? Je croyais avoir compris qu'il n'y avait pas eu échange de coups de feu.

— Non, bien sûr que non ! Mais ça aurait pu. Dans les films...

Dans les films… Oups ! Yvette doit rapidement recadrer le directeur, il va se laisser aller à la propension naturelle des témoins à dramatiser.

— N'auriez-vous pas un Luc Pépin, blanc, vingt-cinq-trente ans, d'origine canadienne dans vos registres ?

— Luc Pépin ? Oui.

Une réponse immédiate, aucune hésitation.

— J'ai l'impression que vous n'avez pas pris le temps de consulter votre registre, vous le connaissez ?

— Non pas personnellement mais il a un nom facile à retenir. En plus, quelqu'un vient juste d'appeler pour lui, c'est moi qui ai pris le message. Il est dans le coup, dites-moi ?

— Non, pas du tout. Il nous a signalé l'événement, c'était juste pour vérifier que nous n'avions pas affaire à un mythomane, invente Yvette satisfaite de sa présence d'esprit.

— Vous me rassurez !

— Je vous en prie. Nous sommes là pour ça. Vous pouvez me dire qui a cherché à le joindre ? Fort possible que ce soit quelqu'un de la maison et si c'est le cas il est inutile que je lui laisse moi aussi un message.

— C'était une jeune femme. Attendez, je cherche parce que, là, le nom était plus difficile à retenir. Ah voilà ! Alexandra Nicolaïev.

76

Alexandra Nicolaïev… Poupée russe, poupées gigognes… L'intuition d'Yvette l'a conduite jusque-là et maintenant elle tire sur ce qui dépasse de la pelote : le russe. Andrew Nicholls avec une prostitué russe. Luc Pépin contacté par une fille russe. Yvette tricote du jacquard autour de la galerie d'art.

— Marie chérie, je te dépose à la maison et je repars. Je peux t'emprunter ta voiture ? Désolée de te laisser en plan.

— C'est le Canadien qui te fait courir si vite ? rétorque Marie sourire en coin, un peu déçue malgré tout.

— Je vais aller le rejoindre à son hôtel mais… pas pour ce que tu crois.

— Oh, si justement pour ce que je crois ! Si c'était pour la bagatelle, je sais moi que tu ne t'y précipiterais pas.

— Marie !

— Dommage ! Comme beau-frère je le trouvais mignon, et puis le Canada ça aurait été sympa comme destination. Mais, comme suspect, il a beaucoup moins d'attrait. Pas l'air d'être un gros bonnet ton gars !

— Désolée, Marie, je peux rien te dire de plus.

Frein à main, warning, claquements de portière. Yvette empoigne le landau. Arthus, petits poings fermés, dort sur sa joue dodue, indifférent à l'empressement de sa tante qui monte quatre à quatre les étages conduisant à l'appartement. Marie suit en soufflant, Gabriel dans les bras.

Une bise, un sourire, un pincement au cœur. Yvette laisse sa sœur avec les bambins. Dans la cage d'escalier, elle a de nouveau le portable en main.

— Jo, c'est Yvette. Urgentissime. Besoin d'un max de renseignements sur Alexandra Nicolaïev.

Touche rappel.

— *Le Mire Baie*, réception, je vous écoute.

— Monsieur Delasalle ?

— Lui-même.

— Rebonsoir, lieutenant Leguennec. Je voudrais savoir si M. Pépin est rentré et a pris connaissance de son message ?

— Oui, lieutenant. Il a passé un coup de fil et il est reparti immédiatement.

Yvette démarre. Jo, son coéquipier, est toujours sur boîte vocale alors elle appelle les renseignements. Pas d'Alexandra Nicolaïev sur Sanary, mais en élargissant aux communes voisines elle trouve une Alessandra avec deux *s* sur la commune de Six-Fours-les-Plages dont le numéro concorde avec celui que son Canadien devait rappeler.

— Désirez-vous être mise en relation ?

— Non, seulement l'adresse par texto merci.

En partant de Toulon, la commune de Six-Fours-les-Plages est juste avant celle de Sanary, à dix minutes à peine. Au jugé, vu que La Ciotat est à plus de trente kilomètres, elle a une chance d'arriver avant son Canadien, si toutefois il se rend au domicile de la Russe. De toute façon elle y fonce, c'est sa seule piste.

77

Office de tourisme de Six-Fours-les-Plages.

L'index droit d'Yvette court sur le plexiglas du plan de ville à la recherche de l'avenue des Ecoles. Vibrato du téléphone. Elle décroche de la main gauche.

— Bonsoir ma poulette.

— Jo !

— Tu m'aimes tant que ça que tu m'appelles jour et nuit ? Surtout la nuit. Tu peux plus te passer de moi ? Je peux l'interpréter comme des avances ?

— Débranche le neurone unique et connecte le cerveau ! Allez, c'est sérieux, t'as quelque chose ? s'impatiente Yvette.

— Ouais, ma belle. Ta Russkof, je l'ai trouvée mais avec deux *s*. Alesssssandra, siffle Jo entre ses dents. Elle tilte rouge sur tous les tableaux.

Yvette ne commente pas. Du bout du doigt elle continue à chercher la rue sur le plan.

— La police est intervenue pas plus tard qu'hier à son boulot. Un institut qu'elle dirige, un institut pour aveugles. Elle est aveugle d'ailleurs ta minette. L'institut de l'Hélianthème. C'est à Six-Fours-les-Plages, commune du Var.

— J'y suis Jo.

Le doigt d'Yvette remonte brusquement de deux cases. Institut de l'Hélianthème. Il figure sur le plan. Elle venait de passer dessus. H5. Touché coulé. C'est à deux rues.

— Une effraction mais pas de vol apparemment. J'ai passé un petit coup de téléphone au commissariat de Six-Fours. La télésurveillance qui a prévenu. Pour le commissaire, c'est un cambriolage d'été. Le dossier va être classé. Mais c'est pas ça qui est vraiment intéressant.

— Allez dis-moi, je suis un peu pressée là.

— Il y a eu un incident au casino de Saint-Cyr dimanche soir. Un joueur en sortant aurait été témoin de l'agression d'une femme sur le parking. Une femme qui jouait à sa table en compagnie d'une aveugle. Il a même rapporté à la police les effets d'un sac que la femme a abandonné après l'agression. Pourtant personne ne semble avoir déposé de plainte. J'ai vérifié dans le fichier du casino, cette Alessandra Nicolaïev y était bien ce soir-là, comme souvent d'ailleurs. Elle a raflé plus de cent mille euros au casino en moins de six mois.

— Ouais…

Ton dubitatif d'Yvette, pas de place pour cette nouvelle pièce de puzzle.

Jo réserve son effet. Pour une fois qu'il est en position d'impressionner sa coéquipière, il savoure.

— En fait c'est plutôt intéressant. Lorsque je vais t'expliquer qu'Andrew Nicholls a utilisé les jeux lui aussi pour amasser des fonds, je suis sûre que tu vas manifester plus d'enthousiasme.

— Comment ça ?

— Ah ! Tu vois que j'ai les moyens de t'exciter !

— Jo, s'il te plaît, arrête de jouer au con, c'est sérieux, je suis en planque là et je vais rater mon suspect.

— D'accord, mais c'est bien parce que je t'aime, ma poulette. Figure-toi que, après qu'on s'est fait relever, dans la soirée, l'Amerloque est allé jouer chez Nathan Tibard.

— Les tables du 16e ?

— Ouais, ma belle. Au poker. Il y a plumé deux pingouins. Voilà un lien de plus : les jeux et c'est pas tout. Ta petite Russe, l'ouverture du dossier des renseignements généraux ne date pas d'hier. Les premières données recueillies datent des années 1980. Elle est surveillée depuis l'enfance : il y a un loup.

— C'est clair. La famille ?

— Ben c'est là que le bât blesse. Justement famille : zéro. *Nada.* Orpheline. Rapatriée de Russie par une association humanitaire, elle avait sept ans.

— Alors je te confirme : il y a un loup. Quoi d'autre ?

— Pas grand-chose pour une nana suivie depuis l'enfance. Il est fait mention de quelques appuis politiques régionaux qui lui ont permis de financer son institut mais elle n'appartient à aucun parti. Elle est au clair avec les impôts. Le seul truc un peu bizarre, c'est trois aller-retour éclair en Sierra Leone. Le dernier, c'était il y a dix-huit mois, avec un gars de son institut. Yannick Delmas. Un ingénieur devenu aveugle, un accident. J'ai regardé de son côté, il n'y a rien de particulier sur lui, un dossier de routine parce qu'il a travaillé sur des sites industriels sécurisés. Industrie pharmaceutique dans la région lyonnaise.

— Rien de plus ?

— En gros, non.

— Et sur Nicholls ?

— Rien sur Interpol. Bien sûr je n'ai pas accès au dossier qui a été transmis au patron. Et rêve pas, je pense pas que j'obtiendrai quelque chose de plus. On peut même pas prononcer son nom, ici, c'est tabou, le patron fait une allergie. Par contre, sur le Net, je l'ai trouvé. C'est un prof d'université, celle de Davis en Californie, un physicien. Il a signé quelques articles, du chinois pour moi. C'est en anglais et à part “Einstein”, c'est tout ce que j'ai pu comprendre.

— Tu peux voir s'il y a un lien avec le Canada ? Conférence, voyage, échange d'étudiants ? Merci, mon Jo, t'es un chou, je te rappelle.

78

L'immeuble d'Alessandra est à trois rues de l'office de tourisme, plein centre-ville, à deux pas également de l'institut. Yvette marche vite, souffle court. Pressée, bien sûr, mais stressée surtout. Pensées contradictoires. Difficile de démêler ce qui de l'intuition ou de l'orgueil motive ses réactions. "Le boss t'a mis la boulette sur le dos", lui a dit son coéquipier. Elle n'apprécie pas du tout. Elle a sacrément envie de lui montrer, à son boss, que si elle avait eu tous les éléments en main aucune piste ne lui aurait échappé.

Intercepter le Canadien pour démêler l'écheveau.

Elle n'a que quelques heures devant elle. Au matin, si elle a de quoi étayer une piste concrète, elle ne pourra pas poursuivre seule. Ce n'est pas l'envie qui lui manque, elle est tentée même. Elle a toujours été tentée. Ambiguïté : d'un côté, le devoir de faire respecter la loi et de la suivre, de l'autre le plaisir exquis de la déjouer. Ambiguïté. Comme celle de la relation avec son père, la fascination qu'elle lui porte, la haine qu'elle lui voue. Il n'apprécierait guère qu'elle déroge aux procédures, et pourtant, là, seule dans ses décisions comme dans ses actions, ce n'est plus au soldat qu'elle joue, c'est à l'espion. Il devrait en être fier, son colonel de père.

Elle hausse les épaules, quoi qu'elle fasse, il ne la reconnaîtra jamais à sa juste valeur, il voulait un garçon.

Une Nissan de location pointe son nez. Celle du Canadien.

Il n'a pas vu Yvette. Il manœuvre pour se garer. Elle tape à sa portière. Sursaut brusque. Il s'est cogné la tête au toit de l'habitacle.

— Alors on n'a pas la conscience tranquille ?

L'étudiant descend sa vitre.

— Qu'est-ce que vous faites là ? demande-t-il stupéfait.

— En fait, je suis restée une grande enfant, on ne dirait pas comme ça, répond Yvette, sourire en coin, mais vous voyez, là, je joue au chat. C'est vous la souris ! Vous êtes pris !

Respiration en suspens.

Chat ou souris ?

— Eh oui, mon ami, je sais que vous me comprenez parce que, vous aussi, vous êtes un grand enfant. Un peu trop grand même. Un peu trop grand avec votre mètre quatre-vingt-quinze pour rentrer dans le costume canadien de Luc Pépin. Luc Pépin en réalité ne dépasse pas les un mètre quatre-vingts.

Lard ou cochon ?

Sa charmante ambiguë lui offre-t-elle un verre de ciguë ?

Ambigus ses propos, ambiguë cette femme, cette flic. Décidément cet adjectif lui colle à la peau. Elle ne sait pas elle-même si elle est venue pour l'arrêter. Greg le ressent alors il tente le coup : une chance sur deux, rien n'est joué et de toute façon il n'a guère le choix, il serait bien étonné qu'elle le laisse repartir comme ça.

Il se passe la main dans les cheveux, ébouriffe ses épis.

Sourire.

— OK, *girl*, je me rends, j'ai besoin de vous.

Il l'invite à s'asseoir à ses côtés dans la voiture.

Soupir.

Il lui explique.

Sa véritable identité, Greg Squirrel, physicien, assistant du professeur Andrew Nicholls, à l'université de Davis, Etat de Californie. Comment il s'est retrouvé là, sans comprendre tout des pourquoi. Son rendez-vous avec cette fille russe qu'il ne connaît pas et qui avait l'air affolée au téléphone. Son inquiétude pour Nicholls. Des craintes réelles parce qu'il sent le danger.

Greg joue la carte de la sincérité, il joue ce qu'il est.

Yvette écoute, Yvette entend.

Elle entend qu'il est en situation clandestine, oui, mais que c'est une personne honnête et sincère. Un gars impressionnable et fragile aussi, mais passionné, prêt à courir des risques pour ceux qui lui sont chers.

— J'ai besoin de vous.

Il a besoin de son aide, de ce qu'elle est par sa position, par sa compétence et, plus que tout encore, par sa faiblesse, c'est-à-dire son ambiguïté. Le flic qui cache la femme connaît la clandestinité par nécessité, comme lui aujourd'hui, en ayant choisi de prendre le risque d'usurper une identité.

Ils ont ça en commun, elle peut le comprendre.

79

Nicholls ouvre les yeux.

Lumière fade, formes troubles.

Le crâne dans un étau, mais ça n'a rien d'une cuite.

Il inspire lentement et referme ses paupières. Ne pas manifester de signes de réveil. Rassembler ses sensations, retrouver ses esprits. Gagner du temps et de la conscience sur ses geôliers.

Il est allongé sur un lit.

Silence bourdonnant, effets des anesthésiques et ronronnement d'une VMC probablement.

Relents de moisissures, sensation d'oppression, humidité : sous-sol.

Nicholls fait mine tout en dormant de se tourner en chien de fusil. Il est libre de mouvement, pas d'entrave. Le visage enfoncé dans le matelas, il se risque à ouvrir les yeux de nouveau. Pièce nue, mur gris, lit vissé au sol, porte métallique, deux verrous, il est seul. Pas de caméra ni de micro visible mais l'applique lumineuse de confection bien plus récente que le lit pourrait en abriter.

Il se repositionne de nouveau sur le dos, les yeux clos, forçant un ronflement régulier.

Ses objectifs : se soustraire à l'emprise de ses agresseurs et modifier son état intérieur pour réorienter les événements. Mais influer sur la réalité à ce niveau est bien plus délicat que de le faire sur les cartes d'une partie de poker.

L'adversaire à déjouer n'est autre que lui-même. Nicholls le sait.

80

Sachs s'est penché au-dessus du visage de la jeune aveugle. On vient de sonner en bas. Elle s'était assoupie.

— Alessandra ? Ça va ? L'homme qui vient pour te parler de ton père est en train de monter. Il est accompagné d'une femme, elle fait partie de la police. Tu te sens prête ?

Sur le palier au-dessous de l'appartement d'Alessandra, Yvette retient Greg par le bras. Ils s'arrêtent. Téléphone. C'est Jo.

— Nid de guêpes, beauté, attention où tu mets les pieds.

— C'est-à-dire ?

— J'ai récupéré une photo de Nicholls sur le site de l'université où il enseigne en Californie. J'ai lancé une comparaison de physionomie avec la base de données des pays de l'Est. Puisqu'il s'intéresse aux Russes, j'allais peut-être le trouver en compagnie de quelqu'un de connu. Bingo Lylette, même mieux que ce que j'espérais. L'ordinateur m'a trouvé un matching parfait avec un grand cerveau russe. Andrew Nicholls, c'est le même en plus vieux que Vladimir Lossonossov. On remonte en pleine guerre froide, les années 1980, l'équilibre de la terreur et plus précisément l'époque des euromissiles. Notre gars travaillait sur les SS20, rien de moins.

Yvette sourit. Les informations sont cohérentes avec celles données par Greg. Un bon point pour lui. A la nuance près que Nicholls n'a pas été présenté comme le transfuge russe mais comme l'ami du transfuge. Yvette ne voit pas pour quelle raison Greg aurait maquillé cette information, par contre, le prof avait tout intérêt à le faire pour ne pas affoler l'étudiant.

— Vladimir Lossonossov, poursuit Jo, serait mort avec sa femme et sa fille dans l'explosion d'un laboratoire en mars 1982. La fille, qui se prénommait également Alessandra, avait trois ans. Ça cadre plutôt bien avec ton Alessandra Nicolaïev au dossier des RG plein de mystères. Je te le répète, nid de guêpes, Lylette. Tu ne devrais pas y mettre les doigts ou tu vas te retrouver entre le marteau et l'enclume, sans jeu de mots pour le marteau. Tu sais que dans trois jours à Moscou M. le président des Etats-Unis en personne fait une rencontre au sommet pour le désarmement des missiles. Si ton gars est revenu pour ça, ils ne se gêneront pas pour te tirer dessus si tu te trouves au milieu. Je comprends facilement pourquoi on ne nous a pas mis au parfum. Tu imagines ? S'ils attrapent froid au sommet à cause d'un virus que les Ricains ont laissé incuber chez eux pendant plus de vingt ans, ça va chier.

81

Bruit de pas dans le couloir. Bribes d'ordres. Déclics de verrous. La porte de fer grince sur ses gonds. Un homme d'une quarantaine d'années, longiligne, visage émacié, entre dans la cellule de Nicholls.

Le vieux professeur assis sur le lit, jambes pendantes et bras croisés, affiche un sourire calme.

— Bonsoir, monsieur Andrew Nicholls. Ou vous préférez peut-être Vladimir Lossonossov ?

L'homme s'est adressé à Nicholls en anglais, il est américain. NSA probablement. Qui d'autre ? Mais aux propos adressés aux gardes (deux gardes, une seule voix mais deux claquements de talons lors du salut), Nicholls en déduit qu'ils sont toujours en France et dans une zone militaire. Ils lui ont enlevé sa montre, l'Américain a ôté la sienne, mais Nicholls est certain qu'il ne s'est écoulé que quelques heures depuis sa capture. Horloge de l'estomac : il n'a pas de sensation de faim, ni même de soif. Il ne doit même pas être minuit.

Personne d'autre n'a suivi, un des plantons en faction dans le couloir a refermé la porte. Un seul homme pour un interrogatoire, il y a donc bien un système d'enregistrement dans la cellule.

— Peu m'importe, répond Nicholls.

— J'imagine. Vingt-quatre ans. Cela donne le temps de s'habituer.

Silence du professeur.

— Pourquoi avoir quitté les Etats-Unis sans prévenir, monsieur Nicholls ?

— Pour une affaire personnelle.

— Difficile de vous croire.

— C'est pourtant la réalité. Et vous devez le savoir car vous n'avez jamais cessé de me surveiller.

— Qui a bu boira. Vous avez trahi votre mère patrie, je ne vois pas ce qui vous empêcherait de trahir celle qui vous a adopté. Même vingt ans après. La bassesse ne connaît pas de péremption.

Nicholls baisse les yeux, se donnant le temps de la réflexion. Le gars cherche à le faire sortir de ses gonds. Il s'y prend mal. Il a beau avoir un profil taillé au couteau et une expression fermée, il ne l'impressionne pas. Lorsque Nicholls est passé à l'Ouest, cet homme-là n'avait même pas dix-huit ans. Quoi qu'il ait pu étudier, il n'a pas conscience de ce que pouvait être la vie derrière le rideau de fer.

La vie derrière le rideau de fer…

La vie… Non… A peine de la survie.

A peine, parce que l'espoir n'était pas permis.

Il n'y avait que la peur.

Cette peur au ventre qui ne vous lâche jamais, la nuit, le jour, qui crispe vos gestes, vos pensées, jusqu'aux caresses pendant l'amour.

Parce que demain, ce soir, tout à l'heure, qui que vous soyez, quoi que vous fassiez, où que vous vous trouviez, l'épée est là au-dessus de votre tête, fil aiguisé, votre dossier prêt à recevoir l'étiquette : ennemi du peuple.

La torture, la prison, la déportation, la mort dans le meilleur des cas.

La science était sa passion, il espérait qu'elle pourrait lui ouvrir la porte, qu'elle pourrait ouvrir la porte pour sa fille. C'était devenu une obsession, il était prêt à tous les sacrifices.

— Vous savez parfaitement que je n'ai eu aucun contact avec qui que ce soit, ni aucun groupe, ni aucune faction. Vous savez parfaitement que depuis la fin de ma collaboration avec votre armée en échange de ma couverture je n'ai travaillé ou participé à aucun système industriel ou militaire.

— Comment puis-je vous croire ? Vous êtes sorti des Etats-Unis avec des faux papiers. Vous les avez réalisés seul ? Apparemment, vous aviez préparé votre départ. Et depuis votre arrivée en France vous jouez à nous semer. Ce n'est pas bien du tout, camarade Vladimir Lossonossov.

A ce terme de camarade qui sonne mauvais dans la bouche de l'Américain, le dos du professeur se crispe. Réflexe incontrôlable. La terreur archaïque est toujours là, tapie, poison au fond de ses cellules.

— C'était inutile de me faire suivre, vous saviez très bien où je me rendais puisque vous m'y attendiez.

— Retrouver votre fille ? C'est cela ?… Hum… Difficile à croire, Vladimir Lossonossov, difficile à croire. Vous êtes soudainement pris de remords ? Lorsqu'elle était encore un bébé, cela ne vous a pas posé de problème de conscience d'expérimenter sur elle. Et il ne semble pas que cela en ait suscité beaucoup lorsque vous avez tué sa mère.

82

Dans l'appartement d'Alessandra, l'atmosphère est étrange. Suspendue. Comme la main de l'artiste devant la toile blanche lorsque le cœur est oppressé par la nécessité d'exprimer et le geste bloqué par la crainte de commencer.

Greg et Yvette se sont assis sur le bord du canapé. Alessandra, sur une chaise, le dos droit, mains à plat sur les genoux, leur fait face. Sachs se tient debout derrière elle, les mains sur ses épaules. Yvette prend la parole.

— Greg Squirrel est étudiant en sciences physiques à l'université de Davis en Californie et il est l'assistant du professeur Andrews Nicholls qui dit avoir connu votre père. Je travaille pour ma part sur une enquête liée à ce professeur. Il est arrivé il y a quelques jours en France et une situation complexe s'est tissée autour de lui. Le connaissez-vous ?

— Non, je n'ai jamais entendu parler de cet homme, répond Alessandra.

— Est-ce que quelqu'un a essayé d'entrer en contact avec vous dernièrement ?

— Non, à part vous, non. Mais…

— Mais ?

Alessandra, sans détour parce qu'elle a besoin de comprendre, se met à expliquer l'enchaînement des événements des derniers jours. L'agression dont elle a été victime en sortant du casino, la visite de son appartement, l'effraction à l'institut, ce coup de téléphone plus que troublant où il est question de nouvelles sur son père à un moment où des souvenirs de son enfance ressurgissent. Elle évoque le vide de son passé, le plein de ses souffrances.

Fragilité.

L'émotion d'Alessandra vibre aux oreilles d'Yvette comme le chant d'un verre de cristal, haut en fréquences.

Un geste de trop, tout vole en éclats.

Transparence.

La sincérité de la jeune aveugle la trouble. Yvette pèse ses mots. Doit-elle révéler que non seulement son père est vivant, mais qu'il cherche à l'approcher ?

Elle est convenue avec Greg qu'elle gérerait l'entretien. Même si elle a accordé sa confiance à l'étudiant, elle veut orchestrer les questions afin de pouvoir évaluer la cohérence des réponses. Elle ne lui a d'ailleurs pas expliqué ce que vient de lui apprendre Jo son coéquipier. Pour l'étudiant, son professeur n'est toujours que l'ami du transfuge. Peut-être que, finalement, elle devrait en rester là elle aussi, pour ménager la jeune aveugle.

83

Le froid dans la cellule commence à être pénétrant.

— Je n'ai pas tué sa mère, c'était un accident, murmure Nicholls tête baissée.

Peu importe que l'homme qui l'interroge l'entende ou pas. Ce n'est pas à son adresse qu'il répond mais bien à lui-même.

— Je n'ai pas tué sa mère, c'était un accident.

Il revoit la scène comme si elle avait eu lieu hier. Il la revoit encore comme tous les jours depuis vingt-quatre ans. Ils étaient dans le laboratoire. Souvent ils y passaient la nuit. Dans le bureau, il avait aménagé un lit. Gochka, son épouse, ne supportait plus de vivre sans intimité. A l'époque on leur avait attribué un quarante mètres carrés et ils s'y entassaient à trois familles. Neuf personnes !

La petite Alessandra se plaint, elle a mal à la tête, elle pleure parce qu'elle ne veut plus boire la préparation qu'il lui administre tous les jours. Sa mère veut intervenir. Ils se sont disputés tant de fois à ce sujet, elle ne veut plus que son enfant participe aux expériences. Elle craint pour sa santé.

L'enfant s'est glissée sous la paillasse du laboratoire.

Elle le supplie.

— *Non, je ne veux pas, je ne veux plus le noir dans mes yeux.*

Il s'en approche pour essayer de l'en extirper.
Sa femme l'attrape par le bras pour l'en empêcher.

— Je n'ai pas tué sa mère, c'était un accident, répète-t-il.

— Si vous le dites. Personnellement, je n'en ai strictement rien à faire. Moi ce que je veux savoir, c'est pourquoi vous avez quitté les Etats-Unis.

— Vous le savez mieux que moi : je suis venu ici pour retrouver ma fille.

— Nous étions certains que vous nous sortiriez les violons. Je ne vais pas tourner autour du pot, Vladimir Lossonossov. J'aimerais en finir assez vite. Pour ma part, je n'en crois rien. Je pense que vous utilisez cet argument comme couverture.

— Eh bien si vous n'attendez de moi que le cautionnement de votre propre raisonnement, répond Nicholls posément, exposez-le-moi, et en effet nous pourrons finir plus vite.

— Nous pourrions en finir plus vite, beaucoup plus vite, mais nous ne sommes pas chez nous, n'est-ce pas ? Et encore moins chez vous, ce que je déplore d'ailleurs pour cet aspect-là des choses. La torture est un exercice dont votre peuple avait fait un art. Je ne dispose pas de mes outils habituels mais si vous y tenez je peux m'arranger.

Sourire acide, il n'allait pas laisser Nicholls marquer un point.

— Nous savons que vous avez retrouvé votre fille et repris contact avec elle depuis trois ans.

84

Yvette boit une gorgée d'eau que Sachs lui a servie pour s'adoucir la gorge.

— Mademoiselle Nicolaïev…

— Alessandra, s'il vous plaît, Alessandra.

— Oui. Bien sûr, excusez-moi, se reprend Yvette. Alessandra. La situation est relativement complexe. Et l'émotion y prédomine. Nous devons essayer de l'éclaircir pour comprendre réellement ce que tout cela signifie. J'ai besoin que vous m'expliquiez certaines choses.

— Je vous écoute.

— Tout d'abord vos voyages en Sierra Leone de ces trois dernières années.

85

— Oui, inutile de nier. Vous avez rencontré votre fille plus de quatre fois ces trois dernières années, en Sierra Leone.

En Sierra Leone ?! Nicholls n'a jamais mis les pieds en Afrique, il ne comprend pas.

— Oui, en janvier, avril et en mai 2004, ainsi qu'en mai 2005.

Le vieux professeur se prend la tête entre les mains.

— Faudrait que je pisse.

— Pardon ?

— Il faudrait que je pisse, répète-t-il en soupirant. Ma prostate. Vous devez le savoir puisque vous êtes au courant de tout ce que je fais. Je suis sûr que vous connaissez même la posologie de ces pilules de merde que je dois prendre tous les jours, le nom du médecin qui me les prescrit et, j'imagine, même la date de mon prochain rendez-vous. Puisque vous savez tout ! Non ? Je me trompe ?

Nicholls cherche à gagner du temps. Il doit réfléchir posément pour analyser la manœuvre de son interrogateur. Il ne le comprend pas. Il n'est jamais sorti des Etats-Unis, il n'est jamais allé en Sierra Leone. Pourquoi l'autre avance cet argument. Du bluff ? Pour le déstabiliser ? Une manœuvre pour le ferrer ? S'ils sont sûrs de ce qu'il avance, c'est qu'ils sont dans l'erreur. Et Nicholls, pour avoir l'avantage de l'interrogatoire, doit comprendre laquelle. Peut-être ne l'ont-ils pas surveillé de si près que ça ces dernières années ? Probable même en fait qu'ils n'aient réactivé une surveillance serrée que très récemment. Pour quelles raisons ? De son côté, il n'en voit pas. Sa fille ?

Le vieux professeur se lève, main à la braguette pour bien montrer sa détermination. Il ne va pas négocier : si l'autre ne veut pas le laisser se soulager décemment, il lui pissera sous le nez.

Léger hochement de menton de l'interrogateur en direction de l'applique lumineuse. La caméra est donc bien là. Les verrous claquent. La porte pivote, un des deux plantons – treillis, ce sont bien des militaires – entre une clef alène à la main. Il dévisse un cache fixé dans un coin de la cellule qu'il emporte avec lui. L'orifice d'un tuyau d'assainissement. Voilà ce qui tiendra lieu de commodités. Nicholls sourit, ce n'est pas lui qui sera le plus dérangé, il a grandi avec l'absence d'intimité. Il se souhaite même des urines concentrées et odorantes. Dégoûter son adversaire, c'est déjà le faire reculer.

Nicholls joue de la faiblesse de sa vessie pour gagner encore un peu de temps. Il poursuit son raisonnement. S'ils sont si mal informés c'est que ses liens avec le réseau canadien n'ont pas été découverts. Ni son système de boîtes aux lettres. Ni Greg. Au moins, s'il lui arrive quelque chose, l'étudiant recevra le message – tout est prêt pour cela – et ses travaux ne seront pas perdus.

86

— En Sierra Leone ? répète Alessandra stupéfaite. Elle n'imaginait pas qu'en France ses faits et gestes aient pu être répertoriés.

— Vous y êtes allée plusieurs fois ces trois dernières années.

Affirmation d'Yvette sur le ton d'une question.

— Oui.

— Pour quelles raisons ?

— Toujours la même chaque fois.

Alessandra se met à sourire. Greg est stupéfait. Ce sourire… Le même que celui de Nicholls. La ressemblance n'est pas frappante au premier abord, la couleur des cheveux sans doute. Ceux de Nicholls – pour ceux qui lui restent – sont blancs. Et les lunettes sombres d'Alessandra, également, qui oblitèrent son regard, mais cette fossette au coin des lèvres lorsqu'elle sourit… C'est la première fois qu'elle sourit.

— Oui, poursuit-elle, vous pourrez aisément vérifier auprès de chaque personne qui m'a accompagnée là-bas. Il est vrai que, chaque fois, je leur ai demandé de ne pas révéler le but de ce voyage. Au cas où j'aurais besoin de le refaire pour d'autres. En fait, je me rends dans ce pays d'Afrique pour assister à un match de foot.

Yvette lit de l'étonnement sur le visage de Sachs. Lui non plus ne sait pas tout d'elle. Est-ce donc vrai ? Ils ne se connaissent pas depuis longtemps. Yvette en doutait, bien qu'Alessandra ait précisé que leur rencontre ne remontait qu'à quelques jours, à cause de l'harmonie de leur présence, de cette complicité qui se lit jusque dans la position de leurs corps.

— Oui, pour assister à un match de foot. Chaque fois, je m'y rends pour accompagner un adulte de mon institut qui, brutalement privé de la vue à la suite d'un accident, ne parvient pas à trouver en lui-même les ressources pour se relever. Nous y faisons un séjour éclair. Le lendemain de l'atterrissage, nous traversons les bidonvilles de Freetown à pied pour qu'il sente la misère, qu'il entende la pauvreté. Et puis nous assistons à ce fameux match de foot, objectif du périple. Celui qui m'accompagne entend les joueurs, les cris de joie, les soupirs de déception, la course après le ballon. Il se demande pourquoi il est là, il transpire, il s'impatiente, il s'énerve et se dit que l'étalage de toute la misère du monde ne compensera rien de toute façon. Il m'en veut. Il m'en veut de l'avoir traîné jusque-là, de l'obliger à assister à un match de foot ridicule, il en veut au monde entier, à Dieu s'il y croit. Comme la cécité est un état qu'il n'a pas encore apprivoisé, il n'est pas très attentif, et généralement il ne remarque pas le bruit particulier que font les joueurs en courant sur le terrain.

Alessandra se complaît à faire durer son explication. Elle mène le jeu. Son auditoire suppose une chose, elle va les conduire, eux les voyants qui ne voient pas plus loin que les apparences, vers autre chose. Elle joue de ses ombres comme le torero agite le rouge de sa cape : "Approchez. Derrière le voile mon habit est de lumière, et à la fin de la passe, vous m'applaudirez." Elle puise dans ces manipulations subtiles une partie de la force qui la fait avancer, jeux de pouvoir nécessaires à la nourriture de son ego et son ego réclame ce soir, car la peur l'assiège.

— A la fin du match, nous allons les féliciter et, parce que cela ne se fait pas d'arriver les mains vides, nous leurs offrons des chaussures pour l'entraînement. J'explique à celui qui m'accompagne que la coutume veut qu'il les passe lui-même aux pieds des joueurs. L'humilité ne fait jamais de mal surtout quand on en veut au monde entier. Mettre un genou à terre pour donner un peu de soi est un bon exercice. Et c'est à ce moment-là que celui qui m'accompagne se rend compte qu'il aurait vraiment dû être plus attentif pendant le match de foot. Car tous les joueurs de cette équipe ont la même particularité : un seul pied. C'est une équipe de footballeurs unijambistes. Le bruit particulier pendant le match, c'est celui des chocs de leur béquille de bois sur le sol. Ensuite, nous nous en allons. Je n'ai jamais eu besoin de faire des commentaires. La dernière personne en date que j'ai emmenée à Freetown est Yannick Delmas. Quelques mois après ce voyage, il est revenu à l'institut pour me proposer de créer un département recherche et développement. Yannick est ingénieur.

— Oui. Il a travaillé pour l'industrie pharmaceutique dans la région lyonnaise, précise Yvette pour bien souligner qu'elle ne se laissera pas mettre à terre facilement, elle a des éléments en mains et il ne faudrait pas qu'Alessandra s'imagine pouvoir lui mentir. Vos recherches portent sur le domaine médical ? Pour lutter contre la cécité ?

— Non, pas du tout. Nous travaillons dans le domaine technique. Nous avons mis au point un système, le GE. GE pour *global echolocation*. Une sorte de GPS élaboré pour aveugle. Notre prototype est quasi opérationnel. Nous ne tarderons pas à lancer la phase d'industrialisation.

— Comment avez-vous financé ces recherches ? Le mécénat ?

— Non. Le mécénat et les diverses subventions d'organismes officiels que nous percevons sont nécessaires dans leur intégralité au budget de fonctionnement de l'institut, répond Alessandra posément, comprenant où la jeune flic cherche à la conduire.

— Vous vous êtes donc tournée vers d'autres types de donateurs : les établissements de jeu.

87

— Oui, nous savons que vous revoyez votre fille depuis trois ans.

Pour poser sa question, le type de la NSA a attendu que Nicholls ait fini de se soulager et se soit retourné. Le visage de l'interrogé doit toujours être visible, l'interrogatoire est filmé. Les analystes dans la pièce adjacente passent au crible les moindres tensions et les variations de dilatation de ses pupilles.

— Elle apprend vite votre fille. A peine après votre première rencontre on la retrouve à écumer les casinos de la région. Vous lui avez enseigné votre technique, n'est-ce pas ? Mais pourquoi la roulette, elle n'aime pas les cartes ?

— Je suis son père, je n'allais pas entraîner ma fille dans des tripots à fréquenter des malfrats, répond Nicholls du tac au tac. Les casinos sont des établissements beaucoup plus chic pour une femme de cette classe. Beaucoup plus sains.

Le vieux professeur affiche le sourire satisfait de celui qui continue à marquer des points. Il veut énerver son adversaire, l'orienter vers le registre des émotions primaires. Si l'interrogateur mord à l'hameçon, il va essayer de piquer Nicholls en utilisant la jalousie. Et le jeu peut être mené au second degré. Comme lorsqu'il s'agit de brouiller un détecteur de mensonges : simuler une émotion pour en camoufler une autre. A ce moment-là, en réponse, Nicholls pourra s'offrir des mimiques de rage contenue ce qui l'aidera à camoufler ses expressions véritables. Il en aura besoin car il se sent déstabilisé. Sa fille triche au casino ?! Pourquoi, comment ?! Fait-elle comme lui ? Les expériences qu'il a menées sur elle ont donc laissé une trace ? Les utilise-t-elle encore aujourd'hui ? A-t-elle conservé les capacités extrasensorielles qu'il avait commencé à lui faire développer ? Se souvient-elle ? Se souvient-elle de ce qui s'est passé, de lui, de sa mère, de ce qu'il a fait, de qui elle est ?

— Je vous comprends, Vladimir Lossonossov, Alessandra est une belle femme. Le portrait craché de sa mère. Ça a dû vous troubler lorsque vous l'avez revue. Dites-moi, vous n'avez pas fait un transfert ? La prendre pour votre femme, ôter des épisodes à la vie pour gommer vos actes et effacer votre culpabilité. Vous n'avez pas eu envie de la sauter ?

88

— En effet. C'est auprès des établissements de jeu que je me procure des fonds. Les casinos.

Alessandra a répondu à Yvette sans appréhension. Soulagée, d'une part, de pouvoir avouer ces agissements dont malgré tout elle se sent coupable, et rassurée, d'autre part, à l'idée que dans ce monde finalement quelqu'un la surveille.

Quelqu'un la surveille.

Quelqu'un sur elle veille.

Que peut appeler d'autre dans la mise en scène de sa vie l'enfant abandonné, l'enfant désorienté, l'enfant oublié ?

Que peut appeler d'autre dans la mise en scène de sa vie l'enfant perdu ?

Qu'on le recherche quitte à le soupçonner, qu'on le trouve quitte à l'accuser.

Elle est l'axe.

Comme celui de la roulette qui entraîne les numéros, celui de sa culpabilité génère les scénarios.

— Non, je ne veux pas, je ne veux plus le noir dans mes yeux.

Elle s'est glissée sous la paillasse du laboratoire. Elle supplie son père. Il approche pour essayer de l'en extirper. Sa mère le retient par le bras pour l'en empêcher. D'un geste brusque il cherche à se dégager. Sa mère bascule en arrière. Alessandra n'a rien vu mais a entendu. Le choc du crâne de sa mère contre l'angle de la paillasse.

Si elle n'avait pas refusé, sa mère serait en vie.

89

Nicholls serre les dents. Ses maxillaires se crispent. Il feint la rage qui monte et des efforts pour la contenir. Prendre sa fille pour sa femme ?! Aller jusqu'à la sauter ?! N'importe quoi ! Cet interrogateur de merde croyait l'avoir avec ça ?!

Mais c'est bien. C'est bien que l'autre l'envisage comme ça. Il le voit comme un salaud : le savant russe qui expérimente sur sa fille, qui tue sa femme, qui abandonne son enfant pour passer à l'Ouest. Logique alors qu'il lui prête toutes les bassesses jusqu'aux plus perverses. S'il continue à le cerner aussi mal il n'arrivera à rien. Nicholls en ressent même une certaine vexation. On lui a envoyé un guignol. Si peu d'intelligence est une insulte à la sienne. A coup sûr il ne va pas tarder à le menacer en lui disant qu'il fera pression sur Alessandra s'il ne se montre pas plus coopératif. Mais c'est du bluff. Ils n'ont rien en main. Il n'aurait pas avancé ces rencontres en Afrique s'ils avaient quelque chose de sérieux. Ils sont dans le brouillard. Ils doivent suspecter un vague lien entre les activités d'Alessandra et les anciens travaux de Nicholls. Bon Dieu, il sait, lui, qu'à part avoir assuré ses arrières en cas de coup dur il n'a rien à se reprocher. Le réseau canadien, les contacts avec les quelques cerveaux qui restent de la grande époque, c'était juste au cas où. Au cas où un parano qui a encore peur du rouge serait élu président et voudrait “nettoyer” les anciens transfuges. Egalement au cas où une puissance trouverait une technologie qui serait une réelle menace pour les autres pays. Internet, trois clics, échanges entre les scientifiques et les informations seraient instantanément partagées : chances à égalité. De l’espionnage scientifique altruiste. Tout au plus si on veut l’accuser de quelque chose, c’est d’avoir eu cette intention-là. L’intention, même pas des actes. Même pas des actes parce qu’il n’y a rien de nouveau, de fondamentalement nouveau dans les avancées scientifiques actuelles. Nicholls peut se risquer à leur expliquer ce qu’il a trouvé, ils n’y comprendraient rien. Le seul avantage c’est qu’il pourrait gagner du temps. Pour en laisser à Greg. Si l’étudiant a réussi à prendre contact avec sa fille et qu’elle a réellement quelque chose à se reprocher, alors elle flairera le danger et se protégera.

— Nous n’allons pas tergiverser, soit vous m’expliquez pourquoi vous êtes venu en France, soit c’est votre fille qui nous l’explique.

Nicholls souffle en dodelinant de la tête. Il se passe les mains sur le visage, l’air dépité, sincèrement dépité. Il l’est pour le coup. Le match n’a rien d’intéressant avec un adversaire si prévisible. Puis il se redresse, soupire et, ignorant son interrogateur, s’adresse au plafonnier.

— Assez joué. Vous ne pouvez pas m’envoyer un gars plus costaud des neurones, parce que là, si je me mets à expliquer ce que vous voulez savoir, j’ai bien peur que votre gugusse n’y comprenne rien du tout. Vous n’auriez pas un petit physicien en réserve. Je vous demande pas un génie, mais un qui comprenne $E = mc^2$ ça serait déjà pas mal. Un simple diplômé de fac ferait l’affaire.

90

— Les casinos se sont-ils servis de vous, Alessandra, pour blanchir de l'argent ? Ils ont voulu vous faire peur pensant que vous vouliez les doubler ? demande Yvette tout en réfléchissant. Cette option-là lui permettrait de poser la pièce du puzzle de l'agression à la sortie du casino de Saint-Cyr.

— Non, absolument pas. Je n'ai aucune connivence avec ce milieu, aucune. Je joue seulement à la roulette et… comment vous dire, hésite Alessandra, je sens quels numéros vont sortir.

— Expliquez-moi, demande Yvette incrédule. Vous êtes capable d'annoncer les numéros du loto, c'est ça le truc ?

— Si c'était aussi simple, je n'aurais pas eu besoin de fréquenter les casinos.

— Dans certaines conditions, vous êtes capable de prédire les résultats des tirages, c'est cela ? intervient Greg.

Yvette allait, d'un geste, interrompre l'étudiant, mais c'est lui qui arrête la jeune flic en posant sa main sur son poignet. Il sourit avec tendresse à Alessandra même si elle ne peut pas le voir puis se penche à l'oreille d'Yvette.

— Nicholls fait pareil. Je l'ai vu faire en laboratoire. Il est capable de prédire les résultats des tirages aléatoires. J'en ai été le témoin, vous pouvez me croire, lui chuchote-t-il à l'oreille. On tombe dans mon domaine. Laissez-moi prendre la suite.

Yvette acquiesce d'un léger hochement de tête.

— Je dois vous dire que j'ai travaillé avec le professeur Andrew Nicholls sur ce genre de phénomènes sans toutefois pouvoir clairement cerner les relations de cause à effet qui en sont à l'origine. Pouvez-vous m'expliquer comment vous procédez ?

Alessandra prend quelques secondes pour étirer ses cervicales. Elle fait rouler sa tête d'une épaule à l'autre, replace son dos contre le dossier de sa chaise pour en décontracter les muscles. Yvette ne perd rien de ses mouvements. La jeune aveugle cherche à se détendre, elle baisse sa garde, elle se sent en confiance. Yvette ne regrette pas d'avoir laissé la parole à Greg. La formulation de sa question ne sous-entendait ni suspicion, ni jugement, ni accusation. C'était une invitation, une invitation à comprendre ensemble. Il s'est montré fin psychologue. Analyse de flic, conclusion de flic. Mais en fait elle sait que, tout simplement, il s'est montré sincère.

Et Alessandra se met à expliquer. Le fait qu'elle utilise les chiffres et qu'elle compte constamment dans sa vie quotidienne pour se repérer et mémoriser. Sa perception mathématique des situations comme le symbolisme d'une réalité intrinsèque.

— A la roulette, je me concentre d'une certaine façon, pour ouvrir ma conscience à la prégnance d'une situation, et alors, je... je vois. Ce verbe peut paraître incongru dans ma bouche, mais pourtant il s'impose : je vois le chiffre qui définit cette situation et il sort. Souvent, en fait, je ne suis pas absolument sûre de moi, de mon ressenti ou de la franchise de la situation, alors je propose plusieurs numéros qui évoquent pour moi des options. Des options vers lesquelles cette réalité pourrait évoluer.

Alessandra se frotte le menton tout en réfléchissant. Elle voudrait donner un exemple mais elle préférerait garder pour elle celui qui a symbolisé les espoirs qu'elle portait dans sa relation avec Sachs. Lorsque le 21 est sorti dimanche, le 2 se fondant en 1, la communion.

— Tout d'abord, je dois vous préciser que j'apprécie la forme des chiffres, non pas en braille mais bien comme vous les dessinez. Et cette forme est symbolique pour moi. Le 1, un trait vertical, je l'associe à une incise. Le 2, c'est une barre horizontale pour le bas – symbolique d'un événement support – d'où s'élève un mouvement courbe vers le haut. La courbe du 2 est symbolique pour moi de l'harmonie vers l'esprit, vers la conscience, le chemin amorcé vers la compréhension ou la résolution. C'est la douceur de la forme qui s'élève qui me le fait percevoir ainsi.

— Le principe de la numérologie, interrompt Greg.

— Oui, sûrement. Mais je ne m'y suis jamais intéressée car j'utilise au quotidien mes propres codes avec les chiffres. Ils me sont nécessaires dans ma vie courante, je vous l'ai dit, et je me fie à mes repères personnels.

Alessandra profite de l'interruption de Greg pour boire une gorgée d'eau.

— Si j'étais à la roulette maintenant, je ferais plusieurs mises. Le 11, le 12, le 13 et le 23. Le 1, le 2 et le 3 sont vraiment significatifs pour moi d'un état d'être bien défini. Les 12 et 13 symbolisent le passage d'un état d'être à un autre, du 1 au 2 et du 1 au 3. Quant au 11, dans ce cas, il évoquerait pour moi un blocage, une double barrière. Là, maintenant, dans ce que je suis en train de vivre, le 1 représente pour moi, une incision, c'est-à-dire un événement qui a une incidence. Dans mon enfance, il s'est passé quelque chose : ce cauchemar récurrent où il est question de mon père, de ma mère et d'un incident lié à ma cécité. C'est le 1, l'entaille, la déchirure. Pour vous, Greg, le 1, l'incident, serait la disparition de votre professeur. Pour vous Yvette, le 1 symboliserait l'ordre d'enquêter. Vous me suivez jusque-là ?

Yvette comme Greg acquiescent en hochant la tête mais l'intensité de l'attention qu'ils portent au propos d'Alessandra suffit à lui faire entendre leur réponse.

— Dans ce que nous sommes en train de vivre, reprend Alessandra, je n'arrive pas à poser toutes les pièces du puzzle. Tout comme vous. Si nous ne parvenons pas à éclaircir la situation et que, malgré notre rencontre, les choses en restent au même point, le 11 symbolisera ce que nous partageons : une situation bloquée, confinée dans la double barrière. Elle ne peut pas évoluer parce que nous ne la comprenons pas. Si les choses évoluent vers plus de compréhension, le 12 sera le nombre qui symbolisera le mieux la situation. Le 1 évoluant vers le 2, chiffre qui évoque pour moi, comme je vous l'ai expliqué, une élévation vers la conscience. Dans une thématique d'évolution, le 3 est symbole pour moi d'harmonie : la courbe basse du chiffre 3 caresse l'horizontale et la courbe supérieure, elle, affleure le ciel.

En entendant Alessandra décrire les chiffres comme des incisions ou des caresses, Sachs est stupéfait de se rendre compte à quel point la sensualité fait partie intégrante de tous ses raisonnements.

— Là, maintenant, ensemble, nous sommes dans une situation qui n'est pas résolue. Nous ne savons pas comment elle va évoluer et nous pouvons envisager plusieurs options possibles, symbolisées par le 11, le 12 ou le 13. Le 11, nous restons bloqués. Le 12, nous commençons à comprendre certaines choses et la situation peut évoluer. Le 13, la compréhension est telle que la situation devient claire, souple, aucun accroc. Le 23, pour moi, signifierait que nous avons tout compris de la situation et que les problèmes y afférents sont résolus. Alors, si nous étions à la table de la roulette, je jouerais le 12. C'est sur ce nombre-là que je serais tentée de miser le plus. Le 12. En plein. Pour un 36 fois la mise. Nous sommes tous là pour comprendre, et comme chacun semble avoir des éléments, en les mettant en commun, nous pouvons espérer avancer un peu. C'est l'option qui me paraît la plus réaliste. Vous comprenez ?

— Oui, répond Greg, je comprends comment un chiffre symbolise pour vous la situation que vous ressentez. Ce que je ne comprends pas, c'est comment et pourquoi ce chiffre se matérialise par le tirage du numéro. Comment, en fait, votre réalité intérieure et le symbolisme que vous y associez peuvent commander à la réalité extérieure ?

91

Dans la cellule de Nicholls, c'est au tour de l'interrogateur de la NSA de contenir sa rage et il ne la feint pas. Il est réellement furieux de s'être fait balader. Le vieux prof sait pertinemment qu'on ne lui enverra personne d'autre pour son interrogatoire mais il est net maintenant qu'il a pris l'ascendant psychologique.

Nicholls a attendu un peu. Rien ne vient bien entendu, alors il s'adresse de nouveau au plafonnier.

— Non ? Personne alors ? Vous n'avez trouvé personne à m'envoyer ? Eh bien, nous allons faire avec !

Nicholls invite d'un geste de la main son interrogateur à s'asseoir sur le lit. L'autre ne bronche pas d'un cil.

— Vous ne voulez pas ? Tant pis pour vous, mais je risque d'être long.

Le vieux prof s'assoit.

— Oups, au temps pour moi ! Je ne devais pas dire que je risque d'être long. Vous avez les moyens de me faire parler, j'avais oublié. Pardon. Si ce n'est que, sous la torture, j'ai un peu de mal à rassembler mes esprits pour des exposés théoriques. Au final, nous perdrions du temps, ironise Nicholls. Alors allons-y. Bien. Je vais donc vous expliquer la nature réelle de mes recherches et pourquoi je suis venu en France. Il est nécessaire que je vous fasse un petit récap sur les hypothèses de base de la pensée scientifique sinon vous n'allez pas suivre mon raisonnement.

Nicholls lève les yeux vers le plafonnier.

— Vous enregistrez, hein ? Vous me garderez une bande, elle pourra me servir de base pour des conférences. Merci.

L'interrogateur retient un soupir ainsi que son envie de lui envoyer son poing en pleine figure mais il ne peut rien faire ou il perdrait le peu de crédibilité qu'il lui reste aux yeux de l'équipe derrière les caméras. Et la consigne des autorités françaises qui ont accepté l'intervention et l'interrogatoire sur leur sol est stricte : aucune violence physique.

— Toutes nos technologies actuelles, reprend Nicholls, ont été développées d'après les principes de la mécanique classique. Cette mécanique classique repose sur des hypothèses de base qui sont : premièrement, que les phénomènes sont indépendants de l'observateur. Deuxièmement, que le temps est linéaire, unique et univoque s'écoulant dans le sens "passé, présent, futur" et, troisièmement, sur le principe de conservation de l'énergie. Ces trois hypothèses de base nous ont permis d'appréhender tous les phénomènes physiques et de penser la nature dans un cadre unitaire. Au début du XXe siècle, 1900-1920 – nous n'allons pas pinailler sur les dates –, notre génial Einstein fait évoluer les réflexions et annonce le modèle de la relativité générale. Il amène une petite modif en ce qui concerne une hypothèse, celle du temps : il n'est plus unique, il en existerait plusieurs et qui ne s'écouleraient pas à la même vitesse. Dépassée la notion d'un temps unique, au rancart ! On s'ouvre à la multiplicité des temps. Mais tout cela est bien connu, je suis sûr que vous maîtrisez le sujet !

Nicholls jette un regard à son interrogateur avec un sourire en coin. Insolence subtile, ses mimiques suggèrent qu'il s'applique pour lui.

— Bon allez, je vais rafraîchir les neurones de tout un chacun car c'est un point important que j'aborde et je ne voudrais pas vous perdre au début de mon exposé. Allons-y pour une petite histoire : celle des jumeaux qui jouent à un concours. L'heureux gagnant du concours s'embarque pour un petit voyage interstellaire tous frais payés à des vitesses proches de la lumière, le veinard ! Pendant que son frère, moins chanceux, reste sur terre, il n'y avait qu'une seule place ! Quand le premier revient de son périple, plusieurs années après – c'est qu'il y en a des choses à visiter dans l'univers – les frères jumeaux n'ont plus le même âge. C'est comme si celui resté sur terre avait vieilli plus vite que son jumeau. Décidément le sort s'acharne, celui qui est resté sur le plancher des vaches est malchanceux sur toute la ligne ! Un exercice simple consiste à demander de calculer la différence d'âge que l'on observera chez les jumeaux après l'escapade d'un des deux dans les étoiles. Mes étudiants le font facilement. Pas besoin d'être génial pour ça. Une relation, une ligne de calcul et le tour est joué. Ce que comprennent moins les étudiants quand ils font leurs petits calculs c'est ce que cela signifie véritablement, ce que cela signifie dans la vraie vie, celle du monde sensible, la nôtre, la vôtre, celle où on se réveille le matin, la bouche pâteuse et le poil emmêlé.

Esquisse de clin d'œil en direction de l'interrogateur. "Eh oui, mon beau, toi aussi tu as l'air moins féroce au réveil ! Et c'est ainsi que je te vois."

— Ce que nous permet de comprendre Einstein donc, c'est l'existence de plusieurs temps. En fait une multiplicité d'espaces-temps. D'une façon générale nous avons peu l'habitude dans notre quotidien de raisonner avec cette idée-là. Mais pourtant elle ouvre la porte à de nombreuses réflexions. Bien ! Gardons cette remarque-là sous le coude, voulez-vous ? précise Nicholls à l'adresse du plafonnier, nous y reviendrons plus tard. Puis il reprend emporté par son exposé comme s'il s'adressait à un amphi d'étudiants invisibles. Après Einstein et son modèle relativiste, a été développé le modèle quantique. Dans ce modèle mécanique de l'univers qui étudie le fonctionnement au niveau subatomique de la matière, nouvelle donne et pas la moindre : la réalité solide ne prend plus la forme que nous connaissons, elle n'est que nuage de potentiels, et les phénomènes qui s'y déroulent s'avèrent dépendants de l'observateur. DÉPENDANTS DE L'OBSERVATEUR, répète-t-il avec emphase, bras ouverts, paumes tournées vers le ciel, comme s'il prenait Dieu à témoin d'une telle aberration.

92

Comment l'état de conscience d'Alessandra influe-t-il sur le tirage du numéro de la roulette ? Comment sa réalité intérieure commande-t-elle à la réalité extérieure ?

Greg a gardé un instant les yeux fermés, la tête entre les mains. Alessandra, Yvette et Sachs sont restés silencieux pour ne pas le gêner dans sa réflexion. Puis l'étudiant a passé la main dans ses cheveux en relevant son visage, le regard lumineux.

— Il faut, dit-il, que je vous parle du chat de Schrödinger. Avez-vous entendu parler du chat de Schrödinger ?

Le chat de Schrödinger ? Non, Yvette ne connaît pas. Celui de la mère Michel éventuellement, se dit-elle, mais ce ne doit pas être le même. Un soupçon de dérision qu'elle garde pour elle.

— Le chat de Schrödinger est un exemple imagé que l'on donne pour faire comprendre le fonctionnement de la réalité à des niveaux énergétiques très très profonds. En fait, la matière pour nous, pour vous, pour moi, à notre échelle, suit des lois que nous connaissons et exploitons. L'état des choses est précis. Un objet est ou n'est pas, ou est en cours d'évolution, mais tout cela est définissable. Mais lorsqu'on s'intéresse à la matière dans son état le plus intime, à des niveaux subatomiques, on s'aperçoit qu'on ne peut pas définir son état avec précision et d'une façon absolue. A des échelles infimes, nous ne pouvons pas dire qu'une particule existe ou n'existe pas, est là, ou est ailleurs, tant que nous ne sommes pas en interaction avec elle. Sa réalité physique, son objectivité physique prennent un sens seulement lorsque l'observateur entre en interaction avec elle. En fait, avant cette interaction, la particule n'existe qu'en tant que potentialité. Et c'est le fait d'intervenir avec son champ de potentialité qui crée sa réalité objective.

Greg, pris par son explication, s'est levé, il fait quelques pas dans le salon. Puis, craignant que son agitation ne parasite l'attention d'Alessandra, il se rassoit pour poursuivre.

— Avec le chat, ce fameux chat de Schrödinger, vous allez mieux comprendre. Le chat symbolise ce que nous étudions au plus profond de la matière. Le chat est dans une boîte, la boîte est fermée. Ou, plus exactement, un observateur tient entre les mains une boîte fermée contenant un "potentiel de chat". Tant que la boîte est fermée, l'observateur n'est pas en interaction avec ce qui peut se passer à l'intérieur de la boîte. En fait, tant que nous n'ouvrons pas la boîte nous ne pouvons pas réellement parler de chat au sens où nous avons l'habitude de le concevoir. Ce n'est qu'une potentialité de chat, et une potentialité de chat est un phénomène aussi peu tangible qu'un espoir dans une pensée. Est-il roux ou tigré, mâle ou femelle, vivant ou mort ? Il n'EST pas en tant que tel. J'insiste sur le verbe être, c'est bien son état d'Etre qui n'est pas défini. Il n'EST qu'en tant que potentiel. Au moment où vous ouvrez la boîte, vous créez son entière réalité : ce qu'il est dans la boîte sous vos yeux – son présent –, les probabilités de ce qu'il sera dans le futur – un matou ronronnant au coin du feu – mais aussi son passé, son parcours, son histoire, ses ascendants, et les ascendants de ses ascendants, toute la lignée de chats qui fait qu'il est là sous vos yeux. En fait, vous matérialisez par votre action d'observateur l'espace-temps de ce chat : en ouvrant la boîte vous avez matérialisé instantanément sa réalité. Du présent de votre observation, vous faites jaillir le temps de cet animal dans toutes les directions : son présent, son passé, son futur.

Greg marque une pause pour laisser à ses interlocuteurs le temps d'assimiler ses paroles. Il se sert un verre d'eau, puis reprend, en accentuant la douceur de sa voix afin qu'Alessandra puisse ressentir le sourire qu'il lui a adressé.

— Ce que je n'avais pas compris, Alessandra, dans ce principe, et que vous m'avez permis de saisir : c'est l'influence de l'observateur. La particule prend sa réalité, c'est-à-dire devient un événement physique et objectif défini, quand l'observateur interagit avec son potentiel. C'est pour cela que l'on dit en mécanique quantique que les phénomènes dépendent de l'observateur. Il faut un observateur pour qu'il puisse y avoir une manifestation tangible de la réalité. Mais ce terme d'observateur m'induisait en erreur. Un observateur est quelqu'un de passif. Ce que je comprends avec l'explication de votre ressenti à la roulette, c'est qu'il ne s'agit pas tellement d'un observateur mais plutôt d'un créateur. Hum !... Le terme est trop fort, et trop connoté. Disons, un engendreur. Oui, un engendreur ! Ce que je n'avais pas entièrement saisi avec notre exemple imagé du chat de Schrödinger, c'est que l'état intérieur de l'observateur – et non pas le hasard d'un observateur – va faire que ce sera un chat mâle tigré ou bien alors une femelle rousse, un animal vivant ou un animal mort. L'état de l'observateur, son état intérieur fera que ce sera le 11, le 12, le 13 ou encore le 23 qui, à la table de la roulette, sortira. C'est l'état de l'observateur qui engendrera la manifestation extérieure. Et si vous, Alessandra, vous n'y êtes pas, et si, nous, nous n'y sommes pas, à cette fameuse table de roulette, ce sera alors un autre nombre qui sortira, en rapport avec un autre joueur. Le concept d'un monde mécanique conduit à l'idée qu'un tirage est un phénomène aléatoire : la loi du hasard et des probabilités. Les concepts que l'on aborde dans la mécanique quantique, si nous osons les étendre aux phénomènes macroscopiques, peuvent nous amener, dans ce que vous nous expliquez, Alessandra, à appréhender un tirage comme un phénomène prévisible en lien avec celui qui le vit. Oui, je comprends maintenant jusqu'où ces réflexions peuvent nous conduire.

93

Silence de quelques secondes dans la cellule. Nicholls soupire, ses mains retombent sur ses cuisses, lourdement.

— Les phénomènes physiques seraient dépendants de l'observateur ! Dépendants de l'observateur… répète-t-il encore une fois à mi-voix, opinant de la tête, revivant ou jouant cette stupéfaction teintée de consternation qui l'avait pris la première fois que, tout jeune étudiant, cette conclusion lui avait été révélée. Au niveau intime de la matière, le fait que les phénomènes soient dépendants de l'observateur est purement ahurissant ! C'est un monde qui s'écroule, vous comprenez ? Un monde qui s'écroule !

Nicholls avait eu ce même air d'incrédulité lorsqu'il avait regardé sur son écran de télévision, le 9 novembre 1989, les premières images du mur de Berlin qui tombait, puis, plus tard, aussi celles du 11 Septembre.

— Oui, un monde qui s'écroule, des repères qui se délitent… Dans le premier modèle, celui de la mécanique classique, les phénomènes sont indépendants de l'observateur. Pour la science du monde occidentalisé, c'est-à-dire pour nous, suivant ce premier modèle, qui est notre façon de penser, les lois de la physique et le déroulement des événements ne dépendent pas de ceux qui les observent. Notre monde est perçu, conçu, pensé, appréhendé, vécu, comme un monde mécanique. Strictement mécanique, logiquement mécanique, simplement mécanique. Et donc, on vient nous dire, là, que dans l'intime de la matière ce ne serait plus ainsi que cela se passerait ? Les événements, pour prendre corps, pour prendre sens, auraient besoin de l'interaction de l'observateur ? Et voilà où ça coince : les hypothèses du premier modèle – événements indépendants de l'observateur – sont en contradiction avec les conclusions du dernier – événements dépendants de l'observateur. Et c'est d'importance, vous comprenez ? Cela va bien plus loin que la physique, il en va aussi de notre regard philosophique sur la vie. Chercheur aux dents longues que je suis, j'ai voulu comprendre ce paradoxe. Si je le résolvais, à moi les lauriers !

L'énergie dans le ton de la voix de Nicholls a légèrement diminué. L'impulsion dans ses saccades de phrases est moins nette. Une modification à peine perceptible. Son interrogateur ne s'en rend pas compte car le discours du vieux professeur reste cohérent avec l'image qu'il a de lui : chercheur aux dents longues rime avec salaud, mais sur les écrans de contrôle de la pièce d'à côté la baisse d'intensité est repérée. Soit Nicholls va se mettre à mentir, soit une émotion le parasite.

— Pour essayer de comprendre, j'ai posé le problème à plat : nous butions sur un paradoxe, traitons-le comme tel : un paradoxe !

Nicholls s'est mis à tourner en rond dans sa cellule, comme s'il revivait étape par étape les émotions du cheminement de sa réflexion d'alors.

— Généralement, lorsqu'une situation s'avère paradoxale, c'est qu'il nous manque une dimension pour l'interpréter. Il y a un modèle d'écran de veille d'ordinateur qui se joue de cela. Vous voyez, ces formes géométriques en trois dimensions qui sont des volumes impossibles à réaliser matériellement. Ils tournent sous nos yeux en se transformant, nous narguant de leur complexité. On les qualifie de formes paradoxales. Je crois même que c'est le titre usuel de ce motif d'écran de veille.

Nicholls s'accorde quelques secondes de pause et s'assoit sur le lit.

— En fait, l'écran d'ordinateur n'offre que deux dimensions. On représente un volume, donc un objet à trois dimensions sur un espace à deux dimensions et c'est cela qui génère le paradoxe. L'idée principale était là, pour moi : une question de dimension, rajouter une dimension. Rajouter une dimension supplémentaire à nos champs de raisonnement. C'est évidemment ce que les physiciens d'aujourd'hui font avec les théories modernes comme la théorie des cordes. Ils manipulent et conçoivent des univers à dix, douze dimensions et plus encore. Mais moi, à cette époque, plus modestement, je travaillais dans l'objectif de prendre du recul sur la question posée et sur les capacités de notre intellect à pouvoir la traiter.

En prenant appui sur ses cuisses – dans un geste qui trahit son âge et sa fatigue –, Nicholls se lève du lit et fait quelques pas dans la cellule. Impression d'être revenu en arrière. Sa prison était plus vaste, toute une ville, tout un pays – et quel pays –, mais c'était malgré tout une prison. Et là, comme avant, il n'a que l'option de son intelligence pour espérer s'en sortir. Il puise dans cette passion pour la science qui, malgré toutes les épreuves, bout au fond de lui comme aux premiers jours, l'énergie de poursuivre. Comme avant…

— L'idée était d'ajouter une dimension à l'univers, ou à notre réflexion, pour rendre les modèles mécanique et quantique cohérents. Et pour avancer dans cette voie, par quelle étape fallait-il passer ? En fait, que nous fallait-il dépasser ? Rien de moins que le temps, la notion du temps. Le temps qui est la quatrième dimension de notre univers mécanique devait être véritablement pensé, vécu, approché, digéré, ingéré, comme une dimension à part entière. Chose franchement difficile à faire pour notre intellect. Déjà Einstein essayait de mettre à notre portée ce concept avec l'histoire des jumeaux : la multiplicité des temps, et donc des espaces-temps. Déjà le génial Einstein nous en parlait mais on ne parvenait pas à l'intégrer correctement. Toujours pas aujourd'hui d'ailleurs. Pourquoi ? A cause de notre perception du temps. Plus précisément à cause de la façon qu'a notre intellect d'organiser notre perception du temps.

Nicholls hésite un instant, il allait se rasseoir, mais il a stoppé son geste pour ne pas trahir son état. Il fatigue. Les bouleversements de ces derniers jours, la tension de l'interrogatoire, son passé lourd, ses fantômes, sa vie. Il fatigue…

— Dans ce problème sur lequel je voulais prendre du recul, je voyais bien que tout raisonnement était gêné, voire bloqué par nos propres mécanismes intellectuels de perception du temps. Nous ne pouvons pas envisager et approcher efficacement les solutions sur un espace à cinq dimensions si nous ne sommes pas capables de mettre à plat cette quatrième dimension qu'est le temps. Comprenez-vous ? Il fallait que je m'observe en train d'observer le temps. Il s'agissait d'élever mon intellect au-dessus de mon intellect.

La modification des attaques de phrase de Nicholls sur les écrans de contrôle est de plus en plus nette. L'énergie de ses paroles baisse alors que son discours ne fait que monter en intensité.

— Et L'OBSERVATEUR, ce “rôle de l'observateur” qui nous avait conduits au paradoxe entre les deux modèles, revenait. L'OBSERVATEUR, et plus précisément la conscience de l'observateur, s'impose comme le nœud gordien du problème. C'est par l'observateur que la réalité profonde de la matière semble prendre sens : nous devons donc l'étudier. Etudier le fonctionnement de la conscience de l'observateur en tant qu'interface active dans tout phénomène physique !

Nicholls souffle un instant. Nul doute que s'il avait été installé à la chaire d'une salle de conférence il se serait interrompu pour boire un verre d'eau.

— Qui dit conscience, reprend-il, dit inconscient et tout le tremblement. Parcours classique, j'ai commencé par Freud.

— Ah ! Je comprends ! C'est donc pour cela qu'il est fait mention sur votre dossier de séjours en institution psychiatrique. Moi qui croyais que c'était pour vous.

— Bon Dieu ! Mais il a vingt de QI ou quoi ?! jure un jeune analyste derrière un des écrans de contrôle, il peut pas la fermer cet Amerloque ! Il fait tout foirer ce con ! Oups, excusez mon langage, mon commandant.

L'interrogateur, en cherchant à piquer Nicholls, risque de déclencher chez lui une émotion parasite qui viendra brouiller celle, plus subtile, que les membres de l'équipe de contrôle étaient en train de repérer.

— Les institutions psychiatriques ?! Vous croyiez que c'était pour moi ? ! demande Nicholls en levant les yeux au ciel. Un conseil : abstenez-vous de croire, vous êtes encore moins intelligent que lorsque vous vous essayez à raisonner. Puis s'adressant de nouveau au plafonnier pour le prendre à témoin. Comment voulez-vous être motivé ?!

Nicholls soupire longuement, s'assoit enfin puis reprend son exposé sans entrain : étudier la conscience, et puisque celle-ci se construit depuis la naissance, explique-t-il comme s'il leur récitait une leçon, et que sur les adultes les résultats n'étaient pas probants et les autorisations difficiles à obtenir, il a expérimenté sur sa fille.

94

Sachs a préparé du café. Lorsqu'il revient dans le salon avec le plateau encombré des tasses, Yvette l'aide spontanément et tous se réinstallent en se rapprochant autour de la table basse. L'étudiant soupire d'aise en goûtant l'expresso.

— Vous voyez, en fait, les nouveaux concepts, commente-t-il, sont comme le café. Comment voulez-vous faire comprendre à un Américain qui ne connaît que le jus de chaussette toutes les saveurs d'un expresso ?! Si c'est trop éloigné de ses références, il ne pourra pas s'en faire une idée. Bon Dieu ! Ce que j'aime le café italien !

Sachs se lève pour en préparer une nouvelle tournée.

— Nous avons du mal à comprendre la forme de la réalité à l'échelle de l'infiniment petit parce que cela diffère trop de notre quotidien, embraie de nouveau l'étudiant intarissable. Comme le café pour un buveur de Coca mais à un degré au-dessus. Prenez l'exemple d'un mur. A notre échelle, un mur est un ensemble stable composé de briques. Il est vertical, fixe, rigide, on connaît ses qualités. Il est là devant nous, physiquement là, et bien solide. C'est notre réalité. Du concret, du tangible. Comme cette tasse à café.

Greg pour ponctuer ses propos cogne la soucoupe de sa tasse contre la table basse. Il cherche à se racheter vis-à-vis d'Alessandra parce qu'il s'est rendu compte après coup qu'il avait entamé son exposé par un "vous voyez" qu'il juge déplacé.

— A l'échelle de l'infiniment petit, poursuit-il, la réalité qui compose notre mur est tout autre. Elle n'a rien de solide, de tangible, de figée. Elle est seulement un potentiel, des milliards de milliards de boîtes pleines de chats de Schrödinger. Il y a un moment où, si on étudie en profondeur les grains qui composent les particules de ce mur, on ne trouve plus de grains, mais des nuages de probabilités de grains. Notre mur solide n'est qu'un assemblage de nuages de potentiels. Ce n'est pas l'idée que nous nous faisons du solide.

Greg cogne encore une fois la sous-tasse contre la table basse.

— Aujourd'hui, reprend-il, les physiciens cherchent à quel niveau la mutation s'opère, à quel moment un potentiel de probabilités devient de la matière concrète. Ce que je voudrais que vous compreniez, c'est qu'en fait la matière dans sa plus intime profondeur a… Quelle comparaison je pourrais vous donner ?…

Greg hésite un instant, soucieux de trouver un exemple qui serait aussi explicite pour un voyant que pour un non-voyant.

— Oui… En fait, la matière dans sa plus intime profondeur a la même consistance qu'un rêve.

La caféine a fait son effet et les propos de Greg commencent à prendre – sous des formes différentes – du sens dans les esprits d'Yvette et de Sachs. Alessandra, elle, comprend depuis le début ce que veut expliquer l'étudiant parce qu'elle a une perception autre de la réalité : elle ne l'a jamais vécue comme absolue ni figée. Comme ses apparences ne lui sont pas accessibles, elle a toujours eu conscience de son essence et de sa fluidité.

— Dans sa plus intime profondeur, ce que nous appelons la réalité physique a la même consistance qu'un rêve... Oui, qu'un rêve... Comme votre état d'être intérieur crée le rêve, les personnages et les situations du rêve, votre état d'être intérieur, Alessandra, crée le numéro sortant. La clef est là. La roulette est votre boîte à chat de Schrödinger. Il fallait retourner sa pensée comme un gant : la solution était là. Nous pensons que la réalité est un phénomène extérieur à nous-mêmes parce que nous appréhendons les choses solides comme objectives et indépendantes de notre esprit, elles seraient en fait, dans ce que vous me permettez d'entrevoir Alessandra, seulement la manifestation symbolique de notre état intérieur, notre reflet dans un miroir à facettes, un rêve dans la tête du rêveur... Je cherchais un support entre la pensée et la matière. En fait, là où j'aurais dû élever mes concepts, je raisonnais toujours avec les mêmes hypothèses de base : celles selon lesquelles le monde et les événements qui s'y déroulent sont extérieurs à nous, indépendants de l'observateur. Cette pensée-là est si ancrée qu'on ne la voit pas active en nous, elle est comme un filtre, elle parasite tout. Même lorsque je raisonnais sur des expériences quantiques, je n'arrivais pas, au fond de moi, à me détacher de cela. La réalité est comme un rêve dans la tête du rêveur. Bon Dieu ! Oh ! Alessandra, si vous saviez !

— Si je savais ?!

Les larmes coulent sur les joues de la jeune aveugle. Greg, surpris, s'est agenouillé auprès d'elle, il a pris ses mains dans les siennes.

— Oh ! Excusez-moi, je ne parle que de théorie, que de moi, je...

— Si je savais ! Mais je sais ! a-t-elle presque crié, la mâchoire crispée, colère et souffrance mêlées.

Vous me parlez d'un homme qui aurait connu mon père, un homme qui décrit en théorie la réalité comme je la perçois, moi, dans mon quotidien. Une réalité fluide, une manifestation symbolique, symbolique de ce que nous vivons à l'intérieur de nous. Je sais cela et, plus que tout, je sais que je me sens perdue d'être seule à le vivre ainsi ! Ce n'est pas ma cécité qui m'isole, mais bien celle des voyants autour de moi. Ce professeur Nicholls dont vous nous parlez tient donc ses théories de mon père ! De mon père, c'est certain ! Vous ne savez pas à quel point vos paroles peuvent être cruelles !

— Excusez-moi, Alessandra, excusez-moi.

Greg allait retirer ses mains, Alessandra les retient.

— Non, je ne vous en veux pas, poursuit-elle, ne vous excusez pas. Ne vous excusez pas de parler de votre théorie. Vous me décririez le visage de mon père, vous me parleriez de ses manies, de la maison où nous vivions, cela ne m'évoquerait rien, je ne sentirais pas de liens. Par contre, je peux vous dire que je vis, moi, ce que pensait cet homme. Je sais ce qui me vient de lui. Une partie de lui est vivante en moi. Vous m'en avez fait le cadeau. Merci. C'est vrai, vos paroles sont cruelles et pourtant elles me font du bien. Mes parents m'ont manqué, vous ne pouvez pas imaginer à quel point ! Et ils me manquent plus encore par ce que vous dites. Je sais maintenant d'où je tiens cette façon d'appréhender la vie !

Les sanglots d'Alessandra étranglent ses mots. Greg resserre l'étreinte de ses mains, les larmes de la jeune aveugle coulent dans l'entrelacs de leurs doigts.

95

— En Russie, nos savants ont beaucoup travaillé sur des sciences dites parallèles, comme la kinesthésie et la transmission de pensée. Faire bouger des objets, communiquer sans support au mépris des distances, c'était très à la mode chez nous. Combien de portées de lapereaux a-t-on tuées dans les sous-marins soviétiques parce que, à chaque bébé occis on enregistrait instantanément sur la mère à trois mille kilomètres de là une manifestation électrique. Et vous le savez, en plongée, le sous-marin ne peut plus recevoir ni émettre. Aujourd'hui on ne travaille plus avec des lapines, mais on se sert de clefs quantiques en modifiant les spins d'électrons appariés. Vous devez avoir ça dans vos dossiers puisque vous savez que c'est moi qui les ai développés pour équiper les missiles de votre armée.

— *Yes !* s'écrit l'analyste derrière l'écran. Regardez comme il accélère son débit de paroles. Il a essayé de nous gruger.

— Il ment ? demande le commandant en se penchant à l'oreille du jeune spécialiste.

— Il ne se risquera pas à mentir au premier degré, il est plus fin que ça. C'est un joueur de poker vous m'avez dit, c'est-à-dire quelqu'un qui donne toujours l'impression d'une chose en en vivant une autre. Il veut faire croire que ça lui était égal de faire souffrir sa fille et que ça lui est encore égal.

— Je ne vous suis pas.

— Il agit ainsi probablement pour la protéger. Il ne veut pas que nous pensions qu'en agissant sur elle nous pourrions avoir du pouvoir sur lui. Mais il souffre de ce qui s'est passé, c'est pour ça que ça lui est difficile d'en parler. La plaie est ouverte. Regardez ces tracés, mon commandant. Lorsque le professeur explique qu'il a expérimenté sur elle, le tempo baisse, il simule un ton ennuyé parce que son interlocuteur ne le motive pas. Mais c'est pour nous cacher son véritable ressenti, c'est-à-dire son émotion au sujet de sa fille. Ce gars doit vraiment avoir l'habitude du détecteur de mensonges. Regardez la fréquence des attaques. Il y a plus d'énergie dans sa voix, maintenant. Il parle de science physique, il s'éloigne de son émotion. Il est rusé, vraiment. Il cherche à se montrer cohérent avec l'image que l'Amerloque se fait de lui. Alors il lui sert la soupe et c'est facile, il doit avoir l'habitude en vivant avec eux. Le Ricain le prend pour un salaud. Et ce vieux est rusé, il a sûrement soit mené, soit subi, sauf votre respect, mon commandant, bien plus d'interrogatoires que nous tous réunis. Tout à l'heure, quand son débit ralentissait, je suis sûr que c'est parce qu'il allait parler de sa fille. Il s'est servi de la réaction débile de l'autre pour surfer sur son émotion et nous la camoufler. Mais son tempo le trahit. En fait, vous savez quoi, je crois que ce vieux Russe dit la vérité. Je pense qu'il est bien venu en France pour retrouver sa fille. Vous avez remarqué ? C'est quand l'interrogateur a parlé de la Sierra Leone qu'il a commencé à s'énerver, ou plutôt à nous faire croire qu'il s'énervait. Là aussi, il camouflait son émotion. On ne peut pas la contenir, l'émotion. Quand elle se manifeste, on ne peut que la maquiller. En fait, lorsque la question de la Sierra Leone est venue sur le tapis, l'émotion a pointé son nez parce qu'il a été surpris. Et s'il a été surpris, c'est que l'autre a bluffé un peu trop fort. Sauf le respect que je vous dois, mon commandant, je crois que les Ricains ne nous ont pas tout dit. Ma main au feu que les activités de la jeune aveugle n'ont rien à voir avec celles du Russe.

Le commandant apprécie la pertinence du raisonnement de Mathias Jucléro, un jeune psychologue passionné d'informatique qu'ils ont recruté récemment pour l'armée. Bonne pioche, se dit-il.

— Vous savez, mon commandant, je me demande si les Américains n'ont pas fait ressortir ce lien entre la fille et le père pour forcer les autorités françaises à les aider et s'offrir une arrestation qui deviendrait illégale sur notre sol si les deux affaires n'ont rien à voir.

— Nous avons perdu beaucoup de temps à chercher un support de force par lequel transiteraient les informations venant de l'état intérieur de l'individu et les événements extérieurs qu'il pouvait influencer, poursuit Nicholls les yeux dans le vague. Par manque de recul, nous étions dans l'erreur. Pas assez élevés au-dessus des concepts. C'était pourtant simple mais, aussi, tout le contraire d'évident. C'est un peu la qualité d'un paradoxe. Et ce sur quoi il fallait percuter, c'est justement ce que j'ai tenté de vous expliquer tout à l'heure, c'est qu'il s'agissait d'un paradoxe.

— Regardez, colonel. Un nouveau rythme d'attaque. Et la fréquence respiratoire par rapport au nombre de mots. Il ne s'adresse plus à nous, il parle comme s'il s'expliquait les choses à lui-même. Sur les séquences neutres où on pourra observer ces mêmes paramètres, je vous garantis que ses propos seront sincères. Ma main à couper.

— Oui, la clef est là, répète Nicholls. En fait, nous arrivions à un paradoxe. Les conclusions du modèle quantique venaient s'opposer aux hypothèses de base de la mécanique classique. Si l'on rencontre un paradoxe dans un problème c'est qu'il manque une dimension pour le résoudre.

Mathias, le jeune analyste, satisfait d'avoir cerné le jeu de Nicholls, délaisse l'observation de la forme de son discours pour réfléchir à son fond. Rajouter une dimension au modèle de l'univers pour le comprendre ? Mais laquelle ? Le vieux prof a les yeux dans le vague. Mathias fixe l'image de son visage. Par écran interposé, ils sont les yeux dans les yeux. Le flux sanguin imprime aux iris de Nicholls un battement régulier, à peine perceptible. Sur la console de droite, un oscillogramme en traduit les pulsations et les moindres variations, mais Mathias n'a pas besoin d'en suivre la courbe pour se rendre compte qu'il ralentit, en fréquence et en amplitude, il s'amenuise. Toujours la même déception, toujours la même solitude. En face, personne ne lui répond. S'il veut le ferrer c'est maintenant.

Avec une détermination soudaine, le jeune analyste presse l'interrupteur du micro, sa voix retentit à travers le plafonnier.

— La conscience de l'observateur serait-elle liée à cette dimension ?

Tout le monde a sursauté dans la salle de contrôle comme dans la cellule. L'interrogateur de la NSA serre les poings, furieux de s'être fait doubler. Les autres analystes autour de Mathias rentrent leur tête dans leurs épaules, le commandant ne va pas apprécier qu'on déroge aux procédures, sans sa permission, et en sa présence qui plus est. Mathias va se faire taper sur les doigts. Mais le haut gradé ne dit rien. Il voit la réaction de Nicholls. Le vieux Russe, en relevant sa tête, l'a inclinée légèrement sur le côté. Là, il est intéressé, là, il est interpellé. On ne peut renverser un adversaire qu'en retournant contre lui sa propre force. Principe de base des arts martiaux, principe de base d'un interrogatoire. Le gars de la NSA n'arrive à rien car il mésestime le Russe, il chasse encore les sorcières. Le commandant hoche la tête en direction de Mathias pour lui confirmer son accord.

— La conscience de l'observateur et sa psychologie intérieure pourraient faire partie de cette dimension supplémentaire à prendre en compte pour comprendre le fonctionnement intime des phénomènes, c'est cela, professeur Nicholls ? C'est ce que vous avez cherché à faire sur votre fille, n'est-ce pas, modifier sa conscience ? Vous vouliez vérifier si, en conceptualisant la réalité différemment, les choses autour d'elle allaient se comporter différemment, c'est cela ? Mettre en évidence une interaction directe entre le fonctionnement de l'esprit et la matière ?

Le vieux prof a suspendu son souffle, ses pupilles se rétrécissent. Décidément, une bonne pioche, cette recrue, se félicite le commandant.

— Oui, c'est exactement cela. Je pensais que nous n'arrivions pas à comprendre les mécanismes profonds de la réalité parce que notre esprit était aveuglé par ses propres perceptions. Pour espérer comprendre nous devions remettre en cause tout ce que nous savions et tout ce que nous croyions savoir. Le paradoxe nous conduit à cela : élever notre intellect au-dessus de notre intellect. Et si nous voulons le faire sérieusement, cela commence par la remise en cause de la construction même de notre mental, celui-là même que nous utilisons pour réfléchir à ces questions. Il devient alors nécessaire de comprendre la construction de ce mental dans les étapes de la petite enfance. Nos perceptions et notre intellect organisent une idée de la réalité, mais dans son état le plus profond la réalité n'a rien à voir avec l'idée que nous nous en faisons. C'est ce que révèle la mécanique quantique. Ce que nous croyons dur comme fer être la réalité extérieure est de l'ordre d'une illusion orchestrée par notre mental. Et vous savez ce qui m'a permis d'accéder à ce raisonnement à l'époque en Russie ?

— Je m'excuse, professeur, mais j'ai à peine vingt-huit ans et je ne peux pas dire que j'ai une réelle conscience de ce qui se passait derrière le rideau de fer. Quelques films d'espionnage avec les bons à l'Ouest et les mauvais à l'Est. Ce n'est pas une base complète de références. Alors je préfère reconnaître mes lacunes plutôt que de chercher à vous donner une réponse.

— Merci, j'apprécie.

Les épaules de Nicholls se sont relâchées, l'amplitude de sa respiration est profonde. Les fréquences des diverses courbes des écrans de contrôle se calquent sur les normes d'un modèle dit "le soulagement de l'aveu". Un des analystes tapote sur les courbes comparatives pour le faire remarquer au commandant.

— Il y a la réalité, d'une part, et, d'autre part, ce qu'on nous apprend à penser être la réalité. A une autre échelle, c'était ce que nous vivions au quotidien dans notre pays. La tête de notre Etat organisait une idée de la structure sociale, un modèle, le communisme, auquel nous devions croire comme étant le seul, le bon, le juste, le vrai, La Vérité. Mais la réalité profonde que nous vivions était tout autre. La tête pensante essayait de nous imposer sa vision des choses comme La Vérité. Voilà pourquoi je suis arrivé à comprendre. N'importe quel Russe se méfie d'un diktat de la pensée, à tel point qu'il se méfie même de sa propre pensée !

96

Sachs revient de la cuisine avec une boîte de serviettes en papier, il n'a pas trouvé celle des mouchoirs. Alessandra essuie ses larmes, Yvette se mouche. Greg s'est mis à servir à tous de grands verres d'eau espérant qu'ils puissent diluer l'émotion. Sachs opte pour les mots. Il cherche ceux qui seront comme une main tendue vers Alessandra. Elle vient de hurler sa solitude, sa douleur. Il l'entend, il la comprend, il partage. Il voudrait lui faire sentir avec délicatesse qu'elle n'est pas seule. L'intention de ce sentiment qui naît en lui, la profondeur de cette intention le troublent. Il sourit, confus, conscient ; Alessandra vient de l'emmener là où il se refuse à aller d'habitude.

Il prend la parole avec douceur.

— Les artistes ont cette chose en commun avec les physiciens d'éclairer les mécanismes de l'univers. Nous ne les appréhendons pas par notre intellect raisonnant comme vous le faites, Greg, mais par notre ressenti conceptuel. De tout temps, il me semble que le but de l'art a été de nous faire pressentir d'autres dimensions de la réalité. Pour ce qui est de cette notion du temps, vous avez sûrement entendu parler des horloges molles si chères à Dalí, elles font partie de ses toiles les plus célèbres. C'était un grand féru de physique, celle d'Heisenberg. Je n'en avais jamais compris le sens avant. Dalí cherchait à représenter la matière en processus permanent de dématérialisation. Avec votre exemple du mur construit sur un nuage de probabilités, je le comprends maintenant. C'est le rôle de l'artiste de représenter des choses qui échappent au sens commun. S'il y parvient, il devient un génie, un maître, en espérant qu'il ne soit pas trop en avance sur la conscience de son époque, sinon, il restera incompris. C'est son rôle, de nous y conduire, de nous y élever. Kandinsky qui est le maître incontesté de l'abstraction parlait du rôle de l'art exactement comme vous venez de nous parler de la science. Ce peintre est mon maître à penser. Aux Beaux-Arts, toutes les recherches ou les travaux que j'ai eu à mener ont été axés sur son œuvre. Il disait que l'artiste peut devenir génial s'il est capable de remettre enfin en cause la matière sur laquelle toutes choses reposaient hier encore et par laquelle l'univers entier se trouvait expliqué.

Yvette souffle. Elle s'est mise à se masser les tempes du bout des doigts. Comment va-t-elle s'y prendre pour expliquer à ses supérieurs que la méthode d'Alessandra pour gagner à la roulette, c'est comme peindre à la façon de Kandinsky ou encore comme jouer à chat avec celui de Schrödinger ?

— Vous allez bien, Yvette ? s'inquiète Greg.

— Ça va aller. Le seul truc, c'est que si je dois rendre des comptes sur les méthodes d'Alessandra j'aurai peut-être un peu de mal à convaincre mes collègues. Pourtant je comprends ce dont vous parlez. Je l'ai aussi moi, ma petite boîte à chat de Schrödinger. Elle est sur ma table de nuit.

Regards intrigués de Sachs et Greg. Alessandra sourit.

— Ce genre d'expérience dont vous parlez, ce temps bizarroïde, je la fais souvent quand le réveil sonne. Vous êtes peinard, en train de finir votre nuit et le réveil se met à sonner. Mais il ne vous tire pas du sommeil immédiatement. Il faut plusieurs sonneries pour que vous émergiez. Que se passe-t-il alors ? Très souvent pour moi, la sonnerie s'intègre parfaitement au scénario du rêve. Désolée pour l'originalité, généralement elle prend la forme d'une sirène de voiture de police, cadre de référence oblige. Mais tout se passe comme si le scénario du rêve avait prévu de se construire chronologiquement pour tomber exactement, pile poil, avec le moment de la sonnerie de ce foutu réveil. Intelligent le rêve, il est complice du réveil, il a préparé son coup avec lui ! Eh bien non ! Mon réveil, c'est de l'électronique bas de gamme, je l'ai eu en promo, il est bien incapable d'organiser tout ça avec mon cerveau. Je me suis toujours dit que dans ce genre de situation c'était le temps qui jouait des tours à mon esprit. L'espace-temps de mon rêve est comme un accordéon, livré en entier au moment où mon réveil sonne, livré en entier et bien ficelé, mais, une fois réveillé, mon mental l'étire afin que je puisse l'entendre jouer.

— C'est cela, Yvette, confirme Greg, nous avons besoin de dérouler les événements dans le fil du temps afin qu'ils n'échappent pas à notre entendement.

97

Le commandant s'est tendu. Dès que Mathias, le jeune analyste, a pris la liberté d'interroger Nicholls, les Américains se sont mis à montrer des signes de nervosité. Les deux baraqués qui se tiennent debout derrière eux ont gonflé leurs pectoraux. Pas pour faire étalage de leurs muscles mais plutôt pour donner du large au pan de leurs vestes de costume préparant l'accessibilité à leur artillerie légère portable. Ils se croient où ? Chez les cow-boys ? Il y a quelques heures, le préfet a dû insister pour que le commandant accepte d'ouvrir ses locaux et de mettre son matériel à disposition d'une équipe américaine. Le ministre de l'Intérieur était lui-même intervenu en pleine nuit, alors… Le commandant déteste qu'on lui force la main. Il a fait déranger le préfet maritime et dans la foulée, puisque celui-là tombait des nues, le cabinet de la ministre des Armées, pour validation de la conduite à tenir. La campagne pour les présidentielles n'est pas très loin et il se méfie d'une initiative ministérielle qui serait prise en solo.

— A la suite de la prise de position de l'Etat français vis-à-vis de l'intervention américaine en Irak, les relations diplomatiques entre nos deux gouvernements sont toujours délicates. Mais elles tendent à s'améliorer et nous faisons des efforts dans ce sens. Nous ne nous montrerons pas rancuniers mais nous resterons fidèles à notre ligne de pensée : tant qu'ils réalisent que nous ne sommes pas à Guantánamo, vous pouvez suivre, lui a-t-on répondu.

— Vous vouliez éviter cette vie d'enfer en Russie à votre fille ? demande Mathias à Nicholls. C'est ce qui vous a décidé à expérimenter sur elle, n'est-ce pas ?

En guise d'acquiescement, le vieux prof ferme ses paupières lentement.

— En la privant d'un de ses sens, en l'occurrence la vue, vous pensiez pouvoir modifier les paramètres de sa conscience ?

— Oui, nous avions déjà observé des résultats remarquables en kinesthésie chez les sujets aveugles.

— Comment faisiez-vous pour provoquer sa cécité ?

— Un poison à base de chélidoine qui, précisément dosé, n'a qu'un effet astringent sur le nerf optique. Il provoque des éclipses de vision.

— La chélidoine, oui bien sûr, c'est évident… A-t-elle gardé des souvenirs de la Russie ? A-t-elle pu comprendre les raisons qui justifiaient la violence d'un tel traitement ?

— Je ne sais pas. Je ne l'ai pas revue. Seulement aperçue, j'ai été intercepté avant de pouvoir m'en approcher.

Mathias, sans lâcher le visage de Nicholls sur l'écran, indique au commandant un ensemble de cadrans sur sa droite. Les paramètres des réponses du Russe – rythme des mots, fréquence respiratoire, intensité d'attaques des phrases, diamètre de l'iris – sont comparés à ceux de réponses simples sur des questions basiques où il est reconnu qu'il n'a pas pu mentir. Les courbes coïncident, ses propos sont sincères. Mathias ose :

— Elle vous a vu ?

— Non, elle était de dos. Je n'ai même pas pu voir son sourire.

— J'en suis désolé, répond Mathias sincère. Je voudrais que vous m'expliquiez…

Le jeune analyste marque quelques secondes d'hésitation comme s'il réfléchissait à la formulation de sa question. Mais il ne lâche pas des yeux le visage de Nicholls sur l'écran, il ne veut pas que le prof sente au ton de sa voix qu'il porte son attention sur une autre tâche. En fait, il est en train d'écrire sur un bloc :

A la question "Elle vous a vu ?" aucune réaction ! Il ne sait même pas que sa fille est toujours aveugle !!!

— Oui, c'est cela… précise Mathias comme s'il menait sa réflexion à haute voix. Je voudrais… Professeur Nicholls ?… Pouvez-vous m'expliquer comment au final vous définissez votre modèle mécanique de l'univers ?

— En fait j'appréhende la réalité sur plus de quatre dimensions, vous avez bien sûr entendu parler de la théorie des cordes qui évoque des espaces à plus de dix dimensions aujourd'hui, mais, très simplement, j'ai cherché à raisonner d'abord sur cinq dimensions : trois d'espace, une de temps et une relative à la conscience de l'observateur, mais c'est difficile pour un scientifique d'envisager ce modèle.

— Pourquoi donc, professeur ?

— Réfléchissez un peu, jeune homme. Tout à l'heure, au sujet de la Russie, vous avez préféré reconnaître vos lacunes plutôt que de manquer de pertinence. Mais là je peux vous assurer que dans la culture qui est la vôtre vous disposez de tous les éléments pour me répondre.

Le commandant a arraché la feuille du carnet de Mathias. Il sort du laboratoire preuve en main, les Américains n'ont pas joué franc jeu.

Le jeune analyste a obtenu ce qu'il voulait. Il peut maintenant se concentrer sur la teneur des propos de Nicholls. Il s'accorde une minute ou deux de réflexion. Prendre du recul sur la question, poser le problème en termes mathématiques. Visualiser trois axes pour l'espace, y adjoindre une quatrième donnée, le temps, rapporter le tout à une cinquième dimension…

— Je crois comprendre, professeur Nicholls. Envisager un univers à cinq dimensions en en choisissant une comme étant celle de la conscience, ce serait proposer que chaque point sur le cinquième axe, celui de la conscience, devienne le point origine d'un espace-temps, n'est-ce pas ? C'est cela ?

Sur l'écran en face de Mathias, l'image de Nicholls sourit.

— Oui, je comprends alors pourquoi il est difficile de l'envisager du point de vue de notre culture cartésienne. Ce serait placer l'esprit au préalable de la matière. Ce serait placer l'esprit au centre de la création objective.

98

L'image populaire du chat de Schrödinger est le réveil-accordéon ! La façon d'Yvette de présenter les choses a détendu l'atmosphère à tous les niveaux. Pour ce qui est de la forme, par son humour. Pour ce qui est du fond, parce que ses paroles sous-entendent qu'elle croit Alessandra. Greg, passionné par les sujets évoqués puis bouleversé par l'émotion, avait oublié l'espace d'une heure qu'il était malgré tout lui aussi comme la jeune aveugle sur la sellette.

— Grâce à votre "méthode", Alessandra, vous êtes arrivée à soutirer de grosses sommes d'argent aux casinos ? demande Yvette.

— C'est relatif. On ne peut pas parler vraiment de grosses sommes. En deux ans, cela doit faire dans les deux cent mille euros. Mais ces derniers mois j'y suis allée plus régulièrement, une fois par semaine à peu près. Je suis toujours ressortie gagnante, avec un gain moyen de cinq mille euros. La plus grosse somme, c'était dimanche, en fait, juste avant l'agression. Dans les quinze mille euros. Auparavant nous n'avions jamais dépassé les dix mille euros en une soirée.

— Il y a une raison à cela ?

— Oui, répond Alessandra sans hésitation. L'état de concentration que je dois atteindre pour ressentir les numéros ne se commande pas si facilement.

Et c'est vraiment lié à mon émotion. Dimanche soir, mes sens étaient très exacerbés, dit-elle en rosissant. L'exaltation de ma rencontre avec Sachs. Ce soir l'émotion est très forte aussi pour moi et elle m'imprègne plus nettement de son symbolisme. Je jouerai le 12, comme je vous l'ai expliqué tout à l'heure. Maintenant, en fait, puisque je comprends mieux ce qu'il se passe, plutôt le 13.

— Mais comment cela fonctionne quand il n'y a pas d'émotion particulière ? demande l'étudiant. Parce que vous n'êtes pas seule à la roulette, il y a d'autres joueurs à la table ?

— Oui, je n'ai jamais joué seule à une table. Dimanche soir, ce que je vivais était tellement intense que c'est mon état émotionnel qui prenait le pas sur la table. Je n'ai jamais eu cette impression avant, parce que je n'étais pas exactement dans le même état d'esprit. En fait, Patricia, l'administratrice de l'institut qui m'accompagne chaque fois, me répète sans cesse la suite des numéros qui sont sortis. Il y a un tableau d'affichage lumineux au-dessus des tables, une suite d'une dizaine de numéros, ceux qui viennent de sortir. Sans ça je ne peux pas jouer. Dans les suites de chiffres, je lis des suites logiques, un peu comme une partition de musique, avec une tonalité, des harmoniques, des refrains. Un musicien en lisant trois accords peut vous donner les suivants plus ou moins précisément. C'est ce que je fais d'ordinaire.

— Ce qui s'affiche alors ce ne sont pas les chiffres symboliques de votre état intérieur mais ceux de quelqu'un d'autre ? demande Greg.

— Disons plutôt ceux des joueurs autour de la table, moi y compris. A ce moment-là on est tous comme un petit orchestre, puisque nous sommes tous à la même table.

— Vous participez tous de la même réalité ?

C'est comme ça qu'on pourrait l'interpréter ? Une boîte de Schrödinger commune ?

— Oui, Greg, nous pourrions penser que la table en devient une. Nous nous retrouvons tous comme en concordance. A la table, celui qui remporte remporte plusieurs fois sa mise, mais pas la mise que les autres joueurs ont perdue. Si nous nous ouvrons tous au numéro qui va sortir, nous gagnons tous face à la banque. Je pense que le numéro qui sort est un reflet symbolique de quelque chose de commun aux joueurs autour de la table à ce moment-là. Il y a quelque part en nous quelque chose de commun qui nous amène au même endroit au même moment. C'est ce que vous disiez sur le hasard. Je sens plus ce qu'on nomme le hasard comme une logique que comme quelque chose d'aléatoire. Prenons notre exemple. Autour de cette table de salon, nous sommes réunis autour de ce fameux 12. Le 1 c'est le traumatisme de ma cécité lié à la disparition de mon père, le 2 une compréhension de ce qui s'est passé et qui peut m'éclairer. En sachant d'où je viens et ce qui s'est passé, je pourrai mieux comprendre qui je suis et où je vais. Je pourrai me réapproprier mon identité véritable. Pour vous Greg, nous sommes dans un symbolisme parallèle. Le professeur Andrew Nicholls, un maître donc un référent paternel, disparaît. Vous prenez des risques en partant à sa recherche et vous vous retrouvez dans une situation obscure, complexe et illégale à cause de cela, avec un problème d'identité. Comprendre, passer au 2, vous libère aussi. Pour vous, Yvette, le 12 c'est presque le symbole de votre métier. Un incident, il faut enquêter, comprendre pour l'élucider, passer du 1 au 2 pour que tout puisse reprendre un cours normal, légal, autorisé. Votre métier est en plus symbole d'autorité. Nous sommes tous, là, maintenant, sur la même résonance. C'est cette parole du père qui permettra que tout rentre dans l'ordre… Cette parole du père disparu pour moi, manquante pour vous Greg, puissante pour vous, Yvette, parce qu'elle incarne la loi.

Le téléphone d'Yvette s'est mis à vibrer. La jeune flic se lève, c'est Jo.

— Vous permettez ? Je peux m'isoler dans une autre pièce ?

— Je vous en prie, ma chambre, dans le couloir, la troisième porte à gauche, lui répond Alessandra.

Greg en profite lui aussi pour dégourdir ses longues jambes. Il se dresse et en faisant quelques pas s'approche de la fenêtre. La brise de la nuit gonfle les voiles des rideaux. Tout est calme dehors, la chaleur fait un somme. Il sort sur le balcon, commence à étirer ses bras mais la sensation de bien-être qui devrait s'ensuivre ne vient pas. Il a reconnu la BMW en bas.

99

— Remoi, Lylette.

— Oui, Jo, vas-y. Du nouveau ?

— Probable mais je peux pas encore te dire quoi. Le patron est parti au ministère. Ça volait bas dans le bureau. En attendant qu'il revienne, j'ai eu ordre de reprendre contact avec tous ceux qui ont suivi l'affaire. On l'attend d'une minute à l'autre. Reste sur tes gardes, Lylette. Y a quelque chose de nouveau de ton côté ?

— Je suis chez la fille de Lossonossov.

— Non !

— Ça va, Jo ! Elle n'est au courant de rien en ce qui concerne son père, elle ne sait même pas qu'il est encore en vie. Elle développe un matériel électronique pour les aveugles. Je ne pense pas qu'il puisse y avoir des liens avec des applications militaires. Pour les jeux, je t'expliquerai, enfin si j'y arrive, mais il n'y a pas de fraude non plus. Tout est clair de ce côté-là.

— T'es sûre ?! Parce que s'il s'avérait que nous avons à chercher autour de la fille et que tu y étais officieusement avant et de ta propre initiative, c'est plus de la boulette, Yvette, c'est du hachis ! On va se faire mettre en pièces !

— Ça va aller, Jo !

— J'espère. Mais sur ce coup-là, ma belle, je crois qu'on va se faire griller.

— Ecoute, Jo, au pire JE vais me faire griller mais pas toi ! D'accord ? En attendant de savoir ce qui se passe, ne parle de rien du tout. Ni des pistes que tu as ouvertes, ni de ce que je t'ai demandé de chercher. Tu peux faire ça pour moi ? Ah ! Et inutile de mentionner Luc Pépin, je me suis trompée, il n'a rien à voir dans l'histoire. Je compte sur toi Jo.

Yvette raccroche d'un coup sec. Quitte à plonger, autant le faire avec élégance ! Sans éclaboussures.

100

— Yvette ?

Greg est venu taper à la porte de la chambre pour informer Yvette qu'il croit avoir reconnu la BMW en bas. Les gars de l'hôtel de cet après-midi.

— Ils sont à l'intérieur ?

— Il me semble, oui.

Yvette demande à Alessandra et Sachs de venir dans la chambre et d'y rester avec Greg. Elle éteint les lumières et se poste derrière les rideaux du salon.

Yvette ne peut pas discerner précisément les visages des deux gars assis au volant de la grosse cylindrée, mais il n'y a aucun doute. Mâchoires carrées, épaules carrées, dos trop droits. Les mêmes – ou leurs frères – que ceux qui ont emmené Nicholls sur la place de Sanary.

Vibrato du téléphone. Yvette se dégage de la baie vitrée et recule derrière un pan de mur pour masquer la lumière de l'écran de son portable. Précaution inutile, la BM démarre et s'en va.

— Alors ? demande-t-elle d'une voix inquiète sans laisser parler Jo.

— Cool ma belle, la rassure-t-il immédiatement. Les Américains nous auraient enflés. Ils pistaient le vieux qui a choisi de cavaler juste au moment de la rencontre au sommet entre Américains et Russes pour les missiles. Ils ont eu besoin d'établir un lien avec un ressortissant français pour opérer avec notre aide sur un étranger dans l'Hexagone. Mais la fille n'aurait rien à voir avec les histoires de son père. Pire que ça même. En fait, figure-toi que quand ils ont rapatrié le Russe chez eux il y a vingt-sept ans ils lui ont fait croire que sa fille était décédée dans l'accident du labo. Ensuite, dès qu'ils ont pu, ils ont sorti la gosse de Russie. Mais pas pour l'envoyer aux States. Ils nous l'ont refilée pour que le père ne tombe pas dessus. C'est les institutions françaises qui l'ont récupérée sans être mises au parfum bien entendu. Elle a été fichée aux RG pour des raisons bidon. Les Ricains nous ont manipulés et se sont payé une surveillance française gratis. Nous gardions l'œil sur la môme, au cas où ils en auraient eu besoin pour faire chanter le père si celui-ci s'avisait de retourner dans sa mère patrie. Je te dis pas comme ça grince des dents en haut lieu. Les Ricains vont être rapidement invités à repartir avec leur Lossonossov-Nicholls sous le bras et discretos parce que demain c'est le 14 Juillet et il faudrait pas gâcher le défilé. Résultat, Lylette, c'est tout bon pour toi, tu retombes sur tes pattes ma petite chatte. L'enquête est stoppée. En revanche, il faut que tu montes. Trouve-toi un TGV de bonne heure. Nous sommes tous demandés au rapport à 14 heures pour raconter dans le détail la filature que nous avons menée sur la capitale, ils doivent monter un dossier nickel. Je pense qu'il ne faudra rien raconter de ta première soirée de vacances. Ça sera notre petit secret. Hum… Comme je vais te faire chanter !…

101

Dans la chambre d'Alessandra, Sachs et Greg se tiennent debout, immobiles, tendus par l'attente et comme figés par l'obscurité. Alessandra, elle, s'est assise sur le bord de son lit. Même si le suspens dans le noir est son quotidien, elle est crispée elle aussi. A chaque inspiration, elle ne laisse pénétrer que très peu d'air dans ses poumons comme si trop d'oxygène pouvait embraser ses émotions, comme si elle craignait… l'illumination…

Alors ce serait pour cela qu'elle s'est toujours sentie double, une part d'elle claire et altruiste, tandis qu'une autre, sombre, use de la manipulation ? Alors ce serait ainsi qu'elle a construit ses jeux de pouvoirs, pouvoir de séduction, feindre d'être à l'aise, feindre d'être à sa place dans un monde qui n'est pas le sien ?… Serait-ce cela l'héritage de son père passé à l'ennemi, l'homme double. Mais de quoi a-t-elle hérité au juste ? De la lâcheté ou du courage ?

C'est comme s'avancer vers un précipice, ce moment où le corps se prépare au malaise du vertige. Pourtant elle ne sait pas, elle ne connaît pas, cet appel du sang vers le bas lorsque le regard plonge dans le vide. Toutes les journées vécues ne lui semblent être que des répétitions, répétitions pour le grand saut, pour le grand spectacle, la levée du rideau…

Son cœur cogne, le plongeoir est étroit, le bassin si profond.

— Greg, je voudrais savoir… Votre professeur… Nicholls ? C'est cela ?

— Oui, Alessandra, Andrew Nicholls, chuchote Greg.

— Andrew Nicholls, oui. Que vous a-t-il dit de mon père ?

— Je suis désolé, Alessandra, rien de plus que ce que je vous ai dit. Si peu en fait. Cet après-midi, quelques phrases, avant qu'il ne s'enfuie. Qu'il avait travaillé avec Vladimir Lossonossov. Que ce savant russe lui avait donné des clefs pour mieux comprendre la nature de la réalité, qu'il avait une dette envers lui, qu'il avait promis de faire quelque chose pour sa fille. Qu'il fallait que je vous retrouve pour lui, que je vérifie votre identité, qu'il avait des choses à vous dire.

L'étudiant se tord les doigts en parlant. Dans l'obscurité il ne discerne pas les traits d'Alessandra, mais ce sourire tout à l'heure, cette esquisse de sourire sur son visage… Cette ressemblance… Ressemblance, le mot est bien trop fort, non plutôt quelque chose de l'ordre du mimétisme, une impression fugace insaisissable… Et le fait que Nicholls soit lié à des réseaux secrets, Valérie Leboisjoli et les photos de taïga sur les murs de son bureau…

Il ne peut pas l'affirmer parce qu'il n'en a pas la certitude et une erreur aurait trop de conséquences.

Pourtant pour lui cette hypothèse a de plus en plus de sens. Nicholls doit être le père d'Alessandra. Et ce doute l'a poussé à garder pour lui quelques phrases de Nicholls, celles concernant le présumé décès du savant russe.

— Vous en parlez au passé, n'est-ce pas ? Votre professeur vous a parlé de mon père au passé, mais a-t-il été explicite quant à sa mort ?

Dilemme pour Greg…

Il réfléchit un instant puis fait un pas en avant.

— Il était pressé et nous avons été interrompus comme je vous l'ai expliqué. Ce que je peux vous dire, c'est qu'il y a une chose que je n'avais jamais comprise, l'essentiel en fait, et pourtant le professeur Andrew Nicholls me la répétait tout le temps comme on le fait à un enfant.

Comme il devait le faire à son enfant… Greg espère. Et que le geste puisse faire jaillir la mémoire.

Dans le noir l'étudiant s'approche maladroitement d'Alessandra, il se penche vers elle et se met à lui cogner le front du bout de son index.

— Toc toc ! Tout est là et rien que là, dit-il, toc toc ! Tout est là et rien que là.

Et Alessandra se souvient, sa respiration se suspend.

102

De l'autre côté de la fenêtre, des paysages rayés en bas de page défilent à grande vitesse. Le TGV est à son allure maximale. Yvette a les yeux dans le vague. Ses réflexions se délitent dans des bribes de rêves. Elle n'a pas dormi ces dernières vingt-quatre heures mais elle résiste au sommeil. Elle a encore quelques petites choses à mettre au point avant d'arriver à Toulon. Organiser le retour de Greg au Canada sans qu'il coure de risques en repassant les contrôles douaniers. Trouver un moyen pour qu'ils puissent rester en contact si besoin et sans que ce soit repérable au moins dans les prochains mois. Et après, s'il y a un après – elle aimerait bien qu'il y ait un après –, ils pourront se voir normalement. Le plus urgent malgré tout concerne Alessandra et Sachs. Dès son arrivée à Toulon, elle les rejoint pour mettre au point avec eux ce qu'il faudra éviter de dire si on venait à les interroger. Elle les a couverts, c'est à eux de lui rendre la pareille.

Tout s'est bien passé à Paris, ça n'a pas été trop long. De toute façon, de la filature qu'ils ont menée sur Nicholls dans la capitale il n'y avait pas grand-chose à dire. Bon, ils se sont fait taper sur les doigts parce que Nicholls les avait bernés avec les cabines téléphoniques. Elle le revoit faire. Il était entré dans la première pestant sur le combiné parce que rien n'y fonctionnait. En fait c'était pour y lire son numéro et l'apprendre par cœur afin de le coder et de l'utiliser par la suite. On a reproché à Yvette et à Jo de ne pas être allés vérifier que la ligne de la cabine était effectivement en dérangement. Mais un des gars relevant des armées qui participait à l'interrogatoire, un jeune, a pris leur défense en rappelant que Nicholls était un homme particulièrement intelligent et redoutable quand il s'agissait de maquiller les apparences. A leur décharge, on ne leur avait pas donné assez d'éléments pour qu'ils puissent le parer.

La climatisation peine à rafraîchir l'ambiance du compartiment, Yvette se lève et monte au niveau du bar-restaurant.

— Un jus d'orange, s'il vous plaît.

Gobelet et canette en main, Yvette en se retournant est légèrement déséquilibrée par le tangage de la rame.

— Oups ! Pardon ! s'excuse-t-elle en manquant de bousculer un autre passager.

— Y a pas de mal ! Ah ben ça alors, lieutenant Leguennec ?! Vous descendez en vacances à Marseille ?

— Non, non à Toulon, répond Yvette surprise. J'étais en vacances à Toulon lorsqu'on m'a demandé de remonter à Paris, cette nuit, enfin ce matin… Ma sœur habite Toulon.

— *Idem* pour l'heure de l'appel et le voyage éclair sur Paris. Sinon, en ce qui me concerne, je ne suis pas en vacances, je redescends à Toulon parce que j'y habite. J'y suis en poste, c'est récent, deux mois à peine, répond Mathias Jucléro.

— Oui, Toulon, logique… C'est un grand pôle militaire. Vous travaillez pour la marine alors ?

— Oui et non, détaché simplement. Euh... Je venais chercher une boisson également, je... On boit notre coup ensemble ?

— Oui, volontiers, bien sûr, répond Yvette sur un ton malgré tout hésitant.

Ils se dirigent vers la seule table à peu près propre du wagon-restaurant.

— Et vous, alors c'est la police ? Depuis longtemps ? demande le jeune analyste pour lancer la conversation.

— Oui, la police, quatre ans. Ça aurait pu être l'armée aussi, mais j'ai voulu faire un pied de nez à mon colonel de père. Je tiens à vous remercier pour votre intervention de cet après-midi. Sympa de votre part d'avoir pris notre défense.

— De rien, répond Mathias. Vu que vous n'aviez pas toutes les données en main, c'était à eux de vérifier ce genre de détails pas à vous. Je ne devrais pas vous le dire pour ne pas discréditer mes collègues, mais en plus ça ne servait à rien de vous chercher des poux dans la tête. On nous a fait monter, vous, comme moi, pour un rapport d'opérette.

— J'imagine que les tenants et les aboutissants de ce genre d'affaire nous dépassent un peu. Enfin surtout moi. J'ai vraiment l'impression que l'Etat a réglé ses comptes avec les Américains et que le Russe n'était qu'un prétexte. Qu'est-ce qui peut se passer maintenant pour ce vieux savant ? demande Yvette sur un ton anodin.

— Vu comment les choses ont tourné, il peut faire valoir son droit d'asile et demander à rester en France. Ça ne m'étonnerait pas d'ailleurs. Surtout s'il veut revoir sa fille. Mais ça va dépendre de l'envie du gouvernement français de montrer les dents aux Américains parce qu'ils se sont servis de nous. Mais ça, rassurez-vous, moi, comme vous, je ne le saurai pas. S'il devait rester, le gouvernement français lui attribuerait une autre identité.

— Et sa fille ? Quand on y pense, c'est fou, non ? Vous imaginez tout ce qu'elle a dû souffrir. Et elle ne sait même pas que son père est vivant et…

Yvette se mord la lèvre, elle allait dire “et qu'il était si près”. Mais le lieu de l'arrestation de Nicholls n'était pas mentionné au dossier et Yvette n'est pas censée le connaître.

— Et ?

— Non rien, bafouille Yvette dans un sourire, excusez-moi je commence à fatiguer. J'allais me répéter et redire : et quand on y pense, c'est fou, non ?

— Oui, vous avez raison, répond le jeune analyste, c'est fou. D'ailleurs, moi ça me pose un problème de conscience.

— Un problème de conscience ?

— Oui. En fait je sais ce que le savant russe administrait à sa fille pour provoquer sa cécité. Un poison à base d'une décoction de chélidoine : la grande éclaire, le nom commun de cette plante, c'est la grande éclaire. Elle est censée, parce qu'elle ouvre le regard intérieur, amener à une compréhension profonde des choses. Dans un esprit beaucoup moins subtil évidemment, le KGB en a souvent utilisé pendant les interrogatoires. C'est un procédé affreux de machiavélisme.

Yvette s'efforce d'avaler une gorgée de son jus d'orange posément. Ne rien trahir de sa curiosité, mais elle bout.

— Un interrogatoire à la chélidoine ? relance-t-elle pour encourager Mathias Juclèro à poursuivre.

— Oui, sur la base du principe classique du méchant et du gentil. L'interrogateur, qui joue le rôle du méchant, administre à son suspect ce poison en lui disant qu'il est mortel, ce qui est vrai suivant la dose. Il explique que dans un premier temps on perd la vue. Il décrit ensuite l'agonie, longue, qui s'ensuivra, les muscles qui se raidiront les uns après les autres provoquant un étouffement lent et irréversible. Une fois l'ingestion faite, on laisse le suspect seul. Il perd effectivement la vue en une bonne heure. Imaginez la panique. Puis un autre interrogateur arrive, celui qui joue le rôle du gentil, et, lui, il propose un antidote en échange des aveux. Croyez-moi, rares sont ceux qui refusent. Pour donner le change, le gentil fait alors une simple injection de glucose à la victime, quelques heures après la vue revient naturellement. En fait le dosage du poison n'était absolument pas mortel et l'effet sur le nerf optique que momentané.

— Machiavélique, en effet.

— Oui, confirme le jeune analyste en soupirant. La cruauté humaine me dépasse. Voyez-vous, sans vouloir me répandre en confidences, c'est bien pour cela que j'ai pris du service. Pour développer d'autres façons d'interroger. Les moyens techniques dont nous disposons maintenant permettent beaucoup de choses sans porter atteinte à l'individu, ni psychologiquement, ni physiquement.

— Continuez comme ça et vous allez me réconcilier avec les militaires ! Vous n'avez pas quelques collègues de promo à envoyer dans ma brigade ?! répond Yvette véritablement surprise. Et vous me disiez, pour la fille de Nicholls…

— Eh bien en fait, la fille de notre Nicholls-Lossonossov ne devrait pas être aveugle. Souvenez-vous. Même lui pensait qu'elle ne l'était pas. C'est comme cela que nous avons coincé les Américains.

— Oui, je me souviens que c'est grâce à ce détail que vous avez retourné la situation, répond Yvette, et alors ?

— Il y a eu une altercation entre le savant et sa femme à propos de ce traitement justement. La mère ne voulait plus qu'il continue. Elle a essayé de protéger sa fille, ils ont eu des gestes vifs, la mère s'est heurté le crâne sur un coin de table. Lossonossov a paniqué, il a appelé le numéro qu'il avait en cas d'urgence. Les gars qui devaient le faire passer à l'Ouest ont optimisé la situation. Ils ont placé le cadavre d'un homme qu'ils avaient dans le placard, un gars qui allait les dénoncer, à côté du corps de la femme de Lossonossov, ils ont mis le feu au labo et ils ont laissé la petite dans la cour. Et vous savez ce qu'il se passe dans la tête d'une enfant de trois ans confrontée à une telle situation ?

Yvette fait non de la tête.

— L'inconscient bloque tout pour préserver l'individu du traumatisme. Je crois que si elle est aveugle aujourd'hui c'est uniquement à cause du choc émotionnel. Il n'y a probablement rien de fonctionnel. Tout est dans sa tête. Dans sa tête et rien que là. Et il se peut qu'apprendre la vérité puisse l'aider à recouvrer la vue.

REMERCIEMENTS

Ce roman est une œuvre de fiction et, pour céder à la formule consacrée, je préciserai que toute ressemblance avec des personnes ou des situations existantes ou ayant existé ne saurait être que fortuite hormis les talents de mon chef préféré, Jérôme Laffont, et de son associé, Xavier Fages.

A l'occasion de cet ouvrage, je tiens à remercier Claude Pruniaux, mon professeur de sciences physiques, grâce à qui j'ai pu construire les structures de ma pensée scientifique, ainsi que Patrick Bogaty, dont l'accompagnement précieux depuis plus de vingt ans m'a permis d'étendre et d'étayer ces structures au-delà du champ des concepts communs.

Un grand merci à mon amie Odile Gérard pour toutes ces heures, ces soirées et ces nuits de réflexion pendant lesquelles le cheminement de nos pensées nous a conduites à appréhender la nature de la réalité sur un modèle à plus de quatre dimensions cohérent.

Mes pensées vont également au souvenir de Jean Laporta, fondateur d'une pédagogie visionnaire mise en œuvre de 1974 à 2006 à l'Ecole supérieure des ingénieurs de Marseille, précurseur du concept de l'ingénieur polyvalent et humaniste, qui a su proposer une ouverture d'esprit toute particulière aux élèves ingénieurs que nous étions.

Je remercie également Françoise Soilly-Blay pour son aide.

Un clin d'œil ému à Sieur Pyjou, si présent durant la rédaction de ce roman.

Et enfin, je remercie tout particulièrement Denis, mon époux et compagnon de vie, sans qui je n'aurais pu parcourir tout ce chemin.

OUVRAGE RÉALISÉ
PAR L'ATELIER GRAPHIQUE ACTES SUD
ACHEVÉ D'IMPRIMER
SUR ROTO-PAGE
EN MAI 2008
PAR L'IMPRIMERIE FLOCH
A MAYENNE
POUR LE COMPTE DES ÉDITIONS
ACTES SUD
LE MÉJAN
PLACE NINA-BERBEROVA
13200 ARLES

DÉPÔT LÉGAL
1re ÉDITION : AVRIL 2008
N° impr. : 71153
(Imprimé en France)